古典詩歌研究彙刊

第二八輯

龔鵬程 主編

第1冊

李白《古風》五十九首研究
（第一冊）

谷維佳 著

國家圖書館出版品預行編目資料

李白《古風》五十九首研究（第一冊）／谷維佳 著 -- 初版
-- 新北市：花木蘭文化事業有限公司，2020〔民 109〕
目 10+178 面；17×24 公分
（古典詩歌研究彙刊 第二八輯；第 1 冊）
ISBN 978-986-518-198-7（精裝）
1.（唐）李白 2.唐詩 3.詩評
820.91   109010835

ISBN-978-986-518-198-7

9 789865 181987

古典詩歌研究彙刊
第二八輯　第 一 冊
ISBN：978-986-518-198-7

李白《古風》五十九首研究（第一冊）

作　　者　谷維佳
主　　編　龔鵬程
總 編 輯　杜潔祥
副總編輯　楊嘉樂
編　　輯　許郁翎、張雅淋　美術編輯　陳逸婷
出　　版　花木蘭文化事業有限公司
發 行 人　高小娟
聯絡地址　235 新北市中和區中安街七二號十三樓
　　　　　電話：02-2923-1455／傳真：02-2923-1452
網　　址　http://www.huamulan.tw 信箱 hml 810518@gmail.com
印　　刷　普羅文化出版廣告事業
初　　版　2020 年 9 月
全書字數　550781 字
定　　價　第二八輯共 10 冊（精裝）新台幣 18,000 元　　版權所有・請勿翻印

李白《古風》五十九首研究
（第一冊）

谷維佳　著

作者簡介

谷維佳（1987.6～），女（漢族），河南舞陽人。文學博士，畢業於武漢大學，師從尚永亮教授，從事唐宋文學研究，李白研究。華南師範大學博士後（在站），合作導師馬茂軍教授，從事明代古文選本研究。

主要代表論文有：

1. 尚永亮、谷維佳《經典的沉寂與發現：李白〈古風〉唐宋接受史論略》，《復旦學報》，2019 年，第 2 期，《人大複印資料》，2019 年，第 8 期全文轉載。

2. 谷維佳《從稼軒詞之「盤園」「蔬林」並提看園林構建與園主、文學之關係》，《西北民族大學學報》，2017 年，第 2 期。

提　　要

李白《古風》五十九首，以溫柔敦厚，清真雅正見長，是李白傳世之作中一組整體風格統一，數量較多，且面貌特殊的詩歌。從命題立意，題旨表達，到傳播接受，文本流變等各個方面，皆與李白豪放飄逸類主導詩風迴異。作為李白極為重視的一組詩歌，《古風》在創作之初即被賦予了「我志在刪述，垂輝映千春」的宏願。但相較於詩人的重視及其在李詩中原本應有的重要意義，《古風》真正價值的發現卻顯得緩慢，自李白創作之初至南宋朱熹揭櫫其本來面目，經歷了近三百年的沉寂，在近現代李白研究中更是一個薄弱環節，此為本文研究之出發點。

緒論是論題釋義、研究現狀和思路方法的概括。首先對論題範圍和底本選擇進行界定。其次，以清末為分界，著重回顧古代和近現代研究現狀，並對存在的問題作了歸納總結，同時涉及到與本文論題相關的其他李白研究成果的梳理。第三，是對研究思路和方法的闡述。本文分為上下兩編，上編以對《古風》詩的概念界定、歷代溯源、傳播接受、選本定量分析、文本的整體考論和重點篇章的闡釋為主；下編則採用訓詁、校勘等基礎性研究方法，對每篇作品重新進行校注集釋彙評，並以按語的形式解決單篇中存在的細節問題。這樣，上編考論和下編集釋互為支撐，重點篇章的闡釋和相關問題考察有機勾連，以「雅正」「復古」為關鍵詞，緊扣李白創作之初為此類詩歌所設定的題旨，從歷時性和共時性兩個維度對其予以全面研究。

上編共包括六章內容，其中前四章為一個整體，每章分別以一個關注點為中心，從各個側面對《古風》進行探討。第一章主要對《古風》進行概念界定，分別從廣義、狹義、具指三個角度，釐清「古風」「古諷」「古詩」「古體詩」等混淆不清的概念，尤其對近代學者提出的「古風型詩」概念作重點辨析，以更加明確本文的研究範圍和研究對象。第二章在對《古風》歷代溯源觀點詳細考論的基礎上提出質疑，並對每一類觀點中的合理部分進行探討，指出李白創作《古風》並非單純模仿某一人、某一體或某一類詩歌，而是綜合學習各類古詩精華，並進行糅合創新的結果，其總體淵源可以用「《風》《雅》嗣音」「體合《詩》《騷》」來概括。第三章通過對歷代《古風》傳播接受情況的細緻梳理，考察不同時代接受者對《古風》接受方向的改變和接受程度的深化，以及此過程中每一時段「古風詩觀」的變遷，對其中的重要接受者（如北宋姚鉉，南宋朱熹、劉克莊，明代朱諫、胡震亨，清代應時、丁谷雲、笈甫主人等），重要時段（如南宋初年、宋元之交、明中葉、清中後期等），重要文本（如《才調集》《唐文粹》《李詩選注》《瑤臺風露》等）予以多維呈現，梳理出唐宋以關鍵節點為主，明清兩代全面、整體、深化接受這一由點到面的歷時性發展線索。第四章對李詩選本和唐詩古詩選本選錄《古風》篇數和重點單篇，及入選頻次進行定量分析，並對其中目前學界關注較少的重要選本如《李詩緯》的編選標準和編選觀念進行闡釋。

　　第五章是對《古風》文本存在問題的整體考察。第一節探討「《古風》五十九首」的得名和歷代傳本演變情況。第二節以現存最早的兩宋本、咸淳本和楊蕭本為考察對象，對《古風》五十九首的異文進行彙總分類和比較分析，探討其成因，並基於此體察李白詩歌文本在早期傳播中由流動到穩定的變化過程。第三至五節對《古風》創作之初存在的三種可能性情況逐一考察，並結合《古風》各篇內容，推測大致創作時間，打破目前的《古風》次序，以歷時性為線索，先對五十九首單篇排序，再對另外二十八首可歸入「古風型詩」的詩歌穿插排序，通盤考察推測《古風》最初創作情形及最大可能的定名者。

　　第六章是對《古風》重點篇章的闡釋。這些篇章並非傳統意義上歷代傳本中關注最多，入選頻率最高的篇章，而是在下編集釋中發現問題，能在某一角度折射出《古風》存在的問題，對思維有所啟迪，可進行深入思考的篇目。如第一節探討了《西嶽蓮花山》和《昔我遊齊都》篇皆存在的文本錯亂問題，第二節從《搖裔雙白鷗》與《夷則格上白鳩拂舞辭》涉及到的「三隻白鳥」形象的特殊典型性出發，探討李白在詩歌創作中對意象的臨時性顛覆重塑，第三節則關注《古風》中涉及到的詩歌理念，將《大雅久不作》之「清真」，《醜女來效顰》之「天真」，《宋國梧臺東》之「貞真」三篇，與杜甫《戲為六絕句》中提出的「偽體」作比，探討李白《古風》對詩歌理念「真」意不同層面的認知。其餘重點篇章中出現的細節問題，則在下編單篇集釋中以「按語」的形式隨文作解。

下編是對《古風》五十九首的校注集釋彙評，先列凡例和總評，單篇包括題解、編年、校記、注釋、集評、按語六個部分，細節問題隨文加「按」作解，每篇末以總的「按語」形式，對歷代單篇評點中的各家觀點進行評價判斷。若有新見，亦在「按語」中出之，如《大雅久不作》的題旨問題，《蟾蜍薄太清》的編年繫地問題，《世道日交喪》對熟典「桃李不言，下自成蹊」的反用問題等。李詩注本繁多，清末前有楊蕭本、王琦本等古注本，近現代又有瞿蛻園、朱金城、詹鍈、安旗、郁賢皓等李白研究大家的校注本、集注本、編年本等，珠玉在前，求新實難。要對《古風》重新作注，在吸收借鑒現存筆者所見注本的情況下，竭盡全力搜求古近代所有能見李詩全本和《古風》選本，以求無遺珠之憾。對前人關注度較少的傳本如明代應時、丁谷雲《李詩緯》，近年才走進學者研究視野的選本如清末笈甫主人《瑤臺風露》等，給予重點關注，以求對前輩學者的研究有所補充。

第四冊

表目次

圖目次

緒　論

第一節　論題釋義

一、論題範圍

　　本題以李白「《古風》五十九首」為主要研究對象。目前最重要的兩種《古風》底本「兩宋本」和「楊蕭本」中，「五十九」〔註1〕首之數有兩種算法：其一，「兩宋本」作為最早的版本〔註2〕，《昔我遊齊都》篇一分為三，排除《感遇》二首中的《寶劍雙蛟龍》《咸陽

〔註1〕為行文精省，除引用原文，需要特殊強調，或與其他詩人同題詩歌區分以免混淆之處外，下文多簡稱「李白《古風》」或直稱「《古風》」。這也是基於兩點：一、「古風」定名自李白始；二、歷代以來「五十九首」之數即存在爭議，不同版本及評點中還有「五十」「六十」「六十六」「八十二」等其他不同說法。

〔註2〕「兩宋本」是宋敏求廣為搜集，經曾鞏考訂次序，後又由蘇州太守晏處善刻印的版本，別稱宋甲本、宋乙本、宋蜀本、蘇本、晏處善本等。宋甲本現藏北京國家圖書館，別稱「國圖宋本」，宋乙本現藏日本靜嘉堂文庫，又稱「靜嘉堂本」，二者當為同一個版本系統，行文統稱為「兩宋本」。此本存在諸多問題，如「其具體刊刻時間」「兩宋本是否為同一版本」等，已有學者作出諸多努力對此進行探討，因不在本文重點討論之列，故從略。關於「兩宋本」的具體問題，可參考：詹鍈《李白集版本源流考》，楊樺《宋甲本宋乙本〈李太白文集〉為同一版本》，殷春梅《靜嘉堂文庫藏宋蜀刻本〈李太白集〉有關問題考述》等文。

二三月》兩篇，為五十九首；其二，「楊蕭本」作為另一個最通行的版本，清末「王琦本」以之為底本，《昔我遊齊都》篇合為一篇，加入《感遇》二首中的《寶劍雙蛟龍》《咸陽二三月》兩篇，亦為五十九首。由於「兩宋本」只有原文，沒有注解，故注釋詳盡的「楊蕭本」在後世產生了巨大影響，元代以後《寶劍雙蛟龍》《咸陽二三月》兩篇亦常被視作《古風》，因《昔我遊齊都》實乃三篇的可能性極大〔註3〕，所以綜合起來，目前可確知的「《古風》五十九首」實際上應有六十一篇。

另外，會涉及到其他異題相類「古風型詩」〔註4〕二十九首，包括：《感遇》四首、《效古》二首、《擬古》十二首、《感興》八首、《寓言》三首，總共二十九首，其中包括三首重出者，即《感興》其四《芙蓉嬌綠波》為《古風》其四十七《桃花開東園》重出，《感興》其六《西國有美女》為《古風》二十七《燕趙有秀色》重出〔註5〕，《感興》其七《羈來荊山客》為《古風》其三十六《抱玉入楚國》重出〔註6〕。這裡暫取慣稱的「《古風》五十九首」之說法（實際行文中則按六十一首算），加上《感遇》類詩歌二十九首，共計九十首〔註7〕。

上編擬以李白《古風》為論述重心和切入點，上下勾連其先代源流承繼和後世傳播接受。一方面，會涉及後世詩評家論其風格極

〔註3〕詳見第六章第一節對《昔我遊齊都》篇文本錯亂問題的探討。

〔註4〕「古風型詩」概念的提出和探討，見第一章『古風』釋義」第二節。

〔註5〕楊蕭本漏掉了此首亦為重出，只認為有兩首重出，實際有三首。

〔註6〕文本的重出問題，詳見第五章第二節《〈古風〉五十九首異文考論》。

〔註7〕各家所依據底本不同，算法亦不相同，如賈晉華在提出「古風型詩」概念時，採用兩宋本五十九首之數，把《寶劍雙蛟龍》《咸陽二三月》兩篇歸入《感遇》類二十九首中，共三十一首，再排除三首重出，共二十八首，總計八十七首。另，我們雖以清末「王琦本」為底本，但觀念上認為「兩宋本」把《昔我遊齊都》視作三篇更為合理，所以本文所論《古風》五十九首，實際上有六十一首，所論「古風型詩」（包括重出者），實際上有九十首。這與選擇「王琦本」作為底本並不矛盾。

為類似，且有明顯源流承繼關係的《詩經》《離騷》、阮籍《詠懷》八十二首、郭璞《遊仙》、左思《詠史》、陳子昂《感遇》三十八首、張九齡《感遇》十二首等；另一方面，會關涉李白之後與《古風》五十九首相關的「古風」類詩歌作品，包括以「古風」為題者，模擬、仿作、戲作某篇某句者，從內容到形式與之相類者等，以期梳理《古風》完整的淵源流變脈絡，並揭櫫「古風」類詩歌的發展演變規律。

　　下編對李白「《古風》五十九首」重新做注。在版本考察及材料搜集方面，採用竭澤而漁的辦法，參考目前所見唐、宋、元、明、清、民國、現當代以來，所有李集全本，及所見古、今人選錄《古風》的李詩選本和唐詩古詩選本，儘量做到不遺一善〔註8〕。以唐宋至清末李白《古風》全本、選本、評點等為基礎，結合近現代以來詹鍈、安旗、郁賢皓等李白研究學者的相關注本和著作、論文，對「《古風》五十九首」重新作詳細的校注彙釋集評。除總評外，每一首都包括題解、編年、校記、注釋、集評、按語六個部分。按語部分結合李白生平事蹟、遊蹤經歷、人際交往和時代風貌、政治環境等因素，並參照李白其他詩歌作品，對前人觀點細緻審慎地加以辨析。

　　附錄部分包括《古風》全本、選本統計總表，以及兩宋本、咸淳本、楊蕭本異文校對表，詹鍈、安旗、郁賢皓三家編年情況統計表，還有某些《古風》選本稀見書影和單篇書法作品等。

二、底本選擇

　　目前所見所有傳世李集全本及選本所錄《古風》，皆非本來面目。據史料載，唐時李白全集有三種：一是魏顥據李白交付的手稿所

〔註8〕排除內容完全相同的翻印本，如《李翰林集》三十卷，光緒三十二年西泠印社吳隱翻刻宋咸淳本，以及不收《古風》的版本，如明正德十四年陸元大刻本《李翰林別集》十卷等，此類不在本文論述之列。然選本的定量考察等章節，尤其是現當代選本，需統計搜集到所有選本中不錄《古風》的數量，以見出入選《古風》的比率大小，所以會在附錄總表中列出。

編《李翰林集》，成書於天寶十三載（754），乃目前所知最早的李集版本；二是李白病亟時「枕上授簡」〔註9〕，由其族叔李陽冰所編《草堂集》；三是范傳正所編二十卷本《草堂集》。以上三種唐本今皆散佚，是否皆收錄《古風》，篇數、篇目、排序等詳細情況，已不得而知。至於「五十九」首之數，更是歷代以來都存在爭議的一個問題。

然李白《古風》諸篇之可信性及在李集中的重要地位卻毋庸置疑。目前所見最早的「兩宋本」，「《古風》五十九首」名為「歌詩五十九首」。由於「兩宋本」在後世傳播接受過程中的重要地位及巨大影響，加之其作為歷代以來迄今所見最早最可靠的李白集版本所帶來的強大文學慣性使然，人們在觀念上已經習慣默認並接受「《古風》五十九首」這一提法，以致逐漸定型。

目前所見後世李詩全本，最重要的是「兩宋本」「楊蕭本」和清末的「王琦本」。「王琦本」又以「楊蕭本」為底本，其他版本大多由此而出，加以變化。以「兩宋本」和「王琦本」為底本者最多。以「兩宋本」為底本者，往往取其時間最早，經後人竄亂修改的程度最小，認為最接近李集原貌，如詹鍈《李白全集校注彙釋集評》，郁賢皓《李太白全集校注》即以此為底本。「兩宋本」《古風》位於卷二，因其最早，後世諸本皆由此而來，「兩宋本」雖沒有明確的數字排序，但後世流傳諸本各篇先後次序基本與之相同。

清末「王琦本」承宋末元初「楊蕭本」而來，頗多發明，考訂翔實，在目前所知李集全本中影響甚大，既有集先代之大成的地位，又有承古啟今之功。「王琦本」每篇有明確數字排序，李白《古風》自唐宋至清末歷代以來的傳本，從字句差異到各篇次序安排，至此已基本穩定，取得了人們閱讀和研究上的共識，故現代諸多全本、選本、

〔註9〕〔清〕王琦《李太白全集》（上），中華書局，2011年3月，卷三十一，第1232頁。本文引用李白詩文皆以此本為據，只標明「王琦本，某卷，某頁」，不再詳細出注。

著作、論文舉凡涉及《古風》者，大多以「王琦本」之排序為準，甚至直以該本標識的數字序號「《古風》其××」代指某篇。瞿蛻園、朱金城《李白集校注》，安旗等《李白全集編年箋注》，二者作為現當代影響較大的李白全集校注本，皆以此為底本。

　　「兩宋本」雖為目前所見最早，但經過宋敏求、曾鞏的重新編次考訂，李白詩歌面目此始治，亦自此始亂，目前所見所有版本之《古風》均非唐時李集原貌，且「兩宋本」《古風》只有原文而無數字排序，若徑以數字前後相序，不僅不符合該本原貌，且會造成《昔我遊齊都》後諸篇之同篇數字排序與通行的「王琦本」相牴牾的現象，同時，會遺漏自「楊蕭本」後慣視為《古風》詩的《寶劍雙蛟龍》《咸陽二三月》兩篇，而我們不得不考慮這兩篇在《古風》傳播接受過程中重要卻略顯尷尬的地位。

　　基於以上問題，為行文論述方便，凡行文中涉及各篇目順序，需用數字標示者，以及對李白《古風》及其他詩歌的稱引，皆依清王琦本為準。王琦本成書於乾隆二十三年（1758），共三十六卷。為貼合原貌，本文下編以武漢大學圖書館藏乾隆二十四年（1759）聚錦堂刻王琦《李太白文集輯注》三十六卷為底本〔註10〕；同時結合中華書局2011年校注整理過的《李太白全集》，以求儘量減少舛誤。

第二節　研究回顧

一、李白《古風》歷代存錄情況概覽

　　據考，自唐宋至近代，存錄《古風》詩的重要李詩全本約有 32 種〔註11〕，清末之前的古代選本約有 31 種。詳見表 1：

〔註10〕〔唐〕李白撰，〔清〕王琦《李太白文集輯注》三十六卷，乾隆二十四年（1759），聚錦堂刻本。10 行 20 字，小字雙行同，白口，單黑魚尾，左右雙邊，版框高 17.9cm，寬 13.6cm，簡稱「聚錦堂本」。

〔註11〕其中 4 種已佚，雖然存疑，但據推論可知當有《古風》，詳見第五章第一節。

表 1：唐宋以來存錄《古風》書目數量概覽

朝代	全選本（32 種）	部分選本（31 種）
唐	3 種（已佚，存疑） 魏顥《李翰林集》／李陽冰《草堂集》／范傳正《草堂集》	無
五代	無	1 種 （後蜀）韋縠《才調集》
宋	3 種（1 種已佚） 樂史本（已佚）／兩宋本（別稱宋甲本、宋乙本、宋蜀本、蘇本、晏處善本等）／咸淳本（「當塗本」與之同）	3 種 姚鉉《唐文萃》／真德秀《文章正宗》／祝穆《事文類聚》
元	2 種 （宋）楊齊賢補注（元）蕭士贇刪補《分類補注李太白詩》／佚名《唐翰林李太白詩集》二十六卷	2 種 劉履《風雅翼》／范檸批選，鄭鼐編次《李翰林詩》
明	9 種（4 種合刊） 李文敏、彭祐《分類李太白詩》二十五卷，五冊，正德十年乙亥解州刊本／佚名《唐翰林李白詩類編》十二卷，正德十三年戊寅刊本／佚名《唐李白詩》十二卷，嘉靖八年刻本／郭雲鵬《分類補注李太白詩文》三十卷，嘉靖二十二年，寶善堂刻本／李齊芳《李翰林分類詩》八卷，賦一卷，萬曆二年甲戌刻本／萬虞愷輯，合刊本《李杜詩集》十六卷，嘉靖二十一年壬寅萬氏刻本／合刊本《李翰林全集》四十二卷，年譜一卷，萬曆四十年壬子劉世教《合刻分體李杜全集》本／嚴羽、劉辰翁評點，聞啟祥輯，合刊本《李杜全集》，崇禎二年刻本／胡震亨編，合刊本《李詩通》，二十一卷	12 種 張含《李詩選》／朱諫《李詩選注》／梅鼎祚《李詩鈔評》／林兆珂《李詩鈔述注》／曹學佺《石倉歷代詩話》／高棅《唐詩品匯》／陸時雍《唐詩鏡》／吳訥《文章辨體》／唐汝詢《唐詩解》／鍾惺《唐詩歸》／張維新《華嶽全集》／謝天瑞《詩法》
清	5 種（3 種翻刻） 繆曰芑《李翰林集》／王琦《李太白文集輯注》／李調元、鄧在珩《李太白全集》十六卷／吳隱《李翰林集》三十卷，	13 種 費經虞《雅倫》／應時、丁谷雲《李詩緯》／沈寅、朱崑《李詩直解》／官修

	光緒三十二年西泠印社翻刻宋咸淳本／《全唐詩》	《唐宋詩醇》陳沆《詩比興箋》／李鍈《詩法易簡錄》／徐倬《全唐詩錄》／曾國藩《十八家詩鈔》／沈德潛《唐詩別裁》／餘慶元《唐詩三百首續選》／孫乘澤《天府廣記》／笈甫主人《瑤臺風露》／（日）近藤元粹《李太白詩醇》
近現代	10 種 瞿蛻園，朱金城《李白集校注》／詹鍈《李白詩文繫年》《李白全集校注彙釋集評》／安旗、薛天緯、閻琦、房日晰《李白全集編年箋注》／郁賢皓《李太白全集校注》／管士光《李白詩集新注》／（日）平岡武夫編《李白的作品》／（日）久保天隨編《李太白詩集》／（日）大野實之助《李太白詩歌全解》	略 近現代李詩及唐詩選本，目前搜集到 116 種，已確定入選《古風》者有 48 種，餘者有待繼續查證。故暫從略。

上表，李詩全本存錄《古風》自毋庸置疑，然選本的入選標準、數量、篇目則是值得我們深入考量的。以清末為界，古代選本約 31 種，近現代選本目前所見有一百多種，需從各個方面對其分時段進行考察，詳見第四章。

二、古人選評李白《古風》述論

　　由於早期資料散逸，目前可見唐時最早提及《古風》者乃晚唐詩人張祜，其《夢李白》言：「我愛李峨眉，夢尋尋不見……匡山夜醉時，吟爾《古風》詩。」〔註 12〕五代後蜀韋縠編《才調集》，卷六選李詩 28 首，其中有《古風》3 首，分別為《泣與親友別》八句〔註 13〕、《秋露如白玉》〔註 14〕《燕趙有秀色》。這是目前所知最

〔註12〕〔唐〕張祜著，尹佔華校注《張祜詩集校注》卷第十，巴蜀書社，2007 年，第 532～533 頁。

〔註13〕《泣與親友別》八句在宋甲本中為單篇，而在蕭士贇《分類補注李太白詩》及王琦聚錦堂本中，為其二十《昔我遊齊都》篇的中四韻。

早、惟一可確認收錄《古風》的可靠版本。

　　至北宋，目前所知唐時魏顥、李陽冰、范傳正所編李詩全集盡皆散佚，經宋敏求廣泛搜求，曾鞏重新考訂次序，「兩宋本」形成，並流傳至今，現有日本靜嘉堂藏宋蜀刻本，是現存可見最早的李集全本，其第二卷為「歌詩五十九首」，即後世所言「古風五十九首」。評點方面，自唐時《古風》產生之初至南宋朱熹，經歷了近三百年的空白，朱熹作為最早關注到《古風》在李集中獨特面貌及特殊地位的第一接受者，其評點具有開創性和奠基性意義，在《朱子語類》卷第一百四十中，朱熹通過回答張以道對《古風》面目的質疑，提出了四個關鍵問題：一是太白《古風》接續陳子昂《感遇》；二是李詩不專是豪放，《大雅久不作》風格雍容和緩；三是太白詩非無法度，乃從容於法度之外；四是《古風》五十九首具體篇目的分合問題，惜皆未深論。隨後，葛立方《韻語陽秋》則指出《古風》有兩卷，篇數約近七十，並認為《古風》中的「遊仙詩」只是表象，更深層次的原因乃在李白抑鬱不得志，藉以抒發個人情志：「李太白《古風》兩卷，近七十篇，身欲為神仙者，殆十三四：或欲把芙蓉而躡太清，或欲挾兩龍而凌倒景……豈非因賀季真有謫仙之目，而固為是以信其說耶？抑身不用，鬱鬱不得志，而思高舉遠引耶！」〔註15〕劉克莊也肯定《古風》與陳子昂《感遇》有上下相繼的關係：「太白《古風》……六十八首，與陳拾遺《感遇》之作筆力相上下，唐諸人皆在下風。」〔註16〕其「六十八」首的說法也與葛立方「近七十篇」相近。吳沆則從反駁王安石、蘇轍、羅大經等單純以酒色風月貶抑

　　　　王琦認為：「韋縠《才調集》，只選中四韻作一首，而前後不錄，是知古本似未失真，蕭本未免誤合」（王琦本，卷二，第102頁。）該問題詳參第六章第一節對《昔我遊齊都》文本錯亂問題的考察。

〔註14〕《才調集》為「秋露如白玉」，後兩宋本、蕭本、王本皆作「秋露白如玉」，版本差異。此處依《才調集》錄。

〔註15〕〔宋〕葛立方《韻語陽秋》卷十一，上海古籍出版社，影上海圖書館藏宋本，1979年，第133～134頁。

〔註16〕〔宋〕劉克莊《後村詩話》前集卷一，中華書局，1983年，第8頁。

李白的角度出發，指出《古風》乃太白詩歌之「正」處，屬《雅》詩一類，曰：「太白雖喜言酒色，然正處亦甚多。如《古風》之五十九首，皆雅也。」〔註17〕

　　元末明初劉履所編《風雅翼》乃古體詩選，選李詩 19 首，其中《古風》18 首，佔比極重。劉履一方面從選詩數量的角度肯定《古風》的價值；另一方面又認為李白《古風》雖有風雅興寄之意，卻未得性情之正，藝術風格上多流麗、誇飾而未合古調。

　　明代胡震亨編《李詩通》，把《古風》歸為「指言時事」和「感傷己遭」兩大類，並認為《古風》詩與陳子昂《感遇》、阮籍《詠懷》皆有淵源上的承繼關係，目的在於抒發性靈，寄託規諷，曰：「太白《古風》，其篇富於子昂之《感遇》，儉於嗣宗之《詠懷》，其抒發性靈，寄託規諷，實相源流也。」〔註18〕在《唐音癸籤》中，胡震亨又認為《古風》六十篇，言仙者有兩端，或自言遊仙，或譏人主求仙，但實際上遊仙仍是借之以自抒曠思，兩者是不同的，不應一概而論。朱諫《李詩選注》正文前有《古風小序》，專門對「古風」這一詩體概念、源流演變做梳理，進而言：「白《古風》詩五十九章，所言者世道之治亂，文辭之純駁，人物之邪正，與夫遊仙之術，宴飲之情，意高而論博，間見而層出。諷刺當乎理，而可以規戒者，得風人之體。」〔註19〕給予《古風》極高評價。

　　清人方濬頤《夢園書畫錄》卷二十四中，把太白《古風》分為論大道，言文章，慕仙靈，感時事四類。趙翼《甌北詩話》則認為：「青蓮一生本領，即在五十九首《古風》之第一首……其眼光所注，早已前無古人，後無來者，直欲於千載後上接《風》《雅》。蓋自信其才分之高，趨向之正，足以起八代之衰，而以身任之，非徒大言欺人

〔註17〕〔宋〕吳沆《環溪詩話》卷中，中華書局，1985 年，第 15 頁。
〔註18〕〔明〕胡震亨《李詩通》卷六，清順治七年（1650）朱茂時刻本。
〔註19〕〔明〕朱諫選編《李詩選注》，明隆慶六年（1572）朱守行刻本。

也。」〔註20〕雖不免有誇張之嫌，但著眼點在《古風》其一中所展現出來的以「復歸風雅」為己任的志向和昂揚樂觀的自信態度，亦無可厚非。餘者宋犖《漫堂說詩》、御選《唐宋詩醇》、沈德潛《唐詩別裁》、黃宗羲《明文海》等觀點大致相類，認為《古風》詩在源頭上與《古詩》十九首、阮籍《詠懷》、陳子昂《感遇》等有密切關係，內容上雖為遊仙，實則感時傷事，抒寫懷抱。

　　自唐至清，後世文人對李白《古風》的評價以零散的點評為主，不成系統，多為正面客觀評價。個別李詩選本（如元人劉履《風雅翼》，明人朱諫《李詩選註》、胡震亨《李詩通》等），在序言中申述選編標準時會稍有論及對《古風》的評價，惜皆未深入探究，只有清末笠甫主人的李詩選本《瑤臺風露》，其評點首尾相銜、環環相扣，形成一個奇特的圓環式結構，有獨到的見解，且目前為止還未引起學界重視，是值得我們重點關注的選本。

三、近現代及海外李白《古風》研究綜述

　　據朱玉麒、孟祥光《李白研究論著目錄》〔註21〕統計，自1900年至2014年，李白研究作品類有150種，專書類有242種，文藝創作類有99種，這三者統算作論著類，共491種。其中專書類242種中，作者設專門章節對李白《古風》進行研究的只有以下寥寥6種〔註22〕，約占總數的2%。詳見表2：

〔註20〕〔清〕趙翼著，江守義、李成玉校注《甌北詩話校注》卷一，人民文學出版社，2013年，第6頁。

〔註21〕此書《凡例》言：「本目錄著錄錄20世紀以來截止到2014年底以前的中國李白研究成果；1949年以後僅著錄中國大陸版，及大陸版在港澳臺地區翻印、國外翻譯的情況。」（朱玉麒、孟祥光《李白研究論著目錄》，國家圖書館出版社，2015年，第1頁），故2014至2019年的成果及海外研究現狀，將另做統計。

〔註22〕這242種還包括《李白研究論叢》《中國李白研究》《李白學刊》等論文集。此表格統計不包括這些論文集裏的單篇論文，這些單篇論文統歸入論文類。

表 2：1900 年來設專章論《古風》的李白研究專書類著作

書　名	作　者	出版時間	章節內容
《李白詩文繫年》	詹　鍈	1984	李白《古風五十九首》集說
《李白新論》	劉憶萱 管士光	1987	第八章　李白的古風五十九首
《李白論探》〔註 23〕	康懷遠	1993	第一編　第八　論李白《古風五十九首》
《謫仙詩魂》	孟修祥	1996	第十章　諷喻精神與良知的激情 一、「殷后亂天紀　楚懷亦已昏」： 　　政治詩的鋒芒所向 二、「大雅久不作　吾衰竟誰陳」： 　　政治諷喻的內驅力
《李白評傳》	周勳初	2005	第五章　李白的創作 第四節　李白的古風組詩
《李白與唐代文史考論》	郁賢皓	2008	第二卷　李白論稿 第一章　論李白《古風》五十九首

上表中，詹鍈和郁賢皓作為李白研究大家，成果豐富。詹鍈對《古風》的關注和研究較早，《李白古風五十九首集說》以楊齊賢、蕭士贇、徐禎卿等諸家評點為主，對每一首進行集解，同時結合《李白詩文繫年》對其進行大體編年，具有開創之功。郁賢皓從宏觀角度進行整體論說，從「古風」一詞的含義，到得名及編輯過程，內容分類、寫作背景、藝術手法等各方面皆有所論及。二家觀點尤其值得我們重視。

　　論文類《李白研究論著目錄》統計 1900 至 2014 年底共 5865篇，除此之外，2015 年至今，據「中國知網」檢索「李白」「太白」，另得相關論文約 428 種，20 世紀至今共計約 6293 種。然與《古風》相關者卻只有 77 篇，約占整體的 1%。在這 77 篇中，對《古風》單篇的主旨、繫年、繫地、本事等進行考證者有 31 篇，占總《古風》

〔註 23〕此書為彙編作者論文而成。

論文比重的 42%。主要集中在對《大雅久不作》《西上蓮花山》《雨檝如流星》等名篇的探討，其中與《大雅久不作》相關者有 17 篇，占整體《古風》論文比例的 22%，占專論單篇比例的 57%，研究格局失衡。另有 4 篇日本學者的論文，共計 80 篇。另外，以《古風》為研究對象的博士論文僅有 1 篇，碩士論文有 11 篇。

由上述統計可知，不管是《古風》在專著中占 2%，在論文中占 1%的比例，還是研究者們對《大雅久不作》的重點關注和對其他篇章的忽視，都明確顯示了自 1900 年開始的一百多年來，研究者對李集中占重要地位的《古風》關注度的缺失。下面將對《古風》研究現狀進行綜合考察：

（一）整體研究

對《古風》進行整體研究者約有 47 篇。

首先，是對《古風》進行內容分類，約略涉及來源命名、藝術分析等其他方面的論文，多為大家名家之作，最具參考價值。最早的是朱偰《李白古風之研究》〔註 24〕，認為《古風》按照內容可分為五類：一論詩，二言志，三感遇，四詠史，五寓言。韓崢嶸《略論李白的〈古風五十九首〉》〔註 25〕，則分為諷喻現實、感遇詠懷、遊仙訪道三類。黃瑞雲《說李白的古風》〔註 26〕，分類法與韓氏相同。房日晰《論李白的〈古風〉》〔註 27〕，更多的是綜論，認為《古風五十九首》乃李陽冰編集並命名，從內容看，多為感遇詠懷諷喻現實之作；就風格而言，有質樸明快地揭露、抨擊統治集團腐朽勢力的，亦有撲朔迷離、隱晦曲折地表達自己思想情感的，具有強烈的現實主義

〔註 24〕《圖書月刊》第 1 卷第 6 期（見《李白研究論文集》，1941 年，第 57～66 頁）。
〔註 25〕《吉林大學文學論文集》，1962 年，第 1～20 頁。
〔註 26〕《湘潭大學學報（哲學社會科學版）》，1980 年，第 2 期，第 101～108 頁。
〔註 27〕《西北大學學報（哲學社會科學版）》，1983 年，第 3 期，第 101～107 頁。

精神；藝術表現上，遠紹阮籍《詠懷》，近承陳子昂《感遇》，把比興寄託手法的運用推到一個新的高度。喬象鍾《李白〈古風〉考析》〔註28〕，認為《古風》是李白晚年自己選擇、組合的大型組詩，大部分都是開元、天寶年間重大政治事件的反映，是歷史的詩的記錄，內容上多政治諷刺、詠懷、詠史、遊仙，集於一爐，李白作時，以「風」「雅」為尚，「古風」自李白始。張明非《試論李白〈古風〉》〔註29〕，分為詠懷、諷喻、詠史、遊仙四類。郁賢皓《李白〈古風〉五十九首芻議》〔註30〕，認為「古風」的意思就是指「古詩」「古體詩」，同時也認同是李陽冰所編，內容主要涉及「指言時事」「感傷己遭」「抒寫抱負」三個方面，包含一部分借古諷今的政治諷刺詩，遊仙詩數量並不多，且多與自己的遭遇相結合，抒寫感懷之情。賈晉華《李白〈古風〉新論》〔註31〕首次提出了「古風型詩」的概念，並從溯源、主題內容、藝術、語言風格等各個角度出發，加以論析。從釋義入手，認為「古風」一詞，作為一種特殊詩型的名稱，具有詩體、題材和風格三重含義，這種詩型一般為五言古詩，以單篇或組詩的形式出現；它往往以「志士失意」為中心主題，涉及多種不定場合的相關題材；多用比興，允許虛構，不對直觀現實做細緻刻畫，語言古樸，保留漢魏風格，體現自覺的擬古和復古意味。錢志熙《論李白〈古風〉五十九首的整體性》〔註32〕認為李白的《古風》以三代以來的「世道之治亂」為基本主題，題作《古風》意為傚古風人之體，含有說自己這一組詩為「希聖」的「刪述」事業之意，它反映出李白在詩學上追溯風騷、尊復風雅的努力，深化了初盛唐以來的復古詩學；第一首為總綱，與

〔註28〕 《文學遺產》，1984 年，第 3 期，第 13～27 頁。
〔註29〕 《廣西師範大學學報（哲學社會科學版）》，1985 年，第 4 期，第 1～8 頁。
〔註30〕 《中國文學研究》，1989 年，第 4 期，第 3～11 頁。本文後收入《李白與唐代文史考論》（第二卷），南京師範大學出版社，2008 年 1 月，第 381～398 頁，題作《論李白〈古風五十九首〉》。
〔註31〕 《中國李白研究》，1991 年，第 130～140 頁。
〔註32〕 《文學遺產》，2010 年，第 1 期，第 24～32 頁。

其他各首在主題、立意、風格及詩學淵源上都表現出了整體性特徵，是李白在較為集中的時期內專力創作的組詩，而非不同時期作品的集合。餘不詳述。

其次，專門探討李白《古風》的命名來源、編輯流傳。一種觀點認為是李白本人所為，喬象鍾《李白〈古風〉考析》，賈晉華《李白〈古風〉新論》都持同樣論點。閻琦《關於李白〈草堂集〉的編輯及其「古風」命名的斷想》〔註33〕認為李白的《古風》極有可能是在某一時間段集中整理舊作而成，自創新題，以「古風」為題，乃「鑿空」道出，真正體現了李白自己對這一組詩的重視。薛天緯《關於〈古風五十九首〉研究的三個問題》〔註34〕，探討了 3 個問題：其一，「古風」組詩的命題及編輯問題，認為在宋敏求書成前，李白《古風》至少應有四十九首，且已經排定了前後次序；其二，《古風》類篇什殆無定數；其三，「古風」之含義。繆曉靜《李白古風組詩題名、編纂情況考述》〔註35〕，在對前人研究成果進行梳理的基礎上，認為「古風」確為李白這組五古詠懷組詩的原題，李白還在一定程度上整理過這一組詩，所以單篇文本和入選情況有所出入，李白「古風」實際數量當不止這些，部分已散佚。另一種觀點則認為《古風》的命名和編輯都是後人（多贊成是李白族叔李陽冰）所為，房日晰《論李白的〈古風〉》，郁賢皓《李白〈古風〉五十九首芻議》持此觀點，另有楊海健《〈古風五十九首〉的來源與集成》〔註36〕通過層層梳理，認為《古風》五十九首的編輯者非李白本人，而是其族叔李陽冰，而「五十九首」之數，亦並非李白《古風》原數，後人把宋蜀本第十八、十九、

〔註33〕《中國李白研究》，2013 年集，黃山書社，2014 年 2 月，第 69～84 頁。
〔註34〕《中國李白研究》，2013 年集，黃山書社，2014 年 2 月，第 85～93 頁。
〔註35〕《中國李白研究》，2014 年集，黃山書社，2014 年 9 月，第 107～115 頁。
〔註36〕《北京圖書館館刊》，1999 年，第 1 期，第 90～94 頁，第 119 頁。

二十合而為一，或將《感遇》二首插入《古風》中的做法，都是有違於李集原貌的。

　　延續賈晉華提出的「古風型詩」概念者是吉文斌，其《李白〈古風型詩〉的本體考究——從作品著錄及詩題命名情況入手》〔註37〕在賈金華的基礎上又有所生發拓展，認為不僅包括現存已題作「古風」的作品，還應包括那些曾經題作或今傳乃作《感（寓）遇》《感興》《詠懷》《寓言》等的五言古詩。

　　第三，專論《古風》藝術手法。香港韋金滿《淺談李白〈古風五十九首〉的形式美》〔註38〕從「整齊」和「諧協」兩方面分析了《古風》的形式美。劉曙初《詩仙之問——論李白〈古風五十九首〉中的問句》〔註39〕研究其中的問句。餘者無甚新創。

　　第四，探討《古風》思想淵源。這部分論文多從先秦美學、莊騷思想、阮籍《詠懷》等各個角度進行探究，約有 12 篇，數量雖多，惜成就不高，少新創而多舊論，故不一一。

　　第五，從中西方文學比較及誤譯的角度對《古風》進行探析者。其中 3 篇為李華安所作，拿李白《古風》與叔本華人生哲學進行比較，分別題為《天才的個體　善哭之人——李白〈古風〉與叔本華人生哲學比較之一》《自欺欺人式的希望　攀摘彩虹——李白〈古風〉與叔本華人生哲學比較之二》《未來　過去　感受　認知　過人之處——李白〈古風〉與叔本華人生哲學比較之三》〔註40〕，還有張雲鶴等《龐德對李白〈古風〉詩詞誤譯的另一種解讀》〔註41〕，茲不贅述。

　　除以上外，另有幾篇無法歸類者，或論及創作時間，或涉及李

〔註37〕《名作欣賞》，2010 年，第 9 期，第 27～29 頁。

〔註38〕《唐代文學研究》，2004 年，第 239～247 頁。

〔註39〕《華中學術》，2016 年，第 13 輯，第 54～62 頁。

〔註40〕分別連載於《赤峰學院學報》，2006 年，第 3 期，第 35～36 頁；第
　　　　4 期，第 12～13 頁；第 5 期，第 24～25、78 頁。

〔註41〕《遼寧工業大學學報》，2009 年，第 2 期，第 71～74 頁。

白詩論，重要者如王運熙《李白的文學批評》〔註42〕，以《古風》其
一《大雅久不作》和其三五《醜女來效顰》為中心，探討李白在《古
風》中表現出來的文學批評觀；張紅星《〈古風五十九首〉韻律分
析》〔註43〕從六個方面歸納這一組詩的用韻狀況，以及劉勉《李白
〈古風〉的分期與風格》〔註44〕等，餘者不論。

（二）單首研究

涉及《古風》單篇的論文共有 31 篇。有關其一《大雅久不作》
17 篇，其十九《西上蓮花山》6 篇，其三十四《雨檄如流星》2 篇，
其三《秦王掃六合》、其四《鳳飛九千仞》、其五《太白何蒼蒼》、其
八《咸陽二三月》、其四十六《一百四十年》、其四十七《桃花開東
園》各 1 篇。

1、對《大雅久不作》的研究

作為首篇，對《大雅久不作》的關注是《古風》的重中之重。單
論《大雅久不作》的論文，問題主要集中在對該篇的主旨解讀上，到
底是「論詩」還是「論政」，多數學者持完全相反的兩種論調，另有
少數調和或否定兩種觀點者。

首先，認為是「以詩論政」。俞平伯《李白〈古風〉第一首解
析》〔註45〕當為最早，有開闢之功，該文分「句解」和「大意」兩
部分，「句解」部分對每一句的大意及存在的問題進行解析，「大
意」部分既肯定了李白在詩中所表露的「文學復古」主張，又認為
此首的主要目的是借著「文學復古」的口號來諷喻政治、批判現
實：「這詩的主題是借了文學的變遷來說出作者對政治批判的企

〔註42〕原載《李白學刊》，1989 年，第 1 輯，見《20 世紀李白研究論文精
選集》，中國李白研究會，馬鞍山李白研究所合編，太白文藝出版社，
2000 年，第 768～781 頁。
〔註43〕《中國李白研究》，2013 年，此文為此年參會論文，但不見此集中。
〔註44〕《中國李白研究》，2008 年集，黃山書社，2008 年 10 月，第 198～
209 頁。
〔註45〕《文學遺產（增刊）》第七輯，1959 年，第 95～103 頁。

圖。」〔註 46〕袁行霈《李白〈古風〉（其一）再探討》〔註 47〕，贊同
俞平伯先生的論點，認為此詩的主要目的不是論詩，而是論政，重點
在論政治與詩歌乃至整個文化的關係，所謂的「我志在刪述」，並不
是要學孔子刪詩，而是要想傚法孔子寫一部《春秋》，總結歷代政治
的得失，以此流傳千古。劉寧《「質文相救」與李白〈古風〉其一的
解讀》〔註 48〕延續了俞平伯、袁行霈先生「政治理想」的觀點，從
「文化論」的視角和制度史的層面，挖掘李白「復古」的具體內涵。
孫尚勇《論李白文學思想的一個側面——以〈古風·大雅久不作〉為
中心》〔註 49〕認為該篇是李白政治文學思想的集中表達，強調文學
應該直面政治，批判政治衰廢，這是李白政治文學思想和文學復古
思想的精神所在。

　　其次，認為是「以詩論詩」。王運熙《李白〈古風（其一）〉篇中
的兩個問題》〔註 50〕，對容易產生歧義的「自從建安來，綺麗不足珍」
和「希聖如有立，絕筆於獲麟」兩句進行解讀，認為「綺麗不足珍」
句的貶責對象包括建安詩歌在內，「絕筆於獲麟」句表明李白的志向
是「（像孔子刪詩一樣）打算編選一部詩集來體現他的文學主張」而
不是「像孔子作《春秋》那樣編一本記載唐代大事的史書」〔註 51〕。
富康年《李白〈古風〉第一首箋議》〔註 52〕認為此篇雖然是李白文學
思想的反映，但李白的批評只是一種過激的抽象理念，所反映的是傳
統儒家的思想，與創作實踐相矛盾。閻琦《李白〈古風〉其一「大雅

〔註 46〕《文學遺產（增刊）》第七輯，1959 年，第 101 頁。
〔註 47〕《文學評論》，2004 年，第 1 期，第 59～65 頁。
〔註 48〕《文學遺產》網絡版，2012 年，第 2 期，後收入《唐宋詩學與詩教》
　　　　一書，中國社會科學出版社，2012 年，第 67～78 頁。
〔註 49〕《復旦學報》（社會科學版），2018 年，第 3 期，第 96～104 頁。
〔註 50〕該文原載《文學遺產》（增刊）第 7 輯，後收入論著《論詩詞曲雜著》，
　　　　上海古籍出版社，1983 年，第 83～88 頁。
〔註 51〕同上，第 87 頁。
〔註 52〕《甘肅教育學院學報》（社會科學版），1993 年，第 3 期，第 20～24
　　　　頁。

久不作」漫議》〔註53〕，認為該篇是李白「以詩論詩」的重要篇章，然李白的文學「復古」理論卻存在著客觀的不足：「一是李白此篇的復古主張導致了較嚴重的詩歌『今不如昔』傾向，二是此篇在『宗經辨騷』，即詩騷之辨方面存在的保守的『正統』思想。」〔註54〕

　　第三，調和或否定以上兩種觀點。薛天緯《李白的文學觀與歷史觀——關於〈古風〉其一的再討論》〔註55〕調和了以上兩種觀點，認為這是李白對大唐盛世從詩歌（文學）與政治兩方面的讚美與期待，「我志在刪述」表明李白傚法孔子刪詩，對大唐的詩歌加以總結性整理加工，編成一部類似於《詩三百》的「聖代詩」的願望；同時，認為該詩對揚、馬持正面評價，「清真」是對「綺麗」的反正與批判。繆曉靜《李白〈古風〉其一「我志在刪述」解》〔註56〕則對以上觀點俱持否定態度，認為無論是「刪述」還是「獲麟」，都不特指刪編詩集或修撰史書等具體行為，李白所表達的乃是以聖人刪述為典範，創作有益王政的詩文，垂諸後世的理想，該詩是《古風》組詩的創作綱領。

　　除以上外，林繼中《大雅正聲——「盛世文學」的支點》〔註57〕，圍繞「《大雅》正聲」為核心，探討李白對建立盛世文學的努力。王運熙《李白文學思想的復古色彩》〔註58〕則以《大雅久不作》為中心，專門探討李白文學思想中濃厚的復古色彩。餘者無甚新見，茲不贅述。

　　要之，學者們對《大雅久不作》篇的關注點主要集中在其旨意的解讀上，這首作品到底是提倡「文學復古」，以詩論詩，用以表達

〔註53〕原刊於《中國李白研究》，2008 年，見閻琦《識小集》，三秦出版社，2011 年，第 142～147 頁。
〔註54〕同上，第 142 頁。
〔註55〕《中國李白研究》，2012 年，第 121～131 頁。
〔註56〕《文史知識》，2014 年，第 10 期，第 46～51 頁。
〔註57〕《文藝理論研究》，2006 年，第 5 期，第 71～76 頁。
〔註58〕《瀋陽師範大學學報（社會科學版）》，2003 年，第 2 期，第 1～3 頁。

李白的文學觀？還是「政治復古」，以詩論政，藉以表達李白的政治觀？而引起解讀差異的關鍵點就在於研究者對李白在「大雅久不作，吾衰竟誰陳」中表露的是文學觀念還是政治態度，以及「希聖如有立，絕筆於獲麟」的典故指的是孔子刪詩還是著《春秋》的典故理解上的差異。此一問題，也將是下編資料彙集整理過程中的一個重要關注點。

除以上這些論文外，楊文雄《李白詩歌接受史》第四章第二節《李白接受前人影響之例證》專論《大雅久不作》篇對《詩經》的接受，也是很值得我們重視的。梁森的《李白〈古風〉其一旨意解說述評》〔註59〕則對各家觀點予以彙總論說。

2、對其他篇章的研究

關注度次於《大雅久不作》的是《西上蓮花山》（其十九），論文整體水平不高，偏重於閱讀鑒賞層面，無甚新創，茲不具陳。論及《雨檄如流星》（其三十四）的 2 篇，陳力《從一首詩看唐代對南詔的用兵——讀李白〈古風〉（三十四）》〔註60〕，偏重詩中所反映的唐王朝軍事策略，喬長阜《李白〈古風五十九首〉（其三十四）和〈別內赴徵三首〉的本事及寫作時間新探》〔註61〕偏重比較分析。餘者 6 篇分別論及《秦王掃六合》（其三），《鳳飛九千仞》（其四），《太白何蒼蒼》（其五），《咸陽二三月》（其八），《一百四十年》（其四十六），《桃花開東園》（其四十七），較為淺顯，從略。

（三）碩博論文

博士論文目前所見唯有 1998 年畢業於北京大學的韓國人申夏閏的《李白〈古風〉五十九首研究》1 篇，研究流於表面，較為淺顯。

〔註59〕《中國李白研究》，2014 年集，黃山書社，2014 年 9 月，第 93～106頁。
〔註60〕《大理學院學報》，1980 年，第 2 期，第 27～30 頁。
〔註61〕《江蘇廣播電視大學學報》，1997 年，第 3 期，第 29～32 頁。

　　與李白《古風》相關的碩士論文共 11 篇。這 11 種碩博論文主要
分布在韓國（3 篇）和臺灣（8 篇），大陸地區只有 1 篇碩士論文。主
要有 1995 年畢業於北京大學的韓國人姜必任的《李白〈古風〉59 首
研究》，1998 年畢業於北京大學的韓國人李鍾漢《李白、杜甫、韓愈
的論詩史詩比較研究：以〈古風〉〈偶題〉〈薦士詩〉為中心》2 篇。
另有 1999 年畢業於首都師範大學的大陸學者楊海健《李白〈古風〉
五十九首探索》1 篇。碩士論文臺灣地區較多，共 8 篇，分別是：1984
年東吳大學鍾雪萍《李白〈古風五十九首〉之研究》，1991 年臺灣輔
仁大學呂明修《李白〈古風〉五十九首研究》，2005 年玄奘大學費泰
然《李白〈古風五十九首〉修辭藝術研究》，2006 年玄奘大學歐玉珍
《李白〈古風〉五十九首研究》，2011 年玄奘大學丁符源《李白〈古
風五十九首〉思想研究》，2011 年玄奘大學魏鈴珠《李白〈古風五十
九首〉思想研究》，2012 年東海大學李文宏《概念隱喻理論與詩文分
析之運用——以李白古風五十九首為例》，2013 年東吳大學黃志光《李
白〈古風五十九首〉篇章結構探析》。

　　由於碩士論文多而博士論文少，且碩士論文多集中在臺灣、韓
國，惟一的 1 篇博士論文也是韓國人所作，知識背景的差異和地域文
化資料的侷限，導致碩博論文中能從整體上對《古風》進行全面宏觀
深論者不多。

（四）海外研究

　　日本學者對李白《古風》比較重視，其研究主要以論文的形式呈
現。寺尾剛《關於李白〈古風五十九首〉中的諷喻表現——以比喻論
為中心》〔註62〕，從明喻、隱喻、諷喻的分類入手，論及《古風》「詩
歌主題」的構思。豐田穰《李白與陳子昂》〔註63〕主要將李白《古風》
五十九首與陳子昂《感遇》三十八首比較，探究二者承繼關係。大野

〔註62〕《中國李白研究》，1990 年，第 137～152 頁。
〔註63〕《唐詩研究》養德社，1948 年。

實之助《李白的古風五十九首》〔註64〕。松浦友久《李白的思考形態
（上）——以〈古風五十九首〉為中心》〔註65〕重點探討《古風》中
所表現出來的李白的思想感情。鈴木修次《關於李白詩歌淵源的考
察》〔註66〕，著眼於各種版本間語句的異同，並對李白詩歌吟誦特點
進行考察。

　　歐美學者則重在漢英之間的互譯和賞讀層面，著名東方學家厄
內斯特·費諾羅薩（Emest Francisca Fenollosa）的 19 首遺稿中有 14
首《古風》，比例極重，可見編選者的重視程度，但遺憾的是遺稿不
存，不知具體入選篇目。後愛滋拉·龐德（Ezra Pound）從厄內斯特·
費諾羅薩的 19 首遺稿中選了 12 首李白的詩歌，結集成《神州集》
（Cathay）於 1915 年出版，其中包含 3 首《古風》，分別是《天津三
月時》《胡關饒風沙》《代馬不思越》，用於反映其反戰思想，《神州集》
在當時反響極大，被西方評論家評論為「最美的詩」「至美的境地」
「新的氣息」〔註67〕等。1919 年，英國人阿瑟·韋利（Arthur Waley）
選編了《一百七十首中國古詩選譯》（170 Chinese Poems），在美國出
版，其中有《古風》3 篇，具體篇目不知。同年，韋利又出版了《詩
人李白》（The Poet Li Po A. D. 701～762），共譯李白詩 23 首，包括《古
風》其六《代馬不思越》1 首。1976 年休·斯廷森（Hugh M. Stimson）
出版了《唐詩五十五首講解》（Fifty-five Tang Poems），其中第四章選
了李白的 9 首作品做了英譯，《古風》包括《大雅久不作》《桃花開東
園》2 篇。

　　更為值得一提的是 2004 年由莫斯科東方文學出版公司出版的，
俄國漢學家謝·托羅普采夫（Сергей АркаДьевич Торогщев）的《李
白古風五十九首》一書，托羅普采夫在本書中對《古風》分別進行了

〔註64〕　《中國文學研究》，1953 年。
〔註65〕　《中國古典研究》，1970 年，第 17 期。
〔註66〕　《漢文學會會報》，1963 年，第 22 期，收入《唐代詩人論》一書。
〔註67〕　轉引自陳懷志《李白詩歌在美國的翻譯傳播和影響》，《唐代文學研
　　　　　究年鑒》，2014 年，第 426 頁。

意譯和直譯，以便從文學欣賞和學術研究兩個層面來領會並解讀每一首作品。他認為《古風》不是日常的抒情詩，而是李白對文化傳統和現實命運進行思考的思想性詩歌，充滿了對世界本質的追問，「大雅久不作，吾衰竟誰陳」顯示了李白對古代那古樸而純真的詩風的敬重與追憶，以及對傳統消逝，無人以繼的痛心與傷感。書中還收錄了四篇論文，分別是郁賢皓《論李白古風五十九首》，梁森《李白古風五十九首述論》，A.E.盧基揚諾夫（А. Е. Лукъянов）的《李白的哲學詩歌宇宙》，和作者本人的《李白詩歌象徵體系中的「羽族」》。俄羅斯科學院語文學博士尤·索羅金（Ю. Сорокин）在書評中稱：「李白《古風五十九首》是講述中國詩人精神漫遊的書，講述他們獨特精神氣質和個人定勢的書，是要寫進未來的中國文學史的。」〔註68〕

韓國學者的李白《古風》研究主要集中在集解和碩博論文上，徐盛等《李白〈古風〉五十九首集解（2）》〔註69〕，趙成千等《李白〈古風〉五十九首集解（3）》〔註70〕，對古風其六到十一首，其十二到十九首，有詳細的注解、校記、詳釋、解說和韓文翻譯。

四、李白其他相關研究述略

除以上與《古風》密切相關的研究成果之外，關於李白的其他研究也是浩如煙海。1900 年以來湧現的李白研究大家如詹鍈、裴斐、王運熙、郁賢皓、安旗、羅宗強等，其研究成果更是舉足輕重，直接引領了李白研究的大方向。

郁賢皓曾發表《建國以來李白研究概述》〔註71〕一文，總結了自 1949 至 1989 共 40 年間李白研究的主要問題，集中在十個方面，

〔註68〕尤·索羅金（Ю. Сорокин），轉引自馮欣《俄羅斯的李白翻譯與研究》，理然《李白古風吹莫城》，薛天緯主編《中國李白研究》，2006～2007年集，黃山書社，第 328～336、337～340 頁。
〔註69〕《中國學論叢》，2013 年，第 42 期。
〔註70〕《中國學論叢》，2013 年，第 23 期。
〔註71〕《李白學刊》，1989 年。

分別是：（1）關於是否反映「盛唐氣象」問題，（2）關於李白思想的探討，（3）關於李白詩體研究，（4）關於《蜀道難》的討論，（5）關於李白詞的真偽問題，（6）關於出生地問題，（7）關於家世問題，（8）關於李白的遊蹤，（9）關於李白幾次入長安問題，（10）李白卒年問題。其中大致又可分為思想藝術探討和具體問題考證兩類，其中（1）（2）（3）（4）屬於前者，（5）（6）（7）（8）（9）（10）屬於後者。郁先生對這 10 個問題的概括，雖不能面面俱到，卻是舉舉大端，抓住了李白研究的主要脈絡。

　　郁賢皓主要著作有 8 部，其中《李白叢考》〔註72〕、《李白大辭典》（主編）〔註73〕、《李白與唐代文史考論》〔註74〕、《李太白全集校注》〔註75〕既有微觀問題的考證，又有宏觀上的把握，可謂精深與宏瞻兼得。尤其是《李太白全集校注》，更是近年來李白研究領域的煌煌巨著。重要論文約有 58 篇，有代表性的如《李白詩中崔侍御考辨》〔註76〕，《李白與玉真公主過從新探》〔註77〕等，此不一一。郁賢皓的李白研究也比較注重文獻考證，但更加突出的成就乃是對李白「幾次入長安」「與其他文人間的交遊蹤跡」等問題的深入探析。

　　同樣作為李白研究大家，詹鍈的李白研究成果概況如下：著作主要有 4 部，《李白詩論叢》〔註78〕，《李白詩文繫年》〔註79〕，《李白詩選譯》〔註80〕，《李白全集校注彙釋集評》〔註81〕；代表性論文有：

〔註72〕陝西人民出版社，1882 年。
〔註73〕廣西教育出版社，1995 年。
〔註74〕南京師範大學出版社，2008 年。
〔註75〕鳳凰出版社，2015 年。
〔註76〕《文史哲》，1979 年，第 1 期。
〔註77〕《文學遺產》，1994 年，第 1 期。
〔註78〕作家出版社，1957 年。
〔註79〕作家出版社，1958 年。
〔註80〕巴蜀書社，1991 年。
〔註81〕百花文藝出版社，1996 年。

《李白集版本敘錄》〔註 82〕，《李白〈宣州謝脁樓餞別校書叔雲〉應是〈陪侍御叔華登樓歌〉》〔註 83〕，《宋蜀本〈李太白文集〉的特點及其優越性》〔註 84〕，《李白〈鄴中贈王大勸入高風石門山幽居〉探微》〔註 85〕。詹鍈的李白研究頗重基礎文獻考證，宏觀層面從李白家世生平，版本的流傳演變，到詩文繫年，再到全集的校注彙釋集評，微觀層面又涉及到具體篇章的考訂，某個版本的優劣考證等，為後期的李白研究奠定了堅實基礎。

值得注意的是，二人都比較關注李白《古風》，詹鍈《李白詩文繫年》一書收錄《李白〈古風〉五十九首集說》，有開闢之功，郁賢皓《李白與唐代文史考論》第二卷開篇即是《論李白〈古風〉五十九首》，亦可見其重要性。

五、研究現狀與存在問題

目前國內外學界對李白《古風》的研究取得了豐碩成果，但存在的問題也不容忽視。概括來說，主要有如下幾端：

首先，研究格局不平衡。成果零散，不成系統；整體研究少，單篇論文多。學界目前還沒有對李白《古風》進行專門性整體研究，即使有所涉及，亦多集中在某一章節進行局部探討，大多泛泛而談，不成系統。唯一的一本專著乃俄國漢學家謝・托羅普采夫（Сергей АркаДьевич Торогщев）的《李白古風五十九首》，唯一的博士論文是1998 年畢業於北京大學的韓國人申夏閏的《李白〈古風〉五十九首研究》，其他碩士論文多集中在臺灣地區，國內大陸唯一的一篇碩士論文是楊海健《李白〈古風〉五十九首探索》。研究者的出發點和知識背景不同，謝・托羅普采夫（Сергей АркаДьевич Торогщев）主要以譯介為主，韓國人申夏閏則受知識背景的限制，加上獲取原始材料

〔註 82〕 《浙江大學文學院集刊》，1943 年，第 3 期，後收入《李白詩論叢》。
〔註 83〕 《文學評論》，1983 年，第 2 期，後收入《語言文學與心理學論集》。
〔註 84〕 《文學遺產》，1988 年，第 2 期。
〔註 85〕 《文學遺產》，1992 年，第 1 期。

的難度，研究皆流於表面，不夠深入。研究格局不平衡，國內學者以單篇論文的形式對《古風》進行研究者居多，約有 75 篇，其中對《古風》某一篇的主旨、內容、繫年等具體問題進行探討的較多，共有 28 篇，且主要集中在《大雅久不作》《西上蓮花山》《羽檄如流星》等篇目，尤其是《大雅久不作》有 15 篇，約占近一半。

　　其次，諸多問題眾說紛紜，莫衷一是。目前學界對《古風》的研究，仍有許多問題沒有達成共識，比如尤為重要的《古風》其一《大雅久不作》的主旨問題，李白在詩中所反映的到底是文學觀、歷史觀抑或者是政治觀的問題，「吾衰竟誰陳」的所指問題等。關於《古風》的得名與傳本，「五十九」首之數的由來及質疑？編纂者究竟是李白本人還是後人？其整體異文情況，單篇的文本錯亂等一系列問題至今仍沒有定論。

　　第三，目前研究《古風》的單篇論文多關注在藝術分析、內容分類等淺表層面，整體上雖取得了一些成果，但對其源流承繼、傳播接受、全本選本的定量分析等諸多方面均還未曾有學者涉及，這對於研究的深度和廣度來說，都是遠遠不夠的。對於源流承繼來說，李白《古風》對前代相類詩歌有著明確的繼承關係，既是李白復古詩歌觀念的體現，也是吸收借鑒前人的結果。李白之後的古代詩評家如朱熹、劉克莊、胡震亨、高棅、王士禎、沈德潛等對《古風》的評說皆關注到與阮籍《詠懷》詩，陳子昂、張九齡《感遇》詩之關係〔註 86〕，然大多點到即止，惜未深論。《古風》的傳播接受，和清末前後全本選本的定量分析，更是無人論及的方向。現代學界還沒有著作或者博士論文對《古風》進行宏觀全面研究者，自然也很少關注到其完整的歷時性發展脈絡，包括對前代同類詩歌風格的繼承，以及在後世的傳播接受，更遑論在此過程中所隱藏的歷代「古風詩學觀念」的變遷。

〔註 86〕諸家之觀點及評說，詳見下編集釋之總評。

第四，《古風》文本的整體研究不夠融通，對單篇的論析又不夠深透。《古風》文本具有整體性和融通性，這主要表現在兩個方面，一是對李白自身創作而言，雖然目前學界基本認同《古風》非一時一地之作的觀點，但對李白自身而言，其創作《古風》的時候是有一個通觀性意識的，即以復古為核心理念，呈現出直追《風》《雅》的努力，有意識地區別於其他豪放飄逸類詩歌，寄寓了垂名後世的願望；二是對後世接受者而言，《古風》是作為一個不可分割的整體被看待的，甚至從某種程度上說，單篇的探討只有服從於「五十九首」之整體，甚至從更大範圍上講應該包括《感遇》類二十八首「古風型詩」，才是合理的和有意義的。所以對《古風》文本的分析，要以整體性、融通性的眼光去看待，而不能割裂開來，這也是目前單篇文本研究中，最容易忽視的問題。

第三節　本文研究思路及方法

由以上研究回顧可知，學界目前對李白《古風》的研究，諸多前輩學者已經取得了豐碩成果，頗有發明，但仍留有遺憾之處，關鍵問題是整體宏觀研究不足，對細微問題的發明又不夠深透。古人對其源流承傳頗多論述，卻沒有引起現代研究者的足夠重視，以「《古風》五十九首」為節點，前後勾連同類詩人相似詩作發展脈絡者寥寥，其傳播接受，選本的定量分析，更是幾無人涉及的畛域，這些都是需要著眼的地方。

一、考論與集釋互為支撐

本文分上下兩編。呈現在論文中的形態，上編為綜合考論，下編為單篇集釋。然實際操作過程中，則先做下編集釋，在文本材料整理辨析的過程中發現問題，為上編考論部分奠定基礎，提供有力的文獻材料支撐。上編考論部分，則是對《古風》的整體研究和全面提升，以及對下編所發現問題的探討和解決。

　　下編集釋是基礎，每一首都包括題解、編年、校記、注釋、集評、按語六個部分。以最早的唐詩選本《才調集》為始，至 2017 年郁賢皓《李太白全集》為終，選取歷代以來約 38 個不同的重要全本、選本為參照。除大多數乃前人關注過的本子之外，還會吸收如《瑤臺風露》等較少進入目前研究視野的重要《古風》傳本。結合歷代以來的重要全本和選本，及古人的詩話評論資料，李白之後至清末，舉凡涉及到《古風》的詩論家評說觀點，皆收入到總評及各篇集評中。盡可能全面地搜集現當代李白《古風》選本，參考近人研究成果，包括涉及到《古風》的著作、論文等，考察其觀點，凡有所發明者，皆納入集評。細微之處如字句異文，有明顯問題且做簡短說明即能解決者，隨文加按語，每篇篇末加按語對集評部分的觀點做歸納總結和深入辨析，並在此過程中發現解決一些問題。

　　上編考論是深入和提升。首先，從狹義和廣義的視角，結合近代以來提出的「古風型詩」概念，對「古風」進行重新定義。其次，對李白《古風》作綜合性論述，已有詳論者略之，還有可述者補之，如內容分類、風格特徵、藝術手法等方面，已有許多學者的研究成果可供參考借鑒，即暫略過不論。第三，重點考察《古風》的源流承繼脈絡，對歷代溯源觀點進行辨析；唐宋以來的傳播接受情況，及在此過程中所顯示的「古風」詩學觀念之變遷；對近現代李詩選本與唐詩選本所收《古風》之情況進行定量分析與多維考察，從收錄文本之屬性、時段、所收篇目等方面，考察李白《古風》在後代傳播的整體態勢，消長變化，全集與選本的差別，哪些詩篇最受人關注等，這是目前《古風》研究中鮮少有學者關注的部分，也是我們的論述重點。第四，是對《古風》文本的整體性考論，關注文本流傳過程中出現的問題，包括「《古風》五十九首」得名與傳本演變，「五十九首」之數辨，重要版本異文考述，其創作情況的各種可能性考察，以及重新排序的可能性分析。第五，是重點篇章的闡釋與考論，如《西上蓮花山》（其十九）《昔我遊齊都》（其二十）的文本錯亂問題，《大雅久不作》（其

一)、《醜女來效顰》（其三十五）和《宋國梧臺東》（其五十）所反映
的李白詩論觀念等。

這樣，上下編互為支撐，既有翔實的材料支撐，又有整體的綜合
提升，爭取從文獻材料、詩作文本、整體創作、繼承流傳幾個角度對
李白「《古風》五十九首」進行一個全面而完整的考察。

二、以「雅正」「復古」為關鍵詞

「雅正」和「復古」是我們研究李白《古風》需要著重關注的兩
個關鍵詞。不管是論其源流承傳，還是關乎風格藝術、語言表達，
「雅正」都是我們所要關注的重點。復歸「大雅正聲」一直是李白創
作《古風》諸篇堅定不移的詩歌理念。首篇《大雅久不作》起到了提
綱挈領的作用，通篇洋溢著李白以復歸「大雅正聲」為己任的責任感，
自「兩宋本」後〔註87〕，無論其後全本、選本次序如何變動不居，《大
雅久不作》的首篇地位都是毋庸置疑的。李白本人對《古風》五十九
首甚為重視，在李白看來，《古風》諸篇基本上就是「大雅正聲」的
繼承，故而花費了大量心血來雕琢磨礪，悉心創作，收斂恣意飛揚的
激情和心性，調整平和雍容的心態，關注現世社會和生命價值，寓以
深刻的寄託。然事實是否如此，《古風》諸篇是否真正做到了承繼《大
雅》諸篇「正聲」的精神，還是偏向《風》詩的風格，是值得我們深
入思考的一個重要問題。

朱熹《詩集傳序》中的一段話，對《風》《雅》之「正」的細緻
區別給出了一個評判標準，值得我們深思：

> 惟《周南》《召南》親被文王之化以成德，而人皆以得
> 其性情之正，故其發於言者，樂而不過於淫，哀而不及於
> 傷，是以二篇獨為《風》詩之正經……若夫《雅》《頌》之

〔註87〕 此本乃經曾鞏考訂次序的版本，《古風》篇數，排序並不一定是李白
最初版本之原貌，但作為目前可見最早的李詩全本，其影響力是無
與倫比的，後來歷代接受者都默認並接受了其《古風》面目，並無
太多不同之處。

篇，則皆成周之世，朝廷郊廟樂歌之辭，其語和而莊，其
義寬而密，其作者往往聖人之徒，固所以為萬世法程而不
可易者也。至於《雅》之變者，亦皆一時賢人君子，憫時
病俗之所為，而聖人取之，其忠厚惻怛之心，陳善閉邪之
意，尤非後世能言之士所能及之……本之二《南》以求其
端，參之列國以盡其變，正之於《雅》以大其規，和之於
《頌》以要其止，此學詩之大旨也。〔註88〕

　　朱熹認為《風》詩中只有《周南》《召南》產生在接受文王親
自教化的地方，故能得詩之正。《雅》亦有正變，其標準是「語和而
莊」「義寬而密」，《雅》之正者，往往是聖人所作，其變者，亦是一
代賢人君子秉持忠厚惻怛之心，陳善閉邪之意，悲憫當世之病而所
為。若我們以此標準衡量《古風》諸篇，結合李白之個性與風格，
想必會見出《古風》之獨特性，亦會對一些問題有所發明，比如朱熹
評論太白《古風》自子昂《感遇》中來，模擬子昂《感遇》作《齋居
感興》二十首，而不模擬太白《古風》之緣由；《古風》諸篇究竟是
近《雅》還是類《風》，是「正」還是「變」；由《詩經》《離騷》，阮
籍、陳子昂、張九齡到李白，遠紹「風雅」的努力有何相似與不同之
處等。

　　　「復古」是我們需要關注的第二個關鍵詞。「復古」所關涉的，
一種是向前追溯，是《詩》《騷》作為中國古典詩歌源頭所帶來的「尚
古」的吸引和強大的向心力，給後世詩歌發展提供源源不斷的營養；
另一種是向後展望，以「復古」為「新變」，是歷代詩人反對陳陳相
因，止步不前，求新、求變的努力。前者是我們復盤李白《古風》創
作情形時所要著重關注的地方。

　　　李白在《古風》開篇就呼籲「聖代復元古」，然其「復古」的真
正內涵、指導思想如何？與「清真」之關係等，卻說法不一。葛曉音
認為李白之「復古」乃是「以儒家復古的文藝理論指導改革文風的創

〔註88〕〔宋〕朱熹《詩集傳》，上海古籍出版社，1958年，第2頁。

作實踐」〔註89〕，並力圖從李白的社會觀是儒家的這一角度尋找原因。劉紹瑾則反對這一論點，認為：「李白『復元古』的文藝觀，其思想淵源不是儒家的復古傳統，而是道家具有反文化色彩的自然主義復歸意識，李白之不滿律詩，喜尚古體，主要是要恢復樂府民歌之自然感興，自由興發的創作機制，與他追求自然清真的美學思想是一致的。」〔註90〕一倡儒家，一論道家，兩家說法完全相反，其復古究竟以何種思想為指導？初盛唐時期，陳子昂亦曾提倡復古，影響極大，李白之「復古」與陳子昂所提倡的「復古」有何異同？這些問題也是值得我們思考的。

「復古」的另一面是對先秦時期古典詩歌源頭的追溯。自《詩經》以來，後世所有詩歌創作，在形式上「求新」「求變」的同時，內容卻出奇一致地顯示出向源頭靠攏的努力。《詩》《騷》作為我國古典詩歌的兩大源頭，具有強大的生命力、吸引力，給後世詩人提供了源源不斷的可供汲取的營養。「古風」之名雖然從李白始，但在詩歌技巧、語言表達、敘述方式日趨精緻成熟的過程中，同類古體詩作在詩歌內容和精神寄託上遠紹「風雅」，返璞歸真的努力卻從未間斷過。從《古詩十九首》到「三曹」風骨，阮籍《詠懷詩》，左思《詠史》，陳子昂、張九齡《感遇》，再到李白《古風》，顯示出《詩經》所肇始的詩歌「原始表達方式」「關注現實精神」「關懷個體生命」「窮究天人之理」的巨大向心力。自然、社會、生命、現實，在詩人內心的體驗、感悟和思考中糅合成一股強大的內在力量，以沖和雅正而婉轉內斂的方式，經過沉潛含湧而徐徐展現。李白之後，隨著律詩的勃興及時代的久遠，對詩歌外在技巧的強化削弱了內在力量的持守，但這種傳承雖然弱化，卻未曾斷過。這種努力不是顯性的，而是一種內在的

〔註89〕葛曉音《論李白樂府的復與變》，《文學評論》，1995 年，第 2 期，第 10 頁。

〔註90〕劉紹瑾、劉少曼《李白「復元古」美學思想辯正》，《雲夢學刊》，2006 年，第 3 期，第 98 頁。

生命力的湧動；詩歌裏表現出來的，不是表面的皮相，而是有韌性的筋骨，不是精巧的炫技，而是深沉的思理；更是儒家執著的入世精神以及文人關注現實社會、關心生命價值的責任感的體現，有著感動人心的力量，即「風人之旨」。

對詩歌具體創作而言，李白《古風》這樣一組大型古體詩歌，可謂是盛唐詩壇古體詩最後的絕響，李白之後，無論是從詩歌觀念到創作實踐，還是詩歌數量到質量，再也沒有詩人在古體詩的發展上能有如此巨大的推進力和影響力了，「古風型詩」衰落的原因為何？這些問題都是需要詳加辨析的。

對「古風」這一概念來說，廣義上「復古」的主導傾向一直存在，隨著詩歌層面影響的減弱，人們在日常生活中倡導思慕「古人風致」的導向卻有所提升，這一點和宋元明清各代詩歌中對「太古風」「遠古風」「上古風」的追仰相一致。尤其現代社會，「古風」已經基本上變成「古人風致」「古人風貌」「古之氣韻」「漢唐遺風」等的代名詞了，人們更傾向於在衣飾容止、行為方式等方面仿法古人，稱其為「古風」。至此，「古風」的「復古」內涵就自然從文體思想轉向生活觀念了。

三、上編重點篇章的闡釋和下編具體問題考察相勾連

上下編的勾連之處，在於上編要對下編集釋過程中發現的問題進行解決。首先，是對《古風》的整體考論和相關問題的具體分析，圍繞所搜集到的材料，主要包括以下問題：

（1）「《古風》五十九首」得名與傳本演變；

（2）李白《古風》重要版本異文考述；

（3）篇數、編年和《瑤臺風露》中的整體觀所引發的思考；

（4）《古風》重新排序的各種可行性分析；

（5）《古風》與《感遇》類詩歌二十八首整體性和融通性；

……

其次，是對《古風》重點篇章的闡釋，如《古風》其一《大雅久不作》的主旨歷來說法眾多，爭論不休，是很值得重新辨析的問題。《古風》大部分不好編年繫地，寫作緣由比較隱晦，其中除部分遊仙詩和寫景之作，以及全篇化用歷史典故表達某種場合下的特定情愫感慨外，另有一部分關注現實，指言時事的作品還是有一定的蛛絲馬蹟可循的，比如其二「蟾蜍薄太清」的創作本事，到底是否是因王皇后被廢而發；其十四《胡關饒風沙》是為鮮于仲通討閣邏鳳而作，還是為哥舒涵攻石堡城，兼傷王忠嗣而作；其十九《西上蓮花山》據內容可知確作於長安陷落之時，然李白所歷具體情形若何；其三十四《羽檄如流星》的創作背景，是為討雲南、南詔，還是閣邏鳳等，都是需要一一加以深入考察辨析的問題。

通過對下編集釋發現問題的考察，既充分利用集釋中所搜集到的材料，又完善上編的結構體系，希望對整體研究有所提升，使上下編得以形成一個循環互證的統一整體。

四、研究方法

第一、文獻考證法

文獻是古典文學研究的基礎。從版本、文字、訓詁等角度及基礎史料的排查入手，通過校勘、辨偽、考證和輯佚等方法，力求恢復《古風》的原本性、完整性與真實性。從不同版本內容差異的校勘入手，首先對異文作分析、比較、歸納、總結，其次對正文中需要的部分作詳細注釋，再次對歷代以來的評論作集中整理，並加以辨析。這一部分是具有基礎性、綜合性和實踐操作性的工作。

第二、數據統計歸納法

對相關問題進行數據的統計歸納，更能讓我們在數字的變化中有所發現，比如「《古風》自唐宋至元明清的全本和選本演變情況」「《古風》在近現代李白選本中的選錄情況」「在近現代唐詩選本中的選錄情況」以及「各個篇目在古代和近現代李詩選本、唐詩古詩選本

中的入選頻率」等。

第三、圖表分析法

　　圖片類主要包括宋蜀本、咸淳本、蕭本「《古風》型詩」篇數演變情況圖，以及《古風》各篇目近現代李詩選本、唐詩古詩選本及古今歷代選本入選頻率圖。通過圖片的分析，探究古今不同時期李詩及唐詩古詩選本入選篇目及入選頻率的差異，總結出歷代各個時期哪一篇入選頻率最高，哪一篇最低，李詩選本和唐詩古詩選本入選頻率是否一致，具體差異如何。表格類主要包括對歷代《古風》全本、選本情況統計，對近現代以來李白及唐詩選本情況的統計，以及對選本中各篇目入選量的統計。依據數據制定相關圖形，可以獲得最直觀的效果。參考這些圖表，進行定量分析，能夠最大程度地瞭解《古風》全本和選本自唐宋至今的編選情況，也方便通過對比分析其歷時性的演變過程，以及不同時期人們對《古風》重點關注篇章的差異和變化，及隱藏在這種變化背後的深層內涵。

上　編
李白《古風》考論

第一章 「古風」概念界定

　　「古風」的概念界定，是一個紛繁複雜的問題，首先便是要從廣義和狹義兩端，區分其作為一個泛指的具有形容詞性質的名詞詞組，和作為一個「詩體」概念之間的異同；其次要辨析的是其作為一個詩體概念的源起和流變；第三要釐清的是相似概念之間的聯繫和差異。

第一節　「古風」釋義

一、廣義：上古遺風與慕古風氣

　　廣義上說，「古風」指的是上古時期質樸、淳厚的先民遺風，及後人思慕古人而仿傚之，呈現出的一種復古風格。「古風」囊括甚廣，從整體上的時代風貌、社會心理，到個人的生活習慣、衣飾容止，從社會風俗到國家制度，從繪畫、書法、音樂、篆刻到詩歌、散文等文學作品，只要思慕古人風範，學習上古先代遺風，都可與「古風」相繫。謝惠連《祭古冢文》「仰羨古風，為君改卜」[註1] 即指上古遺風、古人風尚而言。

〔註1〕〔晉〕謝惠連《祭古冢文》，〔南朝〕謝靈運、謝惠連、謝脁《三謝詩》（不分卷），〔宋〕唐庚輯，上海古籍出版社，1983 年，影印本。

　　這種上古時期質樸、淳厚的遺風，主要源自於儒家的禮樂教化，但表現在不同層次的人身上，又有細微的差別，《論語‧先進篇》關於「野人」比「君子」更近「古風」的兩種注解很值得我們思考：

　　　　子曰：先進於禮樂，野人也；後進於禮樂，君子也。

　　　　（孔安國）注：「先進」「後進」謂士先後輩也，禮樂因世損益，後進與禮樂，俱得時之中，斯君子矣；先進有古風，斯野人。如用之，則吾從先進。

　　　　（何晏）注：苞氏曰：將移風易俗，歸之淳素。先進猶近古風，故從之。〔註2〕

這段話裏，對於「孔子為何傾向於選擇從『先進』於禮樂的『野人』，而不用『後進』於禮樂的『君子』？」這一問題，孔安國注與何晏所引苞氏註大致相同，二人不約而同地認為是「先進」「有」或「猶近」「古風」的緣故。苞氏注又進一步解釋「古風」的主要特徵是「淳素」，「淳」乃純而厚，「素」乃質而未有文者。雖然「野人」與「君子」俱經禮樂教化薰陶，但「野人」乃先經禮樂浸潤而後出仕為官，「君子」則相反，二者相較，「野人」本性就顯得更加淳厚素樸，也就更加接近上古遺風。因此，這裡「古風」的涵義也就不言自明了，指的是更加接近本原、本性、本心的，純厚、質樸的，未經其他雜蕪風化薰染浸潤，且沒有外在文飾雕琢的上古風習。孔安國認為「禮樂」是因世損益的，故越是接近上古時期原生社會樣態，則越有「古風」風味，此為其一；人之初生，天性純真，其後無時無刻不受社會風氣影響，後學習禮樂者，雖處處與時風相契合，然已被其他諸多不良社會風習浸淫，反減損了其質樸、純厚的本性，所以人應該趁著本性未受社會時俗薰染前，及早地以純真之本心學習上古遺風，此為其二。

　　從這一視角來看，唐宋時期許多詩人詩歌作品中出現的「太古風」「淳古風」「上古風」等相關字眼，都屬廣義上籠統的「古風」範

〔註2〕〔魏〕何晏集解，〔梁〕皇侃義疏，《論語集解義疏》第十一卷第六，清光緒癸巳十九年（1893），上海鴻寶齋石印本，第107頁。

疇，試舉數例如下：

> 愛此一郡人，如見太古風。（唐・白居易《旅次華州贈
> 袁右丞》）
> 都將儉德熙文治，淳俗應還太古風。（唐・殷堯藩《帝
> 京二首》其二）
> 奈何淳古風，既往不復旋。（唐・吳筠《覽古十四首》
> 其二）
> 盜息時雍象，人淳太古風。（宋・陸游《居三山時方四
> 十餘今三十六年久已謝事而連歲小稔喜甚有作》）
> 污鱺共釁川人食，簡樸仍存太古風。（宋・陳造《次韻
> 言懷》）
> 但識上古風，不知時俗遷。（宋・劉敞《豫章儒者》）

以上，「古風」之前常冠以「太」「淳」「上」等修飾字眼，「太」「上」
表示時間上的早和久遠，「淳」則表示本性風格的淳樸。同一詩句中
又往往慣用「淳俗」「簡樸」等修飾語，皆表達對上古時期淳樸風俗
的嚮往欣羨之情，同時作為對比，偶有流露對時俗澆薄的慨歎。

廣義上的「古風」概念涵括甚眾，後人在詩句中常常用它和「今
雨」作對仗，「今雨」一詞始於杜甫[註3]，宋、元、明、清甚至當代
人詩作中皆喜用這一組詞語：

> 有客來今雨，誇予邁古風。（宋・馬廷鸞《贈程楚翁》）
> 談詩未覺古風遠，逢客真成今雨來。（元末明初・唐桂
> 芳《雨中胡思立下顧知受學於安道洪公因有所感》）
> 茅屋惠來今雨候，德儀端拜古風清。（明・朱淛《和馮

[註3]　「今雨」一詞，源於杜甫《秋述》：「秋，杜子臥病長安旅次，多雨
　　　生魚，青苔及榻，常時車馬之客，舊雨來，今雨不來。」（〔唐〕杜
　　　甫著，〔清〕仇兆鰲注《杜詩詳注》卷之二十五，北京：中華書局，
　　　2015年，第2672頁。）杜甫初居長安，得玄宗賞識，眾人主動上門
　　　結交，一時車馬喧嘩，後杜甫潦倒，人漸疏遠。此謂賓客舊日遇雨
　　　也來，而今遇雨則不來了，言初親後疏。後引申其意，用「今雨」
　　　指新交的朋友。以《古風》為詩題自太白始，而「今雨」之稱則源
　　　自杜甫，李、杜作為唐代詩壇最耀眼的「雙子星」，一尚古詩，一創
　　　近體，「古風」「今雨」若指此而言，亦可謂相得益彰，貼合妙絕。

檢齋方伯賜詩》其一）

契投今雨外，心折古風前。（清·張問陶《寄杜梅溪明
府二十韻》）

今雨坐談關雅道，古風玩味是天然。（當代·張力夫《浣
溪沙·別後寄思南友人》）

這裡的「古風」涵義指向各個方面，或言人之談吐氣質，馬廷鸞對自
己被友人夸有「古風」，很是自豪驕傲；或指向詩歌風貌，唐桂芳言
所談之詩距「古風」未遠，甚為自豪；或是對詩歌和人品含混合一而
論，朱澗更傾向於德行禮儀之端方清朗，從題目中可看出暗含對友人
其人其詩兩方面的由衷讚譽，張問陶「心折古風前」不僅指所投寄對
象本身有「古風」氣度，還包含對其詩文有古人風致，體現上古淳樸
社會風貌的誇讚和肯定。當代人張力夫對「古風」「今雨」的概括更
加精到，拈舉出「雅道」「天然」二詞為核心，與朋友的坐談關乎「雅
道」，可見主客情操之高雅，而「古風」玩味起來，其真諦要旨全在
「天然」二字，未經修飾雕琢，自然淳和，詩人形象也便有了清朗雅
正的氣質。此二句雖是「今雨」「古風」並提，但根據詩句用詞偏義
對舉的用法，似乎更偏重「古風」一面。

以上，我們圍繞廣義上的「古風」概念略做了一個考察，可見廣
義上的「古風」主要側重點乃在兩個方面：一是時間上要早，越靠近
上古時期越近「古」之真義，對個人來說，學習禮樂，受其薰陶也要
早，越早便越接近人之自然本性；二是風格上要淳樸純厚、天真自然，
不加雕飾藻麗。這種觀念不僅影響到詩人創作詩歌時，對以《詩》《騷》
為代表的詩歌源頭產生追慕心理，又奠定了「古風」型詩歌風貌上濃
鬱的「復古」色彩，以及不逞才炫技，雅正雍容，和緩婉轉，質樸淳
厚的整體風格基調。

二、狹義：崇尚復古的詩歌類型

從狹義上講，「古風」主要指的是一種崇尚復古的詩歌類型。一
方面，與「古詩」「古體詩」「古諷」「諷古」等詩歌概念層層重疊，

混淆不清；另一方面，與《效古》《擬古》《感遇》《詠懷》等詩歌類型互相交錯，彼此之間既有相似之處，又有著細微的差異和區分。至清代，詩論家對這些層疊交織的概念依然迷惑甚多，如「今觀唐以後詩，凡所謂古風、古意、古興、古詩，與夫覽古、詠古、感古、傲古、紹古、依古、諷古、續古、述古者，都不知其所分別。」〔註4〕

　　「古風」常常被認為等同於「古詩」或「古體詩」，如王士禎：「今之詞人，熟於近體，而疎於古風者強半焉，其所誦覽與所自為皆然。」〔註5〕袁枚：「初學詩，當先學古風，次學近體，則其勢易。倘先學近體，再學古風，則其勢難。」〔註6〕又如路德：「今之讀詩者，大率多讀近體，少讀古風，此不可以入風雅之門也。讀詩者能解古風，方能解近體，作詩者必古風能工，而後近體能工。」〔註7〕都是把「古風」和「近體」兩個概念對舉，把「古風」直接看作「近體」的反面，成為「古詩」或「古體詩」的代名詞。1976 年韓國啟明大學柳晟俊的《唐代古風的用韻和平仄》以及 1977 年的《唐代古風格律考》；還有諸多現當代知識普及性的詩歌通識讀本，也往往如此慣稱或界定，此不一一。

　　作為一種詩歌類型而言，「古風」自然屬於「古詩」或「古體詩」的範疇，知識普及性的通識讀物把「古風」直接等同於「古詩」或「古體詩」的做法無可厚非，但對專業的學術研究來說卻未必合適。清人郭尚先曰：「連句稱病辭今雨，得句無題託古風。」〔註8〕一個

〔註4〕〔清〕汪師韓《詩學纂聞》，上湖遺集本（乾隆刻）。〔清〕王夫之等《清詩話》，上海古籍出版社，1978 年，第 105～106 頁。

〔註5〕〔清〕蔣景祁《古詩選後序》，《四部備要》本《古詩選》卷首。陳伯海、查清華等《歷代唐詩論評選》，河北大學出版社，2003 年，第 891 頁。

〔註6〕〔清〕袁枚《隨園詩話》卷十四，人民文學出版社，1960 年，第 482 頁。

〔註7〕〔清〕路德《檉華館雜錄》，清光緒七年，解梁刻本。

〔註8〕〔清〕郭尚先《容易》，《增默庵詩遺集》卷二，清光緒十六年刻吉雨山房全集本。徐世昌《晚晴簃詩匯》卷一百二十一，中華書局，1990 年，第 5173 頁。

「託」字，向我們傳遞出這樣一個信息：清人寫了詩歌，不知道該題作何名時，便隨意寄名為「古風」，這裡的「古風」自然指的是古體詩，而非律詩了。清人馮班《古今樂府論》直接對這種現象提出質疑：「今人歌行題曰古風，不知始於何時。唐人殊不然，故宋人有七言無古詩之論。」〔註9〕認為清時有人把「歌行」題作「古風」，但這一現象卻不知是從何時開始的，唐人沒有這樣的先例，所以宋人才有了「七言無古詩」的論調。馮氏之論雖然是專門針對歌行隨意題為「古風」而發，但由此亦可見直至清代，對「古風」一詞準確內涵的理解都還是比較混亂的。

那麼「古風」之名最早是由何時開始的呢？清人楊繩武認為起自陳子昂：「唐初承六朝餘習，陳伯玉始變為古風。」〔註10〕雖然陳子昂《感遇》之作先出，風格與太白《古風》一脈相連，但卻是題作「《感遇》三十八首」，而不以「古風」為名，遍查其集，亦無直接題名為「古風」者，所以楊氏之言「古風」，當為廣義的詩體概念，而非狹義上對具體詩歌的專稱。

對這一問題的解答要結合唐代律詩興起的詩歌發展背景，及唐人對「古風」「古詩」「古體」等概念的理解來看。唐代律詩成熟之前無「近體」「古體」之分，太白之前，詩體常以樂府、歌行分類，或直以四、五、七言稱，詩人詩作中並未見「古風」之名。「古風」詩的產生，是伴隨著律詩的出現而定名的：「『古風』如太白、昌黎、長吉，鴻文無範，非可以聲調相繩。……自唐律一出，始分歌行，樂府，拗律，古風，為數種。」〔註11〕以李白、韓愈、李賀三家為例論「古風」詩的聲調，顯然暗示了以「古風」為詩名自李白開端，而現存韓愈詩集中有同題《古風》之作，李賀詩集中也有《用四明劉聘君古風四韻賦唐律》為題的作品，表明唐代律詩的出現，直接刺激了古詩細

〔註9〕〔清〕馮班著，〔清〕何焯評，李鵬點校《鈍吟雜錄‧古今樂府論》，《清代史料筆記叢刊》，中華書局，2013年，第142頁。
〔註10〕〔清〕楊繩武《鍾山書院規約》，清昭代叢書本。
〔註11〕〔清〕陳錦《勤餘文牘》卷之一，清光緒四年刻本。

分種種；同時，伴隨著近體詩的繁榮，古風詩歌卻日趨衰微，明代胡應麟《詩藪》就認為「四言不能不變而五言，古風不能不變而近體，勢也，亦時也」「近體日繁，古風愈下」〔註12〕。這是詩歌發展的內在規律決定的，非人力可改變其方向。

　　唐人對「古風」「古詩」「古體」概念的理解如何？我們或可從如下四個方面略窺一斑：

　　從詩作的角度看，太白之後，韓愈（768～824）有《古風》一篇：「今日曷不樂，幸時不用兵。無曰既慼矣，乃尚可以生。彼州之賦，去汝不顧。此州之役，去我奚適。一邑之水，可走而違。天下湯湯，曷其而歸。好我衣服，甘我飲食。無念百年，聊樂一日。」〔註13〕從形式上看與太白《古風》諸篇截然不同。然後人評語卻一致認為屬於「古風」一類，如：

　　（1）樊汝霖曰：自安史亂後，方鎮相望於內地，大者連州
　　　　　十餘，小者不下三四，兵驕則逐帥，帥強則叛上，不
　　　　　廷不貢，往往而是。故託古風以寓意。〔註14〕

　　（2）蔣之翹曰：此詩質而不俚，婉而多風，似古謠諺之
　　　　　遺，非唐人語也。〔註15〕

　　（3）程學恂曰：此等詩直與《三百篇》一氣。〔註16〕

樊、蔣、程三人評論皆從內容的寄託規諷，語言的質樸深婉角度出發，認為與《三百篇》一脈相承，頗有古謠、古諺之遺風，和唐人時下流行之語風貌殊異。這裡對「古風」的理解不是從是否符合格律韻腳的角度，作為與「近體詩」相對立的「古詩」或「古體詩」概念看

〔註12〕〔明〕胡應麟《詩藪》內編卷二，上海古籍出版社，1979年，第23、
　　　　39頁。

〔註13〕〔唐〕韓愈著，錢仲聯集釋《韓昌黎詩繫年集釋》卷一，上海古籍
　　　　出版社，1998年，第24頁。

〔註14〕〔唐〕韓愈著，〔宋〕魏懷忠輯注《新刊五百家注音辨昌黎先生文集》
　　　　卷一，北京圖書館出版社，2006年，中華再造善本。

〔註15〕〔唐〕韓愈著，錢仲聯集釋《韓昌黎詩繫年集釋》卷一，上海古籍
　　　　出版社，1998年，第25頁。

〔註16〕同上，第26頁。

待的，而是更著重於內容和整體風格是否有寄託，有古貌。

從詩評的角度看，皎然（約 720～805）《詩式》對「古詩」的整體風貌做了一個詳盡的描述，並提出了一系列標準和要求，其《詩議》曰：

> 少卿以傷別為宗，文體未備，意悲調切，若偶中奇響，《十九首》之流也。古詩以諷興為宗，直而不俗，麗而不朽，格高而詞溫，語近而意遠，情浮於語，偶像則發，不以力制，故皆合於語，而生自然。建安三祖、七子，五言始盛，風裁爽朗，莫之與京。然終傷用氣使才，違於天真，雖忘從容，而露造跡。正始中，何晏、嵇、阮之儔也，嵇興高邈，阮旨閒逸，亦難為等夷。論其代，則漸浮侈矣。晉世尤尚綺靡，古人云：「采縟於正始，力柔於建安。」宋初文格，與晉相沿，更憔悴矣。〔註17〕

皎然認為，以《十九首》為發端，對「古詩」而言，最重要的就是要以「諷興」為宗，這也符合「風」即「諷」之原本意涵，在這一點上，皎然所認為的「古詩」與「古風」是相同的。語言要直白但是不能俗氣，要美麗但是不能陳腐；格調要高遠但詞語表達要溫和，語詞親近而意境深遠，情感充盈，自然生發，尤其不能有雕琢之痕。建安三曹、七子之古詩，已露斧鑿之跡；到了正始時期，雖有嵇康興致高邈，阮籍旨意閒逸，其餘人等難為匹敵，然整體時代風貌已經流於浮華奢侈；進入晉代，更是綺靡之風大熾；宋初比之晉代，更加憔悴不堪了。顯然，在皎然看來，「古詩」是有著很高衡量標準的詩歌類型，應指古體詩中格調、成就較高者如《古詩十九首》等，而並非所有不合格律的古體詩作都能稱之為「古詩」。當然，出於個人原因，皎然對「古詩」的要求可能顯得過高。當「古詩」被拿來作為一個與「律詩」相對舉的概念時，其範圍往往在泛化的同時被進一步擴大，成為「古體詩」的一個簡稱。

〔註17〕〔唐〕皎然著，李壯鷹校注《詩式》附錄二《詩議》，人民文學出版社，2003 年，第 373 頁。

　　從作者自身對詩歌編選歸類的角度看，元稹（779～831）曾經自編詩集，把其詩分為古諷、樂諷、古體、新題樂府、律詩、律諷、悼亡等若干類，其《敘詩寄樂天書》曰：

　　　　僕因撰成卷軸，其中有旨意可觀，而詞近古往者，為古諷；意亦可觀，而流在樂府者，為樂諷；詞雖近古，而止於吟寫性情者，為古體；詞實樂流，而止於模象物色者，為新題樂府；聲勢沇順，屬對穩切者，為律詩；仍以七言、五言為兩體，其中有稍存寄興，與諷為流者，為律諷；不幸少有伉儷之悲，撫存感往，成數十詩，取潘子《悼亡》為題……〔註18〕

元稹在這裡說的很明白，不管是「古諷」還是「樂諷」「律諷」，凡與「諷」字相關者，即與「諷」為流者，都要做到「旨意可觀」「稍存寄興」，也就是內容上要有所寄託諷諫。「古體」詩作雖然詞語近古，但內容卻是止於吟詠性情而已，所以區分「古諷」與「古體」的關鍵點不在「古」字，而在「諷」字上，「古諷」主要用來寄託規諷，而「古體」則主要是抒發性情，二者功用有別。

　　從宋人彙編唐人詩文選本的角度看，北宋姚鉉（968～1020）編《唐文萃》，卷第十四上，詩五，共選錄十六家詩人的六十四首作品，以「古風」為總題，其中開篇即包括李白《古風》十一首，其餘各家入選詩歌題目中皆含有「古」字，統歸入「古風」。這樣的做法，先不論是否涉及內容、形式、韻律、技巧等詩歌具體的創作層面，以題目中是否含「古」字作為標準，其包容面就擴大了許多。所入選六十四首詩作相互之間的異同之處，與李白《古風》的關聯，以及姚鉉在編選過程中用「以選代評」的方式表現出的「以古為綱」的古風觀，都是很值得深入考察的。

　　作為一種崇尚復古的詩歌類型，「古風」之名，今見所有史料作品記載，可以說最早由李白肇端。宋初田錫（940～1004）《貽陳季和

〔註18〕〔唐〕元稹著，周相錄校注《元稹集校注》卷三十，上海古籍出版社，2011 年，第 855 頁。

書》曰：「若豪氣抑揚，逸詞飛動，聲律不能拘於步驟，鬼神不能秘其幽深，放為狂歌，目為古風，此所謂文之變也。李太白天付俊才，豪俠吾道。觀其樂府，得非專變於文歟！」〔註19〕明言「目為古風」是由太白始，但田錫卻舉太白樂府為例，認為李白「古風」屬「專變於文」者，此處「古風」顯然是泛指而非專稱，在田氏看來，最能代表廣義上「古風」風貌者，乃是太白樂府諸篇，其所得在「變」，而非詩歌之「正」。這顯然與李白《古風》五十九首的定名，李白的古風觀念以及《古風》的實際創作相矛盾。清人馮班疑惑於當時人把「歌行」目為「古風」者，不知始於何時？田錫《咸淳集》中即有「古風歌行」四卷混編，或可為之作解。

但不論李白樂府，還是歌行，從語言到風格，實與《古風》五十九首為代表的專稱之「古風型詩」殊異。「古風型詩」多以五言為主，尚復古，崇雅正。李白在《古風》其一《大雅久不作》開篇即感歎追問「大雅久不作，吾衰竟誰陳」，顯然李白《古風》詩歌是以承繼《大雅》正聲自居的。那麼，田錫認為「古風」屬文之「變態」的觀點顯然不適用於《古風》五十九首，田氏所謂「豪氣抑揚，逸詞飛動」者，亦非《古風》之格調。五代後蜀韋縠《才調集》收錄《古風》中的三篇，即題作「古風三首」，田氏卻以樂府舉例稱「目為古風」自太白始，可見至宋初，對專稱之「古風」概念的理解仍是有所偏頗的，其到底更偏向於太白哪一類詩歌，迄無定論。然不論哪一種，「古風」自太白始的觀點，卻是一致的。

以上，我們可以發現唐人對「古風」和「古體」「古詩」的理解尚未混為一談，雖然都是古體詩，但是早期「古風」重諷刺寄興，「古體」偏吟詠性情，而「古詩」則是對成就較高的古體詩的統稱。但到了宋代，「古風」的概念就開始出現泛化的傾向了，由內容上重「諷」偏向形式上重「古」。再往後，隨著近體律詩日臻成熟完善，逐漸成

〔註19〕〔宋〕田錫著，羅國威校點《咸平集》卷二，巴蜀書社，2008 年，第 32 頁。

為一個可以與「古體詩」相抗衡的概念，相反，符合嚴格「古風」標準的詩人詩歌創作量銳減，成就削弱，「古風」的標準更加放寬，概念也愈來愈籠統。到了清代，已經變成和「近體詩」相對立，而與「古詩」「古體詩」同義的一個詩歌概念了〔註20〕。

三、經典：李白《古風》五十九首

　　若再縮小範圍，從更加具體的方面來講，在中國古典詩歌史上某種特定情境下，考慮到詩歌規模、數量、風格、體式等因素，「古風」又可具指李白「《古風》五十九首」。以「古風」二字為一類整體風格相似的大型詩歌命名自李白始，具有開創性意義。雖然唐人如韓愈、李紳等亦有題為《古風》之作，後世歷代亦不乏冠名《古風》的單篇或組詩，但不論從傳承還是影響力上看，都不能與李白「《古風》五十九首」相比肩。不管是以《古風》為題的詩歌而言，還是更加寬泛一些的「古風型詩」概念來說，李白《古風》五十九首都是極為重要的。

第二節　「古風型詩」概念

　　「古風型詩」這一概念最早由賈晉華 1991 年在中國首屆李白研究國際學術討論會上，於《李白〈古風〉新論》一文中提出。認為「古風」一詞有特殊寓意：

　　　　實際上是被李白作為一種特殊詩型的名稱，具有詩體、題材和風格的三重含義。這種詩型一般為五言古詩，以單篇或組詩的形式出現；它往往以「志士失意」為中心主題，涉及多種不定場合的相關題材；多用比興，允許虛構，不對直觀實景作細緻刻畫，語言古樸，保留漢魏風格，

〔註20〕本文將在考察李白《古風》的傳播接受過程中，結合後人對《古風》的評價與模寫，以及李白以後題為「古風」的詩歌作品的創作情況，進一步考察並詳論李白以後《古風》的傳播接受過程中所顯示的「古風」詩學觀念及「古風」概念的變遷。

　　　　體現自覺的擬古和復古意味。〔註21〕

因此賈晉華認為不應只包含目前題名為「《古風》五十九首」的五十九篇，還應涵括李集中其他風貌相類的《感遇》《效古》《擬古》《感興》《寓言》等二十七首，統稱為「古風型詩」。隨後得到了薛天緯、吉文斌等學者的廣泛支持〔註22〕。

　　但這一提法，學界目前仍存在爭議，比如梁森就持反對意見，認為：「《古風》一類組詩是李白大力追慕漢魏古詩的結晶，具有特定的詩體與詩風的雙重意義。因此，這類作品就不能與李白其他五言古詩等同起來」〔註23〕，比較強調「《古風》五十九首」的獨特性和特殊性。

　　不論是賈晉華提出「古風型詩」概念，還是梁森的反對，前提都是默認為這一組詩是由李白自己編定並命名的，如賈晉華就明確說：「這一組詩的最後命題，可能是李白有意識的、總結性的構想。『古』字強調擬古和詩體的意義，『風』字則強調內容和風格的意義，合起來正可囊括以往的『擬古』『效古』『古意』『雜詩』『詠懷』『感遇』這兩大類命題。」〔註24〕賈金華和梁森的出發點雖然都是強調李白對這一組詩歌的重視，結論卻大相徑庭，前者強調這一類型詩歌的相似性和共通性，後者則更加強調題為「《古風》五十九首」者的獨特性。

　　但「《古風》五十九首」的定名者和定名時間目前仍無定論。到底是李白生前自己就已經編排定名？抑或是後世人所為？目前尚未有直接材料能夠證明，所以很難確指。如果是前者，說明李白在創

〔註21〕賈晉華《李白〈古風〉新論》（《中國李白研究》，1991年集），第130頁。

〔註22〕參考薛天緯《關於〈古風五十九首〉研究的三個問題》（《中國李白研究》，2013年集），吉文斌《李白「古風型詩」的本體考究——從作品著錄及詩題命名情況入手》（《名作欣賞》，2010年，第26期）。

〔註23〕梁森《李白與古詩傳統》，《文學與新聞傳播研究》第4輯。

〔註24〕賈晉華《李白〈古風〉新論》（《中國李白研究》，1991年集），第132～133頁。

作和編輯「《古風》五十九首」之時，當有自己的一個明確標準，是融合、凝練、總結了《感遇》類二十七首詩歌的結果。如果是後者，那麼給「古風」定名者為何人？是魏顥？李陽冰？還是目前所見最早的「兩宋本」編選者宋敏求、曾鞏，定名者對這「五十九」首的選擇是否符合李白原意？所據為何？等等一系列問題就極難確知了。另有諸多疑惑未解之處，如「《古風》五十九首」最初版本的不穩定性；「五十九」首之數歷代以來存在的爭議；《咸陽二三月》和《寶劍雙蛟龍》在宋蜀本中位於卷二十二《感遇》，而不包含在《古風》中；《莊周夢胡蝶》篇在殷璠《河嶽英靈集》中題作《詠懷》等，亦很難做答。

　　雖然如此，「古風型詩」概念的提出也是有一定理由的。這二十七篇《感遇》類詩歌從語言風格到表現內容，都和「《古風》五十九首」極為相近，把它們統稱「古風型詩」似乎涵蓋更加全面，也更為合理，無論從廣義還是狹義方面來說，也自無可厚非。

　　另外，需要指出的是，唐代並非李白一人有題為《古風》之作，但從時間上看，皆在李白之後，比如韓愈、李紳等皆有題為《古風》的詩歌流傳，只是無論從質量還是數量上，都遠遜於李白《古風》。唐代亦並非只有題目為《古風》者，才能稱其為「古風」詩歌，稍晚於李白的詩僧皎然《禪月集》卷二有《古風雜言》二十首，其中包括《古意》九首，及《酷吏詞》《還舉人歌行卷》等十一首，可見當時《古意》類詩歌是可以歸入「古風」的；宋人姚鉉編選《唐文粹》，有「古風」一大類，秉持「以古為綱」的原則，選初盛中晚唐詩人詩歌，凡題目中含有「古」字者，皆編題為「古風」。由此而言，「古風型詩」的概念範疇和容納範圍自然就更大，不應當單純只指李白「《古風》五十九首」亦或《感遇》類而言了。

　　我們在接納「古風型詩」概念的同時，仍以李白《古風》五十九首為中心，此為本文論述之中心和重點。

本章小結

總而言之，「古風」的概念，廣義上主要指的是一種純厚、質樸的上古遺風，及後人因思慕古人風貌，在生活習俗、審美藝術等各個方面呈現出來的復古傾向和尚古態度。狹義上主要指一種崇尚復古，以諷興為宗的詩歌類型，內容上要有所寄託，雖與「古詩」或「古體詩」有一定相似之處，但也不能完全直接等同於二者。

後世對「古風」概念的接受沿著廣義與狹義兩個方向分別發展：廣義上，在詩歌中常常以對「淳古風」「上古風」「太古風」追慕的面目出現，並常與「今雨」相對而言，從詞性上皆為名詞，慣用以為對仗。狹義上，作為一種崇尚復古，寄託諷興的詩歌類型，綿延至今。然自李白《古風》之後，再也沒有如此大型的冠名以「古風」的詩作呈現，且很多詩歌作品雖然題為「古風」，也逐漸失去了「古風」的本初內涵，「古風」之概念逐漸泛化，隨著律詩的蓬勃發展，與之相對，逐漸成為與「古詩」「古體詩」相混淆的模糊而籠統的稱謂，有時甚至能互相指代。從具指的角度來看，考慮到詩人、詩名、數量、質量、規模、影響等因素，在中國古典文學史上，某些語境裏「古風」也可專指李白的「《古風》五十九首」

我們基本可以斷定以《古風》為題自李白始，其產生之初，唐宋時人對「古風」概念就沒有一個統一的界定，認識方面比較模糊；與此同時，也有為自己詩作歸類的時候細分概念加以區別者，如元稹。現代人提出「古風型詩」的概念，只是基於李白《古風》《擬古》《感遇》類詩歌從內容形式到表現手法各個方面的相似性而言，雖缺乏直接的確定性材料支撐，但仍有一定道理。本文是認同這種提法的，並通過對此類詩歌創作情況的多種可能性考察，更加深入全面地論述其合理性。

第二章　李白《古風》溯源

　　歷代評論家多有從內容分類、藝術風格等方面對李白《古風》進行溯源者。但古人論述，優點在精，點到即止；缺點在略，未能深析。現當代學者多以單篇論文的形式論述，侷限於篇幅，往往只涉及其中一類詩歌，如遊仙詩、感懷詩等，或只論《古風》單篇，很難從整體宏觀出發，做到全面詳盡。本章以李白《古風》對比《風》詩、《大雅》《小雅》、《騷》體，與阮籍《詠懷》、左思《詠史》、郭璞《遊仙》，並及陳子昂、張九齡《感遇》，凡歷代以來評論者對《古風》源出多有論及者，皆納入考察範圍。從文本的對比分析出發，考察《古風》與這些詩歌的關係，一方面以期對前人觀點有所判斷、論證和補充，另一方面也對《古風》源出有更深透的理解，為後文各個角度的考察奠基。

第一節　根源：《風》《雅》嗣音，體合《詩》《騷》

　　在李白《古風》後世傳播接受過程中，多有評論者對其源流承繼關係孜孜探究。這種努力從與陳子昂、張九齡《感遇》詩的關係出發，經六朝範式，一路上溯到先秦時期，最終往往與《詩》《騷》傳統相繫。

　　雖然詩歌發展史上，後世詩歌必然會受《詩》《騷》兩大源頭的

影響，且這種承繼關係並非簡單地一對一的單線傳承，大多是渾融一體的，但《詩》與《騷》之側重，《風》與《雅》之區別，《風》《雅》與《變風》《變雅》正變之間的差異，卻有不得不辨之處。

本節主要探究《古風》溯源《詩》《騷》中存在的問題，大致有如下幾點：

（一） 《古風》對《詩經》的繼承，主要側重《風》詩，還是《雅》詩？亦或二者兼而有之？

（二） 李白繼承了《大雅》的那些方面？「大雅久不作，吾衰竟誰陳？」究竟該如何理解？

（三） 《古風》與《風》詩是何關係？僅從名目的相似性論《古風》源自《風》詩的做法是否合理？

（四） 《古風》對屈原《騷》體的繼承又有多少？體現在哪些方面？

總結起來，可以歸納為兩條，即：一、《風》《雅》嗣音，何者為重？二、體合《詩》《騷》，何者為尊？

後世接受者多有認為李白《古風》源自《詩》《騷》者，我們可以從諸多評論者的評點中一窺其貌，見表3：

表3：李白《古風》《詩》《騷》關係源出表

朝代	評論者	出　自	內　　容	溯源
宋	葛立方	《韻語陽秋》	李云：「《大雅》久不作，吾衰竟誰陳。王風委蔓草，戰國多荊榛。」則知李之所得在《雅》。	《雅》
元	劉　履	《風雅翼》	李白……工為古歌詩，言多諷刺。	《風》
元	范　梈	《批選李翰林詩》	觀太白敘《雅》道之意，則韓公所稱李、杜文章者，豈無為哉！	《雅》
明	朱　諫	《李詩選注》《古風小序》	《古風》者，倣古風人之體而為之辭者也。夫十三國之詩為《國	《風》

			風》，謂之風者，如物因風之動而有聲，而其聲又足以動物也。刪後無詩，《風》變為《騷》，漢有五言，繼《騷》而作，以其近古，故曰《古風》……	
明	童 軒	《楊學士詩序》《明文海》	今觀李詩《古風》五十九首及《遠別離》《蜀道難》諸作，大抵得於「變風」之體居多。	變《風》
清	御 選	《唐宋詩醇》	白《古風》凡五十九首……豈非《風》《雅》之嗣音，詩人之冠冕乎？	《風》《雅》
清	陳廷焯	《白雨齋詞話》	自《風》《騷》以迄太白，皆一線相承。	《風》《騷》
清	吳 沆	《環溪詩話》	太白雖喜言酒色，其正處亦多。如《古風》之五十九首，皆《雅》也。	《雅》
清	喬 億	《劍溪說詩》又編	「大雅久不作」言東周後無正《大雅》，亦無變《大雅》也。竊嘗執此說觀漢魏以還詩，其善者猶不失變《小雅》之遺意，而《大雅》洵未有也，然太白能言之，太白不能復之，蓋其人非凡伯、芮良夫、尹吉甫之儔也。世運然乎哉？	對《大雅》的質疑
清	陳 僅	《竹林答問》	自後數十章，或比或興，無非《國風》《小雅》之遺。	《國風》《小雅》

上表可以看出，唐以後對李白《古風》的評論，舉凡涉及到溯源，大都會上溯到我國古典詩歌的兩大源頭：《詩》《騷》。但在認識上卻是比較混亂的，基本上以《詩》為主，認為源自《風》《雅》者各半，間或有認為源於《變風》《變雅》（即《小雅》）者），偶有《詩》《騷》並舉者，但除朱諫詳論其來自《風》詩，喬億對源自《大雅》提出質疑外，其餘各家觀點幾乎皆從大處著眼，屬印象式概括，而非深析其根底。

　　籠統地論斷《古風》源自其中之一，往往會存在許多問題，如對李白《古風》與《大雅》的關係該如何認識？首篇《大雅久不作》拈出《大雅》，開宗明義，彰顯自己繼承《大雅》的盛世宏願和強烈責任感。但是清末時人喬億卻認為李白雖能提出這樣的設想，但卻不能真正做到復歸《大雅》。鍾嶸《詩品》標舉性情，以源流論詩，拈舉出《國風》《小雅》《楚辭》作為五言詩的源頭，獨獨漏掉《大雅》而不言，難道是《大雅》不當為後世五言詩人所祖之源麼？亦或者是後世五言詩人無有能力承繼《大雅》詩風者？

　　那麼，與《小雅》的關係又如何呢？鍾嶸所論當世詩人頗多，但卻只有阮籍一人源出《小雅》，其餘詩人多出《國風》《楚辭》。《古風》五十九首諸多評論者中，從嚴羽、劉辰翁評點本《李杜全集》到胡震亨、陸時雍、王士禛、宋犖、《唐宋詩醇》、管世銘、方濬頤、沈德潛等，多有論及李白《古風》遠紹阮嗣宗《詠懷》詩者，而鍾嶸又認為阮籍《詠懷》源出《小雅》，所以由此脈絡發展來看，李白《古風》又當與《小雅》有源流關係。

　　但又有其餘諸家多言《古風》出自《風》詩或《騷》體者，如劉履、朱諫、童軒、陳廷焯等。

　　這樣看來，《古風》祖述多源，且論者各執其詞，又該作何解釋？此類問題，均須從文本內容、體旨大意、寫作手法等各個側面的比對入手——明辨。

一、「聖代復元古」：源自《大雅》的責任意識與盛世願景

　　對李白《古風》與《詩》《騷》之間的源流承繼關係，及其源自《大雅》的認識，主要來自於首篇《大雅久不作》，李白在此篇中以自敘式的語氣表達了對歷代文學變遷的整體認識：

　　　　大雅久不作，吾衰竟誰陳？王風委蔓草，戰國多荊榛。
　　　　龍虎相啖食，兵戈逮狂秦。正聲何微茫！哀怨起騷人。
　　　　揚馬激頹波，開流蕩無垠。廢興雖萬變，憲章亦已淪。

　　自從建安來，綺麗不足珍。聖代復元古，垂衣貴清真。

　　群才屬休明，乘運共躍鱗。文質相炳煥，眾星羅秋旻。

　　我志在刪述，垂輝映千春。希聖如有立，絕筆於獲麟。

葛立方甚至直接由此篇前四句得出李詩之所得在《雅》的結論，然並未以大小《雅》分之。喬億則直接對李白《古風》繼承《大雅》提出了質疑，認為雖然李白在《古風》開篇就言說「大雅久不作，吾衰竟誰陳」，但李白自己雖然能如此說，卻也未能在詩歌的實際創作中真正繼承《大雅》之風，其根源大抵在於世運變遷，不復上古淳樸質直之風習，而李白自己也不能像上古時期的凡伯、芮良夫、尹吉甫等人那樣，真正成為國之卿士，能承擔起復振《大雅》的責任。范梈所言太白「敘《雅》道之意」，吳沆所說「正處亦多」，都是含混不清的說法，其指向的都只是李白致力於復歸雅正的努力而已。

　　除《大雅久不作》外，李白《古風》其三十五《醜女來效顰》抨擊雕蟲造作之風，提倡天真自然的本性，和首篇所言「綺麗不足珍」「垂衣貴清真」一脈相承，此篇中也說：「大雅思文王，頌聲久崩淪」，所指乃是《大雅》中的《思齊》篇，此篇不僅是《大雅》蕭穆詩風的代表，更重要的意義在於它是歌頌文王功德的詩篇，文王修身治國，從善如流，任用賢能，關心民瘼，周民族在文王的帶領下不斷強大，文王可以說是李白王道想像中完美君王的典型代表。《思齊》篇是用來歌頌文王功德的，可惜這種頌讚的聲音，已經是「久崩淪」了，此即李白所陳說的「《大雅》不作」之意。

　　然而我們拿《古風》與《大雅》諸篇相比較，無論從語言內容，還是詞句表達，均能明顯看出二者內容和風格之間殊異，詩風上不具有直接而明顯的承繼關係。那麼，為什麼李白在《古風》開篇就放言「大雅久不作，吾衰竟誰陳」呢？

　　這裡，與其糾結於李白《古風》在語言、藝術、內容等方面是否真正做到復歸《大雅》諸篇，窮究二者之間有無蛛絲馬蹟的聯繫，不如說「大雅久不作，吾衰竟誰陳」所彰顯的更多是李白對產生《大

雅》詩歌的那個時代美好的盛世幻想，即由一種和諧的君臣關係所帶來的質樸淳厚、天真爛漫的社會整體風貌。並進一步希望君王能夠步趨堯舜，仁政愛民，任用賢人，自己作為臣子也以復歸當世的《大雅》文風為己任，從而產生了一種自覺的國之主人翁意識。

「大雅久不作」，「久」字表明這種幻想中的盛世圖景已經消失很久了，與之相同步，反映這種盛世圖景，讚頌祖先功德的《大雅》類詩歌也已經消逝很久了，這從《詩》以後實際的詩歌創作中也能大致看出這種變化。鍾嶸《詩品》以源流論詩人，之所以拈出《國風》《小雅》《騷》，而不言及《大雅》者，正是因為《大雅》所代表的詩歌以及產生這種詩歌的時代和人物久不復現的緣故，詩歌是時代精神風貌的反映，世道漸衰，不能復振，詩風自然無法復歸《大雅》，這也與李白在《古風》中反覆沉歎「世道日交喪」的篇章相關係。「吾衰竟誰陳」指的是我（李白）有這種自覺地承擔起復歸《大雅》時代詩風的責任和意識，同時也自認為具備這種能力，但是無奈年貌漸衰，已經沒有時間可以繼續等待了，在我之後，還有誰能如同我一樣呢？此為這兩句的正解。

在這裡，李白所言《大雅》不是從具體的詩歌內容、藝術手法等細微之處著筆，而是從大處著眼，以《大雅》之詩代表《詩》之正意，國之正理，與家國天下的興衰走勢和大命倫理的輪盤轉向相聯繫，喬億認為李白不能與凡伯、芮良夫、尹吉甫等人相比，論析李白雖能言卻不能復歸《大雅》，但是在李白自我認知和個人意識裏，卻恰恰相反。李白的家國責任意識是自然而然生就的，其身世本就與唐王朝皇族有著千絲萬縷的聯繫，雖然其家世撲朔迷離，至今未有定論，但李白個人向李唐皇室靠攏的努力卻貫穿於生命的始終。李白以國姓「李」為己姓，李陽冰「復指李樹而生伯陽」〔註1〕的說法本就含混不清，在《草堂集序》中又稱李白為涼武昭王暠九世孫，李白在《贈張相鎬》中也以李廣為祖，還有說法認為李白乃李建成之後

〔註1〕〔清〕王琦《李太白全集》，中華書局，2011年，第1229頁。

裔〔註2〕。且李白平生交際甚廣，與當時李唐皇室成員多有交集，自己的詩文中也多有身份與皇室靠近的暗示。雖然這種做法在當時可能比較普遍，布衣詩人攀附名門望族，望郡大姓，能夠在短時間內極大地提升自己的聲望，李白的此種努力則尤為明顯。不管其歷史真相如何，即便李白並非真正的皇室後裔，但他的種種努力中所顯示的則是潛意識裏以家國天下為己任的強烈使命感，表現在《古風》首篇，便是「大雅久不作，吾衰竟誰陳」所傳遞出的人生暮年，老之將至，而治世願望還沒有實現的急迫感和焦慮感。

　　這種急迫感和焦慮感，滲透在《古風》多篇悲歎「世道衰喪」和「時節如流」「士不遇」的篇什中，「世道衰喪」是點明《大雅》「不作」，自己復振綱常的願望還沒有一個合理的途徑得以實現，表現在《胡關饒風沙》《天津三月時》《大車揚飛塵》《三季分戰國》《玄風變大古》《羽檄如流星》《一百四十年》《殷后亂天紀》等篇，而「時節如流」和「士不遇」則切入「吾衰」和「竟誰陳」正面，體現在《咸陽二三月》《黃河走東溟》《秦水別隴首》《容顏若飛電》《孤蘭生幽園》《齊瑟彈東吟》《越客採明珠》等篇，所表達的都是自己年事已高，但是理想抱負卻始終如鏡花水月的苦悶。在年已漸衰，但志向卻不得伸展這個層面上，這些篇章是圓融統一的。

　　唐人詩歌中對《大雅》詩歌所代表的「大雅盛世」的呼喚，不只限於李白一人，還有如杜甫《戲為六絕句》曰：「別裁偽題親風雅」〔註3〕，《秦州見敕目薛三璩授司議郎畢四曜除監察與二子有故遠喜遷官兼述索居凡三十韻》：「大雅何寥闊，斯人尚典刑」〔註4〕，王建《寄李益少監兼送張實遊幽州》：「大雅廢已久，人倫失其常」

〔註2〕可參考韓維祿《李白「五世為庶」當為李建成玄孫解》（《山西師大學報》，1988年，第1期，第35～37頁。
〔註3〕〔唐〕杜甫著，仇兆鰲注《杜詩詳注》卷十一，中華書局，1979年，第902頁。
〔註4〕〔唐〕杜甫著，仇兆鰲注《杜詩詳注》卷八，中華書局，1979年，第528頁。

〔註 5〕，孟郊《答姚怤見寄》：「大雅難具陳，正聲易漂淪」〔註 6〕，皆一脈相承，對「大雅盛世」〔註 7〕的呼喚，在唐人尤其是初盛唐人詩歌裏，所顯示的不是個人的努力，而是一種群體性的憧憬和召喚。

所以說，「大雅久不作，吾衰竟誰陳」並非李白對《古風》詩歌內容藝術特徵的定位，更多的是一種不自覺的潛意識使然，其所彰顯是李白幻想中的「大雅盛世」的美好社會圖景，以及復歸《大雅》為己任的國之主人翁的使命感，表現在《古風》中，便是首篇「大雅久不作，吾衰竟誰陳」所傳遞出的人生暮年，老之將至，而這種自覺地滲透進生命裏的使命與志向還沒有實現所帶來的急迫感和焦慮感，這種急迫感和焦慮感貫穿於《古風》中與時節、物流、衰老、不遇等命題相關的各個篇章中，貫穿於李白對先秦時期明君賢臣的幻想和對社會腐朽現實的諷刺中，凡論李白《古風》所得在「大雅」者，當從此處著眼。

二、「文質相炳煥」：繼承《小雅》「怨誹而不亂」的情感　表達

從詩歌主旨大意、內容做法、藝術特徵等文學性方面看，李白《古風》與《小雅》中某些篇章倒是有比較明顯的繼承關係。《大雅》追敘祖先功德，風格莊嚴端正，肅穆雍容，然其中的盛世圖景卻只停留在描寫和追憶的精神層面。相較而言，《小雅》和《風》詩大多關心底層百姓的普通生活，其關注的更多是社會現實中急待解決的問題和苦難，如風雨稼穡、征戰勞役、情愛婚姻、家庭生活，充滿了世俗

〔註 5〕〔唐〕王建著，王宗堂校注《王建詩集校注》卷第四，巴蜀書社，
　　　2006 年，第 144 頁。
〔註 6〕〔唐〕孟郊著，韓泉欣校注《孟郊集校注》下冊，卷七，浙江古籍
　　　出版社，2012 年，第 308 頁。
〔註 7〕唐人對「大雅盛世」的憧憬，可參見廖美玉《大雅的失落與召喚——
　　　唐代詩人的盛世論述與王道想像》，《南開學報》，2011 年，第 5 期，
　　　第 76～88 頁。

生活的煙火氣，顯得更加真實生動、隨意親切。

　　李白《古風》所寫內容，尤其是針砭現實、意有所指的部分，大多都能從《小雅》中找到影子，且在情緒的表達上也比較吻合，多為憂傷愁苦的歎息，比如以下幾個相關的主題：

（一）邊疆征戰與優生之嗟

　　《小雅》中多有寫征戰之事的篇什，這些戰事多發生在以華夏民族為主體的中央政權和邊疆少數民族之間，「玁狁」「戎」和「王事靡盬」「王事多難」等詞在《小雅》的《四牡》《采薇》《出車》《杕杜》《六月》《采芑》等多篇中反覆出現：

　　　　王事靡盬，我心傷悲……王事靡盬，不遑啟處……王事靡盬，不遑將父……王事靡盬，不遑將母。(《小雅·四牡》)〔註8〕

　　　　靡室靡家，玁狁之故。不遑啟居，玁狁之故……王事靡盬，不遑啟處。憂心孔疚，我行不來！(《小雅·采薇》)

　　　　王事多難，維其棘矣……憂心悄悄，僕夫況瘁……赫赫南仲，玁狁于襄……王事多難，不遑啟居……赫赫南仲，薄伐西戎……赫赫南仲，玁狁于夷。(《小雅·出車》)

　　　　王事靡盬，繼嗣我日……日月陽止，女心傷止，征夫遑止……王事靡盬，我心傷悲……王事靡盬，憂我父母。(《小雅·杕杜》)

　　　　玁狁孔熾，我是用急。王于出征，以匡王國……薄伐玁狁，以奏膚公。(《小雅·六月》)

　　　　顯允方叔，征伐玁狁，蠻荊來威。(《小雅·采芑》)

《小雅》中的這些詩歌，幾乎都是寫周王室與周邊少數民族政權之間的戰爭，在戰爭中，詩人寫小官吏為了王事奔波勞碌，征夫想念父母家人，卻畏懼王權詔令而不得歸，同時又為戰爭的勝利歡欣鼓

〔註8〕〔漢〕鄭玄箋，〔唐〕孔穎達疏，朱傑人、李慧玲整理《毛詩注疏》，上海古籍出版社，2013年，第796頁。下引《詩經》各篇原文皆出此本，不再重複出注。

舞，妻子思念遠方征戍在外的丈夫，無論哪一種情感都體現著強烈的關注現實的精神和參與國事的願望，以及在戰爭中無可避免地產生的憂生之情。這種內容和情緒，與李白《古風》中一些描寫戰爭的篇章極為神似，如《代馬不思越》《胡關饒風沙》《羽檄如流星》等。尤其是《出車》與《羽檄如流星》篇的契合程度相當高，都以邊事緊急，君王詔令出兵開篇，繼而寫三公大臣運籌帷幄，為戰爭作準備，對戰爭緣由、始末都做了詳細交代，且都迴避了正面戰爭場景的描寫，在頌揚家國強盛，歌頌或發願戰爭勝利的同時，也難掩對親人的不捨之悲和思念之情。王事不熄，生民疲敝，詩人對此充滿了憂生之嗟。

（二）君子涵德與小人譖害

《小雅》中頌揚君子之德的篇章非常多，對君子至德的讚美，散見於《魚麗》《南有嘉魚》《南山有臺》《蓼蕭》《湛露》《庭燎》《小明》《瞻彼洛矣》《桑扈》《采菽》等篇中，這些詩歌中歌頌的君子，在品性上能夠自覺秉持正直堅貞、才德兼具等美好的操守，因此能夠獲得上天庇祐，賜以無上的福祿，可享永年，是國家民眾的守衛者，是屏障和保護人，詩人賦予了君子以政治的參與者和家國守護者的角色。但是這一切都建立在聖明君主對有才君子賞識、信任的基礎之上，一旦出現小人譖害，至德君子就會失去君主之心，君主視聽受到蒙蔽，就會使君子罹禍，如：

> 營營青蠅，止于樊。豈弟君子，無信讒言。營營青蠅，止于棘。讒人罔極，交亂四國。營營青蠅，止于榛。讒人罔極，構我二人。（《小雅·青蠅》）

> 戎成不退，飢成不遂。曾我暬御，慘慘日瘁。凡百君子，莫肯用訊。聽言則答，譖言則退。哀哉不能言，匪舌是出，維躬是瘁。哿矣能言，巧言如流，俾躬處休！（《小雅·雨無正》節選）

> 悠悠昊天，曰父母且。無罪無辜，亂如此憮。昊天已

威，予慎無罪。昊天大幠，予慎無辜。亂之初生，僭始既
涵。亂之又生，君子信讒。君子如怒，亂庶遄沮。君子如
祉，亂庶遄已。君子屢盟，亂是用長。君子信盜，亂是用
暴。盜言孔甘，亂是用餤。匪其止共，維王之邛……（《小
雅・巧言》節選）

萋兮斐兮，成是貝錦。彼譖人者，亦已大甚！哆兮侈
兮，成是南箕。彼譖人者，誰適與謀。緝緝翩翩，謀欲譖
人。慎爾言也，謂爾不信。捷捷幡幡，謀欲譖言。豈不爾
受？既其女遷。（《小雅・巷伯》）

以上除了《巷伯》之外，《青蠅》《雨無正》《巧言》三篇，明顯能從
題目中看出，是對小人如同青蠅，在君王面前巧言令色，致使社稷家
國蒙受其害的痛斥和鞭撻。李白《古風》中對小人當道，壅蔽聖聽，
而導致君子不遇的描寫也比比皆是，其九《莊周夢胡蝶》篇末曰：「富
貴故如此，營營何所求」明顯繼承了《青蠅》篇「營營青蠅」之意；
《容顏若飛電》篇的「君子變猿鶴，小人為沙蟲」，《抱玉入楚國》篇
的「直木忌先伐，芳蘭哀自焚」，《燕臣昔慟哭》篇的「群沙穢明珠，
眾草凌孤芳」等，都是對小人氣焰囂張，而君子罹禍的痛訴；其餘《燕
昭延郭隗》篇的「珠玉買歌笑，糟糠養賢才」，《天津三月時》篇的「行
樂爭晝夜，自言度千秋」，《大車揚飛塵》篇的「中貴多黃金，連雲開
甲宅」，《玄風變大古》篇的「白首死綺羅，笑歌無休閒」等皆是對君
主遭到蒙蔽，小人當道，權貴橫行社會亂象的描寫。

（三）家國關懷與憂傷之情

《小雅》詩歌內容豐富，有著濃鬱的家國關懷，《鹿鳴》《四牡》
《皇皇者華》《常棣》《伐木》《天保》《南有嘉魚》《蓼蕭》《彤弓》《菁
菁者莪》等篇充溢著對家國君主、臣民百姓的熱愛和關心，從正面著
筆，代表了《小雅》詩歌熱情洋溢，溫馨光明之一面，但李白《古風》
除首篇《大雅久不作》外，其餘幾無對這類正面情緒的繼承。

相反，《古風》主要繼承的是其憂傷之情，《采薇》描寫從軍戰士

的艱辛生活和思歸之情，《出車》寫戰士冒著雨雪為王事征戰，《杕杜》寫家中的妻子思念長期在外服役的丈夫，《節南山》寫周幽王時期，正直的士大夫斥責尹氏暴虐，禍害百姓，希望周王能追究其罪，選賢任能，使邦國重新安定，《正月》也是一位憂國憂民的周大夫創作的怨刺君主，憂傷百姓的詩歌，《十月之交》《雨無正》《小旻》都是刺上的篇什，這些是從反面描寫，代表了《小雅》詩歌怨刺、憤懣、激烈之一面。在《小雅》諸篇中，「我心傷悲」「莫知我哀」「憂心孔疚」「憂心忡忡」「憂心如醒」「憂心驚驚」「心之憂矣」等表達心情哀傷的句子反覆出現。而在李白《古風》五十九首中，結句也大多亦表現憂傷之情，如其二：「沉歎終永夕，感我涕沾衣」，其二十一：「吞聲何足道，歎息空淒然」，其二十二：「揮涕且復去，惻愴何時平」，其三十二：「惻惻不忍言，哀歌達明發」，其三十七：「古來共歎息，流淚空沾裳」等等。這種詩人在詩歌中表達的憂傷之情，慟哭之悲，是與《小雅》一脈相承的，皆源自於對家國的無限責任和對生民百姓的深摯關切，表達的是對現實世道衰喪的憂傷之情。

除以上三個方面外，李白《古風》與《小雅》之間的聯繫，還表現在其他一些細節上，如對「我無辜／無罪」的描寫，《小雅·小弁》：「何辜于天？我罪伊何？」《小雅·巧言》：「昊天已威，予慎無罪。昊天大憮，予慎無辜。」《古風》其三十七「而我竟何辜，遠身金殿旁」。還有對作哀歌宣洩悲憤心情的描述，《小雅·四月》結句曰：「君子作歌，維以告哀。」《古風》其三十二末句曰：「惻惻不忍言，哀歌達明發」，從句子結構和語言表述來看，都是極為相類似的。

另外，詩評家多有論及李白《古風》源自阮籍《詠懷》者，如胡震亨、陸時雍等，我們還能從鍾嶸對源出《小雅》一脈的惟一一位詩人阮籍的評價，看出《古風》與《小雅》之間的關係：

> 無雕蟲之功，而《詠懷》之作，可以陶性靈，發幽思，言在耳目之內，情寄八荒之表。洋洋乎會於《風》《雅》，使人忘其鄙近，自致遠大，頗多感慨之詞。厥旨淵放，歸

　　趣難求。顏延年注，怯言其志。〔註9〕

鍾嶸對阮籍的評價，首先就標明「無雕蟲之功」，絲毫不涉及「文」
「質」「氣」三者之間的消長變化關係，只在開端說其整體風格質樸
無文，不事雕琢。此後所論都是針對《詠懷》詩而言的，對這組詩歌
給與了極高的評價。轉而從內容上看，認為其多感慨之詞，旨意難求。
阮籍《詠懷》詩頗為隱晦，然結合當時政治背景，許多篇章的主旨也
並非完全無法探求，鍾嶸在這裡所言顏延年注解中的「怯」字，對於
阮籍在《詠懷》詩裏隱晦的詩風而言，其創作的當時理解為「不敢」
似乎比「不能」要更合適一些。鍾嶸認為阮籍源出《小雅》，直接緣
由就是其代表作《詠懷》詩是與政治直接掛鉤，是詩人在生命朝不保
夕，隨時可能罹禍的情形下產生的憂生憂世之嗟，《詠懷》詩與政治
之間有著天然而然的內在聯繫，這也是李白《古風》與阮籍《詠懷》
和《小雅》的直接相關聯之處，是其彼此源出的關鍵點。

　　概言之，《古風》對《小雅》的繼承不僅是多方面的，而且是具
體而微的，不僅表現在內容主旨和情感指向上，也表現在具體的句子
語言和寫作手法上。但是這種繼承是側重於家國衰敗、戰亂紛仍、個
人經歷之一面的，《小雅》中描寫宴飲歡樂、友人親善等溫馨明媚場
景的篇章，《古風》中則少有涉及。

　　從產生時段上講，《大雅》端莊肅穆，產生於周王朝上升期和鼎
盛期，主要以頌讚祖先功德為主，相比而言，《小雅》則產生於王朝
由盛轉衰的過渡時期，其內容更關注社會世道日衰的現實一面，並窮
究其產生的原因，如小人擅權，君主失德等方面。由此而言，結合李
白一生的個人經歷和唐王朝由盛轉衰的局面，李白在《古風》中以世
道衰變時產生的《小雅》詩歌的內容、藝術為借鑒，陳述自己復歸《大
雅》之清明盛世的願望，從詩歌創作的目的、時間線和邏輯關係上來
看，也是相當契合的。《大雅》是一種責任，更是一種願望，《小雅》

〔註9〕〔齊梁〕鍾嶸著，曹旭集注《詩品集注》，上海古籍出版社，2011年，
　　　第150～151頁。

才是李白在詩歌創作中具體的借鑒對象和表述方式。

　　《古風》對《小雅》的繼承，其原因不僅是因為二者的寫作背景極為相似，均處於王朝由盛轉衰的時期，充滿了對社會問題的批判和憂世之情，更因為寫作這些詩篇的作者在身份和社會地位上具有極大的相似性〔註 10〕，《小雅》的作者大多為周王室的士大夫，屬於政治體系的中上層，而李白也是如此，雖然李白一生之中只有很短的時間在朝為官，但是無論從其家庭出身，還是所接受的教育，在中上層社會所享有的聲譽和名望來看，都是相類似的，都處於整體社會結構的中上層，所以他們關注的都是戰爭、選賢、制度等社會問題，而不是婚姻情愛等個人問題〔註 11〕。由此又帶來了情感表達上的克制，最明顯的就是天性嗜酒的李白在《古風》中竟然沒有對飲酒和醉態的描寫，這也正證明了其繼承的是「怨誹而不亂」的清醒主體意識和客觀理智的判斷思考力，這些都是其得益於《小雅》之處。

三、「倣古風人之體」：寄託《風》詩「諷」之精神

　　《古風》與《風》詩名稱上的相似，使不少評論家理所當然地認為李白《古風》源自《風》詩或《變風》，二者之間的源流承繼關係似乎已經是理所當然之事。然《古風》與《風》詩究竟有無內容藝術上的相似之處？從《風》詩中繼承了什麼？諸家皆未深譜其諦。明人朱諫《李詩選注》前有《古風》小序，從「倣古風人之體」與「得古風人之意」兩方面加以論述，頗有發明。但朱諫的論述也有可疑之處，需要詳加辨析。

　　單從詩歌內容藝術本身而言，李白《古風》與《風》詩之間的聯

〔註10〕萬德凱考察由漢至南朝正史中關於《小雅》的記載，總結出了《小雅》兩點詩學特徵：一是作者為不得志的貴族，二是在情感表達上的節制性，即「怨誹而不亂」「怨而守禮」，參見《鍾嶸〈詩品晉阮步兵詩〉條疏證》一文（《西南民族學院學報》，2003 年，第 3 期。）

〔註11〕這方面又涉及到了《小雅》《古風》和《風》詩的區別，將在下一部分詳論。

繫，遠不如與《小雅》之間的承繼關係來得自然、明顯而緊密。我們
將從以下幾個方面分別加以論析：

（一）《風》詩主旨內容和《古風》之間有無聯繫

　　《風》詩內容主旨大多與婚姻情愛，子嗣綿延，遠方遊子，閨中
思婦，社會習俗有關，如《國風·周南》中的《關雎》寫男女戀歌，
《桃夭》展示婚嫁場面的熱烈明媚，熱鬧歡樂，《漢廣》寫男子追求
女子而不得的苦悶，《螽斯》祈求多子多福，《國風·召南》中的《鵲
巢》描寫婚嫁過程，《草蟲》寫妻子思念在外的丈夫，《行露》寫貞潔
女子堅決拒絕已有家室的浪子糾纏，《摽有梅》寫待嫁女子微妙的心
理活動，《江有汜》寫棄婦，《野有死麕》寫愛情中的美好和熱烈，《何
彼襛矣》表達王族女兒出嫁時車馬的豪華奢靡以及場面的聲勢浩大。
或有反映祭祀、宴會、祝禱、頌揚的篇章，如《國風·周南》中的《兔
罝》，讚美當時諸侯手下武士勇武的氣概，《麟之趾》以麒麟作比，祝
願諸侯多子多福，且品德高尚，福壽綿長，《國風·召南》中的《采
蘋》寫女子採摘蘋草，置辦祭祀祖先的禮物，準備出嫁前的情形。其
餘諸王國之《風》詩，內容大抵不出以上幾類，但這些內容在李白《古
風》中則鮮有涉及。

　　其中只有少數篇章，如《邶風·擊鼓》寫士卒長期征戰在外之悲
辛，與《古風》之《胡關饒風沙》《羽檄如流星》等描寫戰爭的篇章
有相似之處；《鄘風·干旄》讚美衛文公君臣善於招賢納士，可與《燕
昭延郭隗》篇前半部分對讀；《衛風·淇奧》讚美君子之德，可與《孤
蘭生幽園》《鳳飢不啄粟》等篇相參讀；《衛風·考槃》寫隱士隱居之
樂，與《古風》其四十二《搖裔雙白鷗》篇相類；《魏風》中的《伐
檀》《碩鼠》諷刺在位者尸位素餐，不勞而獲，貪得無厭，與《古風》
中的《大車揚飛塵》篇相似；《唐風·蟋蟀》寫物候節序之悲，與《古
風》中的《秋露白如玉》篇同一感慨。就句子的相似度和承繼關係來
看，也只有《邶風·螮蝀》與《古風》其二「螮蝀入紫微，大明夷朝
暉」在意象上有明顯的襲用之處。

　　《詩經》中十五《國風》，共約 160 篇，排除題旨不明，多有爭議者，從內容主旨上看能與《古風》五十九首勉強相關聯的，只有以上寥寥 8 篇左右，以此比例來看，說李白《古風》源自《風》詩，實在是過於牽強。

（二）鍾嶸《詩品》述源《國風》者和《古風》有無相似

　　鍾嶸（約 468～518）在《詩品》中對當世詩人詩作祖述源流，標舉出源自《國風》者共有 14 家，其中有 12 家為間接源出，我們可以用一個圖表來作一標識，見圖 1：

圖 1：鍾嶸《詩品》源出《國風》者系統脈絡圖

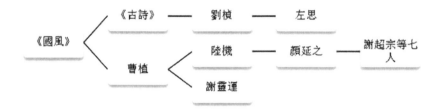

《詩品》中源出《國風》者，脈絡是比較清楚的，主要分為兩支，一是《古詩》、劉楨、左思一脈，一是曹植、陸機、謝靈運、顏延之等一脈。

　　對《古詩》一脈的評價，主要如下：

　　　　《古詩》：文溫以麗，意悲而遠。〔註12〕

　　　　劉楨：仗氣愛奇，動多振絕。真古凌霜，高風跨俗。但氣過其文，雕潤恨少。

　　　　左思：文典以怨，頗為精切，得諷喻之致。雖野於陸機，而深於潘岳。

　　對曹植一脈的評價，主要有：

　　　　曹植：骨氣奇高，詞采華茂，情兼雅怨，體被文質，

〔註12〕〔齊梁〕鍾嶸著，曹旭箋注《詩品箋注》，人民文學出版社，2009 年，第 45 頁。下引《詩品》評論，皆出此本，不再重複出注。

粲溢今古，卓爾不群。

　　陸機：才高詞贍，舉體華美……尚規矩，不貴綺錯，
有傷直致之奇。

　　謝靈運：尚巧似。而逸蕩過之，頗以繁蕪為累。興多
才高，寓目輒書，內無乏思，外無遺物，其繁富宜哉！

　　顏延之：尚巧似。體裁綺密，情喻深淵，動無虛散，
一字一句，皆致意焉……如錯彩鏤金。

鍾嶸對源出《國風》者的評價標準主要側重於詩歌風格，「文」「質」
「氣」「意」「才」「情」等是其關鍵詞，要之，不出詩歌內容、表現
形式，以及與詩人才氣三者之間平衡彼此，消長變化的關係，由此帶
來個人詩風同中見異的風格，既有相似，又有區別。離《國風》越近，
直接源出關係越明顯者，其詩歌平衡三者關係的能力就越強，質量自
然也就越高；反之，則越低。圖1中，第一源出層級的《古風》和曹
植，都是能夠很好地平衡「文」與「意」，「文」與「質」，「氣」與「情」
之間關係的，不偏不倚，都達到了極高的境地；而第二源出層級的劉
楨、陸機與謝靈運，就稍微差一些，或「氣過於文」，或「傷直致之
奇」，或「逸蕩過之，頗以繁蕪為累」，三者之間有所偏頗，有長處，
亦有短處；第三源出層級的左思和顏延之，也和第二源出層級有同樣
的問題，不同的是，鍾嶸對左思的評價還是很高的，而顏延之則錯彩
鏤金，雕潤過矣，風格過於繁縟；其餘往後謝超宗等七人，更入下品，
闕而不論。

　　首先，從人數上看，以上共計十四位源自《國風》的詩人中，歷
代對李白《古風》的評價中，只涉及到了《古詩》一脈末端，第三層
級的左思，且主要關注點在其《詠史》詩與李白《古風》中詠史部分
的關聯，如嚴羽、劉辰翁本載佚名認為：「詠史出左太沖」〔註13〕，
清代管世銘雖曰：「供奉《古風》，本於太沖《詠史》」〔註14〕，但也

〔註13〕嚴羽、劉辰翁評點，聞啟祥輯《李杜全集》載明人批。
〔註14〕〔清〕管世銘選《讀雪山房唐詩序例》，清光緒十二年（1886），湖
　　　　北官書處刻本。

只舉出《古風》中《蟾蜍薄太清》《胡關饒風沙》《天津三月時》《羽檄如流星》四篇明顯指言時事者作解，然《古風》內容多樣，只以少數隱約時事的篇章來論說其總體源起，不免有以偏概全之嫌。

其次，從詩風上看，《古風》開篇《大雅久不作》即崇尚「清真」，《醜女來效顰》篇也說：「一曲斐然子，雕蟲喪天真。」李白反覆陳說的，都是對詩歌風格中文過其詞的雕飾之風的批判，而以上源自《國風》者，第一層級《古詩》是「溫以麗」，曹植詩風亦是「詞采華茂」，《古詩》一脈的繼任劉楨和左思，算是雕潤較少者，所以左思《詠史》詩才有與李白《古風》中詠史的部分相似之可能。而曹植一脈則由曹植之「華茂」到陸機之「華美」，再到謝靈運之「繁蕪」，顏延之的「錯彩鏤金」，正可謂與李白所斥責之「雕蟲喪天真」越來越近，而與《古風》「貴清真」的訴求卻是愈來愈遠了。

以上，從鍾嶸《詩品》對《國風》一脈各家溯源的比對分析，亦可見出強自認為其源於《風》詩的不合理處。

（三）《風》詩所寫人物、作者層次與《古風》有無共通之處

《風》詩中所涉及的人物，主要是處於婚戀中的青年男女、良人棄婦、征人思婦，幾乎沒有明確的人物所指，都是一類人的代表。這些人物身上充滿了世俗的煙火氣，如婚喪嫁娶、祭祀典禮、農事稼穡等，都活動在具體的生活細節和生活場景中，雖然沒有名姓，卻顯得真實而生動。這些與《古風》中所涉及的人物完全不相關，《古風》中的人物，一類是歷史人物，如秦始皇、莊周、魯仲連、郭隗、劇辛、鄒衍、郢客、卞和等，一類是神仙道化人物，如安期生、綠髮翁、嚴君平、嚴子陵、紫煙客、明星、玉女等，另一類是模糊的美人、佳人、秀色等女性形象，還有一類是「我」，即李白自身形象在詩歌中的投影和展演。在這四類中，無論是哪一種，都是超脫凡俗之外的，不沾染塵世絲毫的塵土之氣，與《風》詩所寫完全不類。

從所寫人物中，也能看出作者身上的某些特性。《風》詩所寫人

物大多處於社會底層，由民間採集而成，其作者大多為社會中下層
文人，甚至可以猜測有些詩篇作者不明，只是流傳於普通百姓之口
的世代相傳的歌謠，經過文人整理加工記載而成，這樣的作者身份，
與李白之間的差異之處是很明顯的。李白《古風》中對現實人物有所
關注的篇章，主要集中於《羽檄如流星》一首中對徵兵場面的描寫，
以及《西嶽蓮花山》後四句對戰爭中生民塗炭，血流遍野的敘述，且
在這兩篇中都是從高遠的視角對整體宏大場景作俯瞰式的概覽，也
幾乎沒有涉及到細微之處的體察和對個體生命狀態以及命運走勢的
關注。

　　綜合以上三點，說《古風》源自《風》詩實在是過於牽強。那
麼，這裡就出現了一個問題，明代朱諫（1455～1541）《李詩選注》
中溯源到「風」，認為李白《古風》「傚古風人之體」「得古風人之
意」，並拈舉出十三國之詩《國風》舉例，是否有其合理之處呢？

　　我們由以上分析可知，朱諫雖然在《古風小序》中說：「古風
者，傚古風人之體而為之辭者也。夫十三國之詩為《國風》，謂之風
者，如物因風之動而有聲，而其聲又足以動物也。」〔註15〕致力於為
《古風》正名，對《古風》之來源做一個正本清源的努力，並在正文
的解讀中，以「賦」「比」「興」三者標舉各篇。然這種不從詩歌本身
內容主旨出發的努力無異於緣木求魚。其疑問處有三：一、《古風》
與《風》詩雖然同名，但本身《古風》五十九首是否是李白在世時自
己已經定名如此尚未可知，即使是李白自己定名，其依據是否來自
《風》詩，也屬待定。名目所自本就有疑惑之處，怎可以名目之同反
推詩風同源呢？二、「風」字涵義豐富，怎知即和《風》詩同義？三、
朱諫以「賦」「比」「興」手法的不同為各篇分類，然「賦」「比」「興」
的手法是《詩經》中所共有的，《風》《雅》《頌》詩皆有，並非《風》
詩所獨專。

〔註15〕〔明〕朱諫《李詩選注》卷一，中國國家圖書館藏，明隆慶六年朱
　　　　守行刻本。

那麼，《古風》與《風》詩真的毫無關聯麼？若有，其側重又在哪一方面？

我們可以肯定地說，李白《古風》並非和《風》詩毫無關聯，其所側重，乃在「諷」之一面〔註16〕，「風」通「諷」，二字本就相通，而「古風」和「古諷」「諷古」之名，在「古風型詩」的傳播接受過程中均曾出現過。李白《古風》從《風》詩中所繼承的正是「諷」之一面，即表達方式上用委婉含蓄的話語勸告或譏刺在位者，王世懋曰：「風人之體善刺，欲言之無罪耳」〔註17〕，正是此意，《詩經》中《鄘風‧牆有茨》諷刺宣姜不守婦道，和庶子私通，其醜事不可言說；《鄘風‧相鼠》《魏風‧伐檀》《魏風‧碩鼠》委婉諷刺在位者貪婪無度，都屬此類。表3中劉履《風雅翼》認為李白《古風》源自《風》詩，也是從「言多諷刺」的角度論說的，可為一證。

《古風》中還有一些詞語是源自《風》詩，且繼承了其委婉諷刺之一面的，如其四十四《綠蘿紛葳蕤》篇「奈何夭桃色，坐歎葑菲詩」，「夭桃」和「葑菲」兩詞，明顯源自《周南‧桃夭》和《邶風‧谷風》兩篇，在前者中李白一反詩歌原來熱烈頌揚婚嫁喜慶場面的原意，委婉諷刺桃花之恃色輕薄；後者中則順承原詩之意，刺夫婦失道。一正一反間，顯示了李白《古風》繼承與創新之間的隨心變換。

除了繼承《風》詩委婉諷刺的一面外，從寫作旨意上看，李白《古風》還期望能達到《風》詩風人教化的目的，《毛詩》中說：「風，風也，教也。風以動之，教以化之。」〔註18〕但是，其不同之處在於，《風》詩風人教化的對象是中下層的普通百姓，而李白《古風》則更側重於上層國家統治者，期望能以詩歌參與政治，達到「悟主」

〔註16〕在這一點上，《風》詩和《小雅》又有所不同，《小雅》所側重在「諫」，即身有職責的士大夫向君主直言進諫，所以相比《風》詩而言，《小雅》更加關注國之治亂、民之苦辛，以及各種社會問題，對君主直陳其弊，把怨誹的情緒直接表達在詩歌中。

〔註17〕〔明〕王世懋著《王奉常集》，卷五三，明萬曆刻本。

〔註18〕《毛詩注疏》卷一，中華書局，2013年，第6頁。

的目的。

　　李白《古風》，正是以《風》詩委婉諷刺的手法，表達《小雅》中直陳時事的政治內容，和《大雅》中自我身份意識所帶來的社會責任及對盛世願景的期許。這才是《古風》對《詩經》中「風雅精神」的完整繼承。

四、「哀怨起騷人」：傳承屈《騷》「士不遇」與「香草美人」

　　李白在《古風》其一《大雅久不作》中有言：「正聲何微茫，哀怨起騷人。」屈原作為中國古典詩歌史上第一位個人形象與人生經歷比較完整，且詩歌個人風格特徵比較突出，在《騷》體詩上有奠基意義的詩人而言，其對後世詩人的影響是無法估量的〔註19〕。《詩經》作者眾多，是一個時代詩人群體力量努力的結果和凝結形成的產物，是一種整體意志的表達，而屈原之於《騷》，卻是典型的詩人個人情感的抒發和自我形象的樹立。自《風》至《騷》，其中最重要的一點就是詩人對本身「自我」認知的提升，包括自身人生經歷、仕途理想、個人境遇和情緒心境等各個層面，「詩歌」成為詩人用來記錄人生、表達心緒的一個重要手段，因而抒情性和浪漫性也大大增加。

　　李白《古風》的整體溯源中，認為其源自《騷》者不多，但前論清人陳廷焯所言，以及謝啟坤《樹經堂詩初集》中說：「《古風》哀怨激騷人，刪述千篇接獲麟。露草飛螢視郊島，空山流水見天真。」〔註20〕都或多或少見出了《古風》和《騷》體詩之間的源出關係。那麼，《古風》從屈原《騷》體詩中繼承而來的，主要又有哪些呢？

〔註19〕關於屈原《離騷》開創的「香草美人」的象喻範式及「士不遇」主題，尚永亮《〈離騷〉的象喻範式與文化內涵》（《文學評論》，2014年，第2期）對其源起有詳細論述，可供參考。

〔註20〕〔清〕謝啟坤《樹經堂詩初集》卷九，《清代詩文集彙編》本，清嘉慶刻本。

　　李白《古風》從詩歌內容本身來看，自屈原《騷》體中繼承來的主要有三個方面：

　　首先，是對「明君—賢臣」模式的期許。屈原在《離騷》中所孜孜不倦，上下求索的，無非是寄希望於出現一個理想中的聖明君主，來實現自己「明君—賢臣」共治家國，使之昌盛繁榮的願望，甚至為此可以做到「雖九死而猶未悔」〔註21〕。

　　李白在開篇《大雅久不作》中就有言「群才屬休明，乘運共躍鱗。文質相炳煥，眾星羅秋旻」，這是李白對「聖代復元古」的美好期許，也是對「君明臣賢」模式的美好幻想，是在期望這種模式正向度發展的過程中給自身心理所帶來的積極自信，昂揚向上的精神面貌，也是李白作為一個浪漫詩人天真純真之一面的體現；在其十五《燕昭延郭隗》篇中，李白開篇例舉燕昭王禮賢下士，築黃金臺以延郭隗，致使四方之賢才如劇辛、鄒衍紛紛入燕，可謂是李白理想中的君臣相處模式的體現；在其三《秦王掃六合》篇中，李白開篇前半部分寫對秦王當初揮劍東來，橫掃六國的英雄氣概的歎服；其四《鳳飛九千仞》開篇對鳳凰五彩華章，銜書飛來所寄寓的入世的美好願望；以及其四十六《一百四十年》中，對大唐盛世開國初期「國容何赫然」宏偉圖景的追憶和讚歎，這些都是李白自身對「明君—賢臣」模式的美好期許。

　　相比而言，李白的期許不如屈原來的深切，屈原作為楚國王室之一員，加之性格中過於「執著」〔註22〕的一面使其心靈長久不能得到解脫，在親歷了家國由盛轉衰的整個變化過程後，無力之感所帶來的

〔註21〕〔宋〕洪興祖補注，白化文等點校《楚辭補注》卷一，中華書局，2015 年，第 11 頁。下引屈原詩歌皆出此本，不再重複出注。

〔註22〕關於屈原「執著」之一面及對唐代文人的影響，可參見尚永亮《莊騷傳播接受史綜論》（北京：文化藝術出版社，2000 年）一書，及相關論文如《人生困境中的執著與超越——對屈、賈、陶的接受態度看中唐貶謫詩人心態》（《社會科學戰線》，2001 年，第 4 期，第 104 ～110 頁）。

錐心之痛，是常人所無法真切體會的。而李白身處權力中心的時間較短，且性格灑脫不羈，最初的昂揚激情消退之後，一接觸到政權腐朽黑暗之一面，便有了抽身遠離的念頭，所以才有了《古風》其四十二《搖裔雙白鷗》篇「吾亦洗心者，忘機從爾遊」的心願表達，才有了《古風》中多篇遊仙詩對逍遙遠去願望的書寫。李白對「明君—賢臣」模式的期許始終是理想而美好的，但也是短暫的，詩人個人經歷和性格使然，在對這一組理想關係的期許失敗後，李白表現出了追求「超越」的努力，玄宗賜金放還，翩然離朝，而屈原則囿於「執著」的泥淖無法自拔，雖然在《離騷》篇末說：「既莫足與為美政兮，吾將從彭咸之所居」，但實際上卻選擇了汨羅江中自沉作為了結，這也是其不能自拔之處，更是李白與屈原的不同之處。

　　第二，是「士不遇」主題的滲入。屈原在《離騷》中所憂心者，不過是「初既與余成言兮，後悔遁而有他」，君心已失，君恩不再，士之不遇而導致空有理想抱負無法實現。李白《古風》對屈原所肇始的「士不遇」主題也多有承繼，可謂一脈相承，其四寫鳳凰「銜書且虛歸，空入周與秦」，其八寫揚雄「賦達身已老，草玄鬢若絲」，其十三借「君平既棄世，世亦棄君平」寫身世兩相棄之沉痛，其十五寫「奈何青雲士，棄我如塵埃」，其二十一《郢客吟白雪》通篇寫高才知遇之難，其二十六篇末發願「結根未得所，願託華池邊」，其二十七篇末言「願得偶君子，共乘雙飛鸞」等，都是「士不遇」主題的表達。

　　屈原《離騷》中由「士不遇」主題引申出來的情緒還有很多，這些在李白《古風》中都有表現，如反覆沉歎自己因小人讒言而失去君主信任，屈原曰：「眾女嫉余之蛾眉兮，謠諑謂余以善淫」，李白曰：「由來紫宮女，共妒青蛾眉」；慨歎老之將至而無所成就，屈原曰：「老冉冉其將至兮，恐修名之不立」，李白曰：「人生非寒松，年貌豈長在」；對失意窮困的痛心吶喊，屈原曰：「忳鬱邑余侘傺兮，吾獨窮困乎此時也」，李白曰：「惻惻泣路歧，哀哀悲素絲」；還有對自我堅貞心性

的堅守，屈原曰：「寧溘死以流亡兮，余不忍為此態也」，李白曰：「松柏本孤直，難為桃李顏」「草木有所託，歲寒尚不移」等等，都是有極大相似性的。

以上兩個方面一正一反，是相反相成的。「明君─賢臣」模式期許的失敗，自然導向對「士不遇」主題的反覆申說，二者之間有一定的因果關係。且結合李白一生經歷而言，其政治暢順、人生得意的時間較短，因而《古風》中「士不遇」的表達從數量和比重上看要大於對「君明臣賢」的讚美和期許。

第三，是語言上「香草─美人」意象的運用。屈原以《離騷》為代表的《騷》體詩，開創了中國古典詩歌史上的「香草─美人」模式，對後世詩歌多有影響。《古風》中「香草─美人」意象運用較為頻繁而集中者，主要體現在如下七篇，分別是：其二十六《碧荷生幽泉》以碧荷鮮艷卻無人欣賞表達願有所託之情；其三十八《孤蘭生幽園》同樣以孤蘭之空谷幽獨，眾草蕪沒，寫詩人空有抱負而無進仕之階的憂傷情緒；其四十四《綠蘿紛葳蕤》以綠蘿之堅貞起興，比喻自己還未施展才華，卻已經被君主所棄，有感諷之意；其四十七《桃花開東園》寫桃花之艷麗輕薄，與獨立不遷的寒松相對比，表達自己的堅貞之志，這四篇的共同之處在於皆以「香草」起興。而其二十七《燕趙有秀色》，其四十九《美人出南國》，以及其五十二《青春流驚湍》的關注點則在「美人」上了。

這些篇章大多沿襲《詩》《騷》的比興傳統，以引類譬喻的手法表情達意〔註23〕，其下筆所寫者在「香草─美人」，而寄意深處卻在對君子涵德與小人戕害的激憤，以及對流年易逝與容光漸老的哀歎。我們以屈原的《離騷》為例，還可以從一些含有同樣意象的句子相似

〔註23〕王逸在《離騷序》中說：「《離騷》之文，依《詩》取興，引類譬喻。故善鳥香草，以配忠貞，惡禽臭物，以比讒佞；靈修美人，以媲於君，宓妃佚女，以譬賢臣；虬龍鸞鳳，以託君子，飄風雲霓，以為小人。」（《楚辭補注》，中華書局，2015 年，第 2 頁。）

度上，看出屈原在《騷》體詩中創立的「香草—美人」模式對李白《古風》此類篇章的影響，見表4：

表4：李白《古風》與屈原《離騷》相似句子對照表

屈原《離騷》	李白《古風》
惟草木之零落兮，恐美人之遲暮。	美人不我期，草木日零落。（其五十二）
哀眾芳之蕪穢。	群沙穢明珠，眾草凌孤芳。（其三十七）眾草共蕪沒。（其三十八）
眾女嫉余之蛾眉兮，謠諑謂余以善淫。	由來紫宮女，共妒青蛾眉。（其四十九）
集芙蓉以為裳。	灼灼芙蓉姿。（其四十九）
女嬃之嬋媛兮。	女嬃空嬋娟。（其五十一）
薋菉葹以盈室兮。	菉葹盈高門。（其五十一）
折若木以拂日兮。	揮手折若木，拂此西日光。（其四十一）
欲遠集而無所止兮。	欲集無珍木。（其五十四）

上表可以看出，李白《古風》數篇中完整地繼承並運用「香草美人」意象來表情達意，其中不僅所用意象相同，且句子具有高度相似性。這些篇章主旨往往圍繞著以香草喻士之美德，以美人風華正茂卻無君子來求喻己之不獲君主賞識，以美人對容顏易老的歎息喻自己對流光易逝的憂傷，無論是哪一種情緒，在屈原的《騷》體詩中都已有所呈現。

除以上較為完整的篇什以外，還有其他篇章個別句子中對香草美人的描寫，比如「願湌金光草」（其七），「松柏本孤直，難為桃李顏」（其十二），「崑山採瓊蕊」（其十七），「不採芳桂枝，反栖惡木根」（其二十五），「青娥凋素顏」（其三十），「綠蘿紛葳蕤，繚繞松柏枝」（其四十四），「奈何夭桃色，坐歎葑菲詩」（其四十四）等等，這些意象的運用，不僅延續了屈原「香草美人」的象徵意味，且給《古風》

帶來了清麗的格調。

　　李白《古風》對屈原「香草、美人」意象和模式的繼承，並非機械性地照搬，而是同中有異，做了一定的變化和改造。李白所作的改變，主要在「淘洗」二字上下工夫，屈原所寫「香草」，名目繁多，複雜多樣，且較為集中，僅《離騷》一篇中出現的香草就有江離、辟芷、宿莽、申椒、菌桂、蕙茝、留夷、揭車、杜衡、薜荔等等，美人有豐隆、宓妃、女嬃、有娀氏之佚女、有虞氏之二姚等。而李白《古風》中所言，不過日常所見的碧荷、芙蓉、桃李、綠蘿、孤蘭、松柏，讀者較為熟識，草則概言瓊草，樹則只稱珍木，林則統稱榛莽，美人更是只以含混的秀色、美人、蛾眉等籠統稱謂代指，面貌模糊，形象朦朧，且往往一篇之中，只集中寫一種。在這個「淘洗」的過程中，李白所努力實踐的正是首篇《大雅久不作》中對「清真」詩風的追求，體現出的是李白自身的創造力和鮮明獨特的詩歌風格，通過下意識的自覺追求賦予了《古風》清真的格調。

　　除以上幾點，李白《古風》對屈原的繼承還有許多，如「彭咸」一詞出現在其五十一《殷后亂天紀》篇末，李白感歎「彭咸久淪沒，此意與誰論」，屈原《離騷》中「彭咸」則出現過多次，而李白在此慨歎「彭咸」不在，自己空有仰羨古賢之心卻無人訴說，也是李白於千載之下，上追屈《騷》的力證了。還有如受挫後逍遙遠遁的想法，屈原在理想無法實現後，轉而「求女」，曰「覽相觀於是四極兮，周流乎天余乃下」，李白則轉向「求仙」，言「吾將營丹砂，永與世人別」，其所求雖不同，但實質卻一。還有對世路艱險的描寫，屈原曰：「路修遠以多艱兮」，李白曰：「世途多翻覆，交道方嶮巇」。以及對時俗多錯誤而世人是非不明的指責，屈原曰：「固時俗之流從兮」，李白則曰：「流俗多錯誤，豈知玉與珉」等等。以上，可見李白《古風》對屈原《離騷》為代表的《騷》體詩的繼承是多方面的，同時又有一定的變化和創新之處，這也是李白《古風》之自身獨特性的體現。

綜上，回到我們最初的問題，可以發現李白《古風》，確實堪稱「《風》《雅》嗣音」「體合《詩》《騷》」。但是對《大雅》《小雅》《風》《騷》各個方面的繼承卻是有所側重且加以變化創新的。具體而言，李白在《古風》篇章中並未從內容主旨和藝術手法等詩歌具體技藝層面上繼承《大雅》詩歌，《大雅》所代表的是一種理想中的盛世願景和自我承擔的責任意識，《大雅》之於《古風》而言，更多的是一種精神層面的嚮往和大方向上的指引，在社會現實中也是不可能完全實現的，只是詩人的一種美好願望而已。《小雅》則不同，《古風》對《小雅》的繼承，更多是從詩歌內容主旨和藝術手法等具體層面著手，在各篇中方方面面都有所體現。認為《古風》源自《風》詩的傳統觀點是最多的，但也是最讓人質疑的地方，因為從詩歌文本本身來看，《古風》繼承《風》詩的特徵並不是非常明顯，《古風》從《風》詩繼承來的，主要是其委婉諷刺、風人教化之一面。《古風》從屈原《離騷》為代表的《騷》體詩中繼承來的，主要是對「明君賢臣」模式的期許和「士不遇」主題的表達，以及「香草美人」的意象。

　　《詩》《騷》作為中國古典詩歌的兩大源頭，李白《古風》並不僅僅是單純模仿，而是在有意識地、有選擇地綜合繼承的同時，又多方面地加以糅合創新，這才是李白《古風》作為「《風》《雅》嗣音」，能真正做到「體合《詩》《騷》」的精髓所在，單純認為《古風》源自其中任何一家的觀點，都難免有所偏頗。

第二節　遠源：詠懷、詠史、遊仙，遠紹六朝範型

　　據歷代對《古風》的總體評價可知，明人如胡震亨、陸時雍等，以及清人方瀠頤等多有論及李白《古風》源自六朝時的阮籍、左思和郭璞者，我們來看這些主要評點觀點：

　　　　佚名曰：細讀《古風》，大約高處在不費力，不滿人意處在太明白。《詠史》出左太沖，《遊仙》出郭景純，餘則

傚阮嗣宗《詠懷》。〔註24〕

胡震亨曰：太白《古風》，其篇富於子昂之《感遇》，儉於嗣宗之《詠懷》，其抒發性靈，寄託規諷，實相源流也。但嗣宗詩旨淵放，而文多隱避，歸趣未易測求；子昂淘洗過潔，韻不及阮，而渾穆之象尚多苞含。太白六十篇中，非指言時事，即感傷己遭，循徑而窺，又覺易盡，此則役於風氣之遞盛，不得不以才情相勝，宣淺見長，律之往制，未免言表繫外，尚有可議，亦時會使然，非後賢果不及前哲也。〔註25〕

陸時雍曰：太白《古風》八十二首，發源於漢魏，而託體於阮公，然寄託猶苦不深，而作用間尚未盡委蛇盤礴之妙。要之雅道時存。〔註26〕

方濬頤曰：太白《古風》中，或論大道，或言文章，或慕仙靈，或感世事，蓋合《詠懷》《遊仙》《感遇》諸作而為之，其及世事則較阮公太露矣。〔註27〕

這些評論除了胡震亨所言較細外，其餘大多都屬於印象式評論，大略而言，點到即止。那麼李白《古風》和阮籍《詠懷》、左思《詠史》、郭璞《遊仙》詩到底有什麼樣的源流關係呢？我們還是需要一一深論的。

一、阮籍《詠懷》：「組詩」的身份認同與家國之憂

雖未有評論者明言，但歷代凡認為李白《古風》源自阮籍（210～263）《詠懷》者，首先便是以「組詩」的身份為前提的。阮籍《詠懷》詩開政治抒情組詩的先河，其作為組詩的身份是毋庸置疑的，相比之下，李白《古風》「組詩」的身份就比較有可疑之處：一是「古風」之名本身是李白自己定名，還是後人所加，未為可知；二是個別

〔註24〕嚴羽、劉辰翁評點，聞啟祥輯《李杜全集》載明人批。
〔註25〕〔明〕胡震亨《李詩通》卷六，清順治七年（1650）朱茂時刻本。
〔註26〕〔明〕陸時雍著《詩鏡總論》，李子廣評注，中華書局，2014年，第142頁。
〔註27〕〔清〕方濬頤著《夢園書畫錄》卷二十四，《續修四庫全書》本。

篇目有他名的情況存在，如《寶劍雙蛟龍》和《咸陽二三月》兩篇，
在宋本中題作《感寓二首》，《莊周夢胡蝶》篇在《河嶽英靈集》中題
作《詠懷》；三是「五十九首」之數歷來存在極大爭議。

　　這些疑問疊加在一起，讓後世許多詩論者都對李白《古風》組
詩的身份產生了懷疑，如詹鍈先生在《〈古風五十九首〉集說》一文
中就根據題目的不同認為，「太白生前，此類之詩並非一律題作《古
風》……意者太白《古風》本是詠懷或感寓詩，其易為今題乃出後人
之手。」〔註28〕郁賢皓也贊同詹鍈之觀點，認為《古風》之名乃李
陽冰所定「李陽冰編輯時取名《古風》，原意很可能是取這些詩都是
效古詩風範之意」〔註29〕。但錢志熙則認為，不能僅根據一兩篇題
目的不同，得出《古風》之名非李白自己所定之結論，李白將這些
復古的詩歌定名為《古風》，含有自我誇耀的意思，殷璠《河嶽英靈
集》對李白評價並不高，所以只選錄了一首《莊周夢胡蝶》，且改其
名為《詠懷》，意思是為了點出李白《古風》其源出於阮籍（即《小
雅》一脈），而不能稱為《風》詩〔註30〕。然不論懷疑者所持論調如
何，從詩歌傳播接受層面的群體慣性認知來看，後世大部分詩論家
還是把李白《古風》當作組詩來看待的〔註31〕。詩歌篇數較多，且

〔註28〕詹鍈《〈古風五十九首〉集說》，《李白詩文繫年》，北京：人民文學
　　　　出版社，1984 年，第 154 頁。

〔註29〕郁賢皓《李白〈古風〉五十九首芻議》，《中國文學研究》，1989 年，
　　　　第 4 期，第 4 頁。

〔註30〕錢志熙《論李白〈古風〉五十九首的整體性》，《文學遺產》，2010 年，
　　　　第 1 期，第 24～32 頁。錢氏觀點認為《河嶽英靈集》選《莊周夢胡
　　　　蝶》篇時「改」其名為《詠懷》的觀點，似乎有臆斷之嫌。我們認
　　　　為，《古風》諸篇非一時一地之作，原題作《感遇》《詠懷》等，《河
　　　　嶽英靈集》所選詩歌範圍始於開元二年，截止天寶十二年，而《古
　　　　風》的重新編選、定名等工作極大可能是李白晚年的個人行為，《河
　　　　嶽英靈集》選《莊周夢胡蝶》以《詠懷》為名，最大可能是因其編
　　　　輯於李白晚年為《古風》定名之前而已，其所題乃編入《古風》之
　　　　前的原題。

〔註31〕如繆曉靜《李白〈古風〉組詩題名、編纂情況考述》（《中國李白研
　　　　究》，2014 年集，黃山書社，2014 年 9 月，第 107～115 頁），錢志

同為「組詩」的身份，是李白《古風》溯源阮籍《詠懷》的一個重要前提。

鍾嶸《詩品》以源流論詩，認為以《詠懷》為代表詩歌的阮籍出於《小雅》，而評價李白《古風》源自阮籍《詠懷》詩者，正是基於政治關懷所帶來的家國之憂為考量的，但相比而言，二者之間又略有不同，阮籍憂中有懼，故詩中常有生命朝不保夕之感，如其三：「一身不自保，何況戀妻子」〔註32〕，其十一「一為黃雀哀，淚下誰能禁」，其十八「豈知窮達士，一死不再生」，其三十三「終身履薄冰，誰知我心焦」，其七十二「親暱懷反側，骨肉還相讎」等等，都是對生命不虞之禍的憂懼之情。李白之憂則偏向哀傷、失望，是生世價值無法實現所帶來的愁悶，《古風》其二篇末所言「沉歎終永夕，感我涕沾衣」者，既是借月蝕事件感歎王皇后被廢，也是藉此哀歎自己抱負難就；其二十一「吞聲何足道，歎息空淒然」者，是對曲高和寡，懷才不遇的歎息；其二十二「揮涕且復去，惻愴何時平」是由時節如流所引發的衰老之悲；其三十二「惻惻不忍言，哀歌達明發」是悲歎大運淪落，萬物蕭瑟；其三十七「古來共歎息，流淚空沾裳」是悲哀於自身遭小人讒言，被賜金放還，遠離君主，等等。相比阮籍而言，李白《古風》中並無生命朝不保夕之虞，這也是由兩人當時所處不同的政治環境所帶來的不同心緒的表達差異。

另外，在詞語和典故的運用上，李白《古風》也有源自阮籍《詠懷》之處，如《詠懷》其四言「富貴焉常保」，《古風》其九言「富貴固如此，營營何所求」，其三十九言「榮華東流水」；《詠懷》其六言「昔聞東陵瓜，近在青門外」，《古風》其九言「青門種瓜人，舊日東陵侯」；《詠懷》其十二言「昔日繁華子」，《古風》其十七言「不知繁

熙《論李白〈古風〉五十九首的整體性》（《文學遺產》，2010 年，第 1 期，第 24～32 頁）等，都是把《古風》當做組詩來看待的。

〔註32〕〔魏〕阮籍著，黃節注，華忱之校訂《阮步兵詠懷詩注》，北京：人民文學出版社，1984 年，第 4 頁。下引阮籍《詠懷》詩句，皆出此書，不再重複出注。

華子，擾擾何所迫」；《詠懷》其十二言「夭夭桃李花，灼灼有輝光」，
《古風》其四十七言「桃花開東園，含笑誇白日」；《詠懷》其十三言
「登高臨四野，北望青山阿」，《古風》其三十九言「登高望四海，天
地何漫漫」；《詠懷》其二十言「楊朱泣路歧，墨子悲染絲」，《古風》
其五十九言：「惻惻泣路歧，哀哀悲素絲」；《詠懷》其五十六言「婉
孌佞邪子，隨利來相欺」，《古風》其五十五言「彼美佞邪子，婉孌來
相尋」等等。這些句子，無論是從詞語的選擇，還是典故的運用，內
容的表現上，都具有極高的相似性。

　　由《小雅》到阮籍《詠懷》，再到李白《古風》，其一脈相承的，
是詩人對政治的人文關懷，和由此引發的生世嗟歎。這種與政治之間
自然而緊密的聯繫，把詩人個人命運、人生價值和家國之大的命運走
向緊緊拴在了一起，在此基礎上生發出了種種情緒，包括對現實政治
的不滿，對社會道德淪喪、世風不古的批判，對小人橫行無忌的諷刺
鞭撻，以及對容顏易老的哀歎，對個人價值無法實現的苦悶等等，這
也正是胡震亨所言一方面在詩歌中抒發性靈，一方面寄託規諷，從而
「實相源流」的原因所在。

二、左思《詠史》，郭璞《遊仙》：傳統的繼承與新變

　　相比《古風》與阮籍的源流承繼關係，評論者對李白《古風》源
自左思《詠史》和郭璞《遊仙》的評價，側重點略有不同，基本上均
不是指《古風》全部，而是偏重於《詠史》和《遊仙》兩類，這兩類
只占《古風》中的一部分。左思（約 250～305）《詠史》和郭璞（276
～324）《遊仙》，是特點非常鮮明的兩類詩歌，具有奠基性的意義，
把李白《古風》中涉及到詠史和遊仙的部分追溯到左思和郭璞，是極
其自然的事情。

　　左思《詠史》其三和李白《古風》其十都寫魯仲連，用典相同，
主旨大意自然相差無多，然左思詩中只是表達了對魯仲連個人英雄氣
概的讚歎，李白《古風》篇末則更進一層，「吾亦澹蕩人，拂衣可同
調」表達的是自己願與之同心的意思。除相似之處之外，李白《古風》

中的詠史篇，和左思《詠史》的不同還是比較多的，如其三《秦王掃六合》、其十五《燕昭延郭隗》、其三十一《鄭客西入關》、其四十八《秦皇按寶劍》篇為一類，都是從君主聖明與否對家國影響之大處著眼，諷諫統治者要以史為鑒，關心民瘼，選賢任能；而其十六《寶劍雙蛟龍》、其三十七《燕臣昔慟哭》、其五十《宋國梧臺東》則是通過對歷史典故或事件的描寫，生發感慨，或感慨知己不存，或憤怒於小人讒害，或針砭時俗通病，或悲歎世風衰頹，皆與左思《詠史》有所出入，並非完全相類。

郭璞的《遊仙》詩十九首，和李白《古風》中的遊仙詩，也存在與《詠史》同樣的問題。二者在表象上同寫遊仙，自然在某些意象選擇和詞語運用上有相似之處，比如常會用到蓬萊、玉杯、安期生、採藥等詞，還有一些句子如「粲然啟玉齒」「永與時／世人別」等在郭璞和李白詩中都有出現，但是這都只是遊仙詩所共有的表象。二者又有不同，郭璞《遊仙》詩純為遊仙，不含深意，而李白《古風》中的遊仙只是表象，其所言者在遊仙，而所寄託者則在他處。

關於李白《古風》中游仙詩的論爭歷代以來不乏其人，然大多落腳點都不在純粹遊仙上，就整體而言，黃宗羲曰：「《古風》六十篇十二言仙，九言遊仙，譏玄宗崇尚玄學，多借秦、漢為喻，自謂神仙可致，聊抒曠思，皆為昔賢發覆。」〔註33〕認為《古風》中的遊仙詩，尤其是借秦皇漢武之事為喻者，都是為了諷諫玄宗，以遊仙的表象譏刺政治才是其真實面目。陳沆也說：「世誦李詩，惟取邁逸，才耀則情竭，氣慓則志流，指事淺而易窺，攄臆徑以傷盡，致使性情之比興盡掩於遊仙之陳詞，實末學之少別裁，非獨武庫之有利鈍也。」〔註34〕批判世人對李白詩歌的誤讀，皆傾向於其豪邁飄逸的作品，認為這些作品才情閃耀則情感匱乏，氣格輕浮則志氣流蕩，指事

〔註33〕〔清〕黃宗羲編《明文海》卷二百二十七，序十八，中華書局，1987年。

〔註34〕〔清〕陳沆《詩比興箋》卷三，上海古籍出版社，1981年，第131頁。

淺顯，一覽無餘，導致李白的真性情和比興寄託的精神都掩蓋在遊仙陳詞的表象之下，實際上是後學不識少辨的緣故。明人胡震亨在評論其四《鳳飛九千仞》篇時，就認為李白《古風》中的遊仙詩，要分而論之，不能一概而言，且李白所言遊仙，是少年時期受司馬承禎影響，自認為有仙風道骨，但其實則不信真有神仙，詩中所寫，大多為譏刺君主一心求仙而發；笈甫主人在《瑤臺風露》中更說此篇「『此花非我春』五字沉痛異常，世人當作遊仙詩讀，一何可笑？」〔註35〕認為李白《古風》中的遊仙，當同屈原《離騷》中的遊仙對讀，方可得正解。尤其是在對其十九《西上蓮花山》的解讀中，徐禎卿、奚祿詒、陳沆，以及近人安旗等，大部分評論者均認為乃託遊仙以寫現實之作。

也有少數言李白遊仙，是真相信世上有神仙，所以寫來才能真切如在目前，朱諫在評論《客有鶴上仙》一篇時說：「遊仙之作，古有此體，自郭景純以下詩家者流皆好言之，而白最多且深，白嘗有志於此，故言之親切而有味也。」〔註36〕但是此種觀點，實在寥寥。李白《古風》中，具有遊仙詩表象的篇章有很多，但只有少數如其七《客有鶴上仙》、其十七《金華牧羊兒》、其四十一《朝弄紫泥海》者，似乎可以當作純粹的遊仙詩來看待，其他所言遊仙者，都意含寄託規諷，與郭璞《遊仙》詩還是有很大不同的。

李白《古風》中詠史和遊仙的部分，繼承了左思和郭璞開創的傳統模式，雖然是遠紹「六朝範式」，但是卻有著李白自身的創變，這是其獨特之處所在。後世評論者所言《詠史》來自左思，《遊仙》來自郭景純，有一定的合理性，然只是從對這類詩歌奠基者追溯的角度而言的，並未看到李白對這兩類詩歌的創變，這是其隱含缺陷的地方。

〔註35〕〔清〕笈甫主人《瑤臺風露》，同治七年，桐華舸鈔本。
〔註36〕〔明〕朱諫《李詩選注》卷一，中國國家圖書館藏，明隆慶六年朱守行刻本。

第三節　近源：陳子昂、張九齡《感遇》，初盛唐 復古思潮的深化

　　目前所見材料中最早對李白《古風》溯源自朱熹始，朱熹對太白《古風》進行論說的五則材料中，一再反覆強調《古風》源自陳子昂《感遇》〔註37〕，且側重在《古風》和《感遇》句子的相似度上。朱熹之後，劉克莊、胡震亨、許學夷、高棅、李夢陽等都認同此說。還有認為李白《古風》與稍晚於陳子昂的張九齡《感遇》有聯繫者，只是不如與陳子昂之關係緊密，這種觀點主要出現在清人的論說中，如方東樹、沈德潛、潘德輿、雷松舟都有此觀點〔註38〕。那麼，以上論說所據為何？是否合理呢？我們需要從詩歌內容本身出發逐一探求。

一、《古風》與陳子昂、張九齡《感遇》之相似性

　　陳子昂（659～700）和張九齡（678～740）《感遇》，與李白《古風》，都是五言古詩，在語句上的高度相似性是評論者認為李白《古風》與二者之間有近承關係的基礎，也是其最突出、最直觀的聯繫所在。語句的相似性主要表現在句子整體結構、用詞、意象、用典等幾個方面。

　　首先，是整體句子與句子結構的相似性，比如陳子昂《感遇》其六有「誰能測沉冥」〔註39〕，李白《古風》其十三「誰人測沉冥」，只一字之差，整體句子具有高度的相似性；陳子昂《感遇》其十七「三季淪周赧，七雄滅秦嬴」，李白《古風》其二十九「三季分戰國，七雄成亂麻」，明顯是化用而來；陳子昂《感遇》其三十六「探元

〔註37〕朱熹對《古風》源自陳子昂《感遇》的論述，詳見第三章第三節「南宋朱熹等人的《古風》奠基性評點」部分，此不贅述。

〔註38〕其具體觀點詳見下編總評，此不一一引用。

〔註39〕〔唐〕陳子昂著，彭慶生校注《陳子昂集校注》卷一，合肥：黃山書社，2015年，第41頁。以下所引陳子昂《感遇》詩句，皆出此書，不再重複出注。

觀群化」，其三十八「大運有盈縮」，李白《古風》其十三「探元化群生」，其二十五「大運有興沒」等，也是具有高度相似性的句子。在句子結構方面，常用「如何」「安」「豈」等詞放在句首或句中表達疑問語氣，如陳子昂《感遇》其九「如何嵩公輩」，其三十一「如何蘭膏歇」，其十九「瑤臺安可論」，其二十三「豈不在遐遠」，其二十六「豈傷桃李時」等；張九齡《感遇》其七「豈伊地氣暖」〔註40〕，其十「求思安可得」；李白《古風》其三十四「如何舞干戚，一使有苗平」，其十八「如何鴟夷子，散髮棹扁舟」，其十四「安得營農圃」，其十一「年貌豈長在」，其十四「豈知關山苦」等，都是相同的疑問句結構。

其次，是用詞的相似性。陳子昂、張九齡《感遇》和李白《古風》中重出的詞有很多，如陳子昂《感遇》其一「圓光正東滿，陰魄已朝凝」與李白《古風》其二「圓光虧中天，金魄遂淪沒」；陳子昂《感遇》其二「朱蕤冒紫莖」與李白《古風》其二十六「秋花冒綠水」，前後均為名詞，且色彩相對，中間以同樣的動詞「冒」字相聯；張九齡《感遇》其一「草木有本心」與李白《古風》其四十四「草木有所託」等。疊詞的大量使用也是其共有的特點，陳子昂《感遇》詩中有「芊蔚何青青」（其二），「遲遲白日晚，裊裊秋風生」（其二），「蒼蒼丁零塞」（其三），「茫茫吾何思」（其七），「悠悠念無生」（其十三），「盈盈不自珍」（其二十四）等，張九齡《感遇》中也有「使我心悠悠」（其六），「冥冥愁不見」（其十），「胡越方杳杳，車馬何遲遲」（其十二）等，李白《古風》中疊詞的使用就更多了，如「蕭蕭長門宮」（其二），「太白何蒼蒼」（其五），「飛飛凌太清／兩兩白玉童」（其七），「雙雙戲庭幽」（其十八），「裊裊桑結葉，萋萋柳垂榮」（其二十二），「團團下庭綠」（其二十三），「隱隱五鳳樓，峨峨橫三川」（其四十六）等。

〔註40〕〔唐〕張九齡著，熊飛校注《張九齡集校注》卷二，北京：中華書局，2008年，第178頁。以下所引張九齡《感遇》詩句，皆出此書。

　　第三，是意象選擇上的相似性。中國古典詩歌中常見的抒懷類意象，往往用以表達詩人堅貞品性的自然界物象，如鳳鳥、幽蘭、桃李、青溪、明月、明珠、桂樹、碧荷、白雲、白鷗等；以及表達時節如流的自然之物，如秋風、白露、春草、鶗鴃、鴻雁、微霜、陽和等；還有表達神仙世界的物象和神仙道教中出現的人物，如瑤臺、三珠樹、玉壺、丹經、玄冥、崑崙、青鳥、玉山、巫山、金鼎等，在陳子昂、張九齡《感遇》和李白《古風》詩中都有頻繁出現。這些相似的意象共同構成了詩歌整體格調和內容特徵上的趨同性，讀者在接受過程中能夠很自然地在其間產生相似性聯想。

　　第四，在用典上也有很大的相似性。李白《古風》中出現的歷史人物或歷史典故，如孔子浮海、老子談玄、莊周夢蝶、魯仲連卻秦揚名、秦皇嬴政橫掃六國、楊子見歧路而哭、墨子見素絲染墨而泣、隋侯之明月珠、燕昭王之黃金臺、西王母瑤臺之樂、楚王雲夢高唐之夢，以及《史記》中的「桃李不言，下自成蹊」，《詩經》中的「桃之夭夭，灼灼其華」等，在陳子昂和張九齡《感遇》詩中都曾出現。

　　以上我們所舉句子整體結構、用詞、意象、用典等多方面的相似處，是詩歌表層給人最直觀的印象，也是從宋人朱熹開始，往前追溯《古風》源頭之時，認為源自距李白時代最近的陳子昂、張九齡《感遇》詩的最直接緣由。但李白《古風》還是和陳子昂、張九齡《感遇》諸篇有不同之處的，梅鼎祚在朱熹論點的基礎上比較了陳子昂《感遇》和李白《古風》的區別，深化了朱熹的觀點：「然陳以精深，李以鴻明；而陳有意乎古，李近自然。」〔註41〕認為陳子昂《感遇》詩整體上偏向於精微深奧，而李白則偏向於鴻遠清明，其原因乃在於陳子昂是有意識地貼近古人，而李白詩歌是自然復古。從《感遇》和《古風》詩歌的整體詩歌風貌對比來看，梅鼎祚的觀點是比較合理的，也是較為深刻的，這和李白在《古風》開篇自覺追求的「清真」詩風相關，

〔註41〕見〔明〕梅鼎祚《李詩鈔評》卷二，《唐二家詩鈔》本。

是李白秉持「復古」「雅正」的詩論觀念，在接受前人同類詩作的過程中經過自我「淘洗」的結果。

二、初盛唐復古思潮的繼承與深化

李白《古風》與陳子昂、張九齡《感遇》詩的相似性，是初盛唐復古思潮一脈相承的具體表現。自陳子昂言「文章道弊五百年矣。漢魏風骨，晉宋莫傳⋯⋯思古人，常恐邐迤頹靡，風雅不作，以耿耿也。」〔註42〕便引導了文章復古的思潮，極大地糾正了齊梁以來的艷薄文風。

「復古」的實踐最大地體現在五言古詩和古樂府上，而李白正是其中突出代表，李白《大雅久不作》篇所言「聖代復元古」，正是以「復古」為出發點，倡導「綺麗不足珍」「垂衣貴清真」，提出詩風應回歸「清真」，摒棄「綺麗」的詩歌創作理念。

但與陳子昂倡導復歸「漢魏風骨」「建安詩風」不同的是，李白所倡「復古」，呈現出的是超越漢魏，往前直追「《風》《雅》《詩》《騷》」的努力。這從本章第一節對「《風》《雅》嗣音」「體合《詩》《騷》」的辨析中即可明顯見出，從這一點上來說，李白的「復古」，並不僅僅是對陳子昂等人所倡的一種機械繼承，更多的是進一步深化。永遠不滿足於單純地繼承前人，而是時刻有所創新變化，努力超越，這才是李白之所以為李白的要妙之處，也正是《古風》之所以千古流傳的地方。

本章小結

歷代論李白《古風》之源起，眾說紛紜，從先秦兩漢所奠基的《詩》《騷》傳統，到六朝範式的繼承與新變，如阮籍《詠懷》詩政治抒情組詩的創建，左思《詠史》、郭璞《遊仙》在詠史和遊仙兩類

〔註42〕〔唐〕陳子昂《修竹篇並序》，彭慶生校注《陳子昂集校注》卷一，黃山書社，2015 年，第 163 頁。

詩歌上的奠基性地位，再到與李白時代較近的陳子昂、張九齡《感遇》之作，各個時代，各個方面都有所涉及，論者往往各持己見，爭論不休。

　　但是詩歌是一種綜合性的藝術創造，詩人在創作詩歌的過程中，除了明言仿或擬某個詩人的某類作品以外，大多都會不自覺地吸收借鑒前代各個時期的優秀作品，並加以糅合再創造，這種吸收借鑒前人成果再自我創新的努力在李白《古風》中體現的尤為明顯，結合上述論證，我們不得不承認，《古風》作為李白自身極其重視的一組大型的詩歌，是在吸收各家之長的基礎上，又自我創新的結果，從《大雅》，到《小雅》、《風》詩、《騷》體，以及後來的阮籍《詠懷》、左思《詠史》、郭璞《遊仙》，陳子昂和張九齡的《感遇》詩，都有所借鑒，只單論《古風》源出其中之一是片面的，也是不準確的。且李白在繼承先代諸源的基礎上，體現在《古風》中更重要的是其以創新之能力，自覺融化淘洗、深度掘進之功力，這是我們不能忽視的重要一點。

　　在以上諸源中，李白又有所側重，具體而言，復歸《大雅》代表著李白美好的王道盛世幻想，是潛意識中的一種自覺的家國社會責任，也是李白努力的大方向，但是卻並未在《古風》五十九首中真正得以實現。《小雅》的內容主旨、藝術手法和情感表達才是《古風》在各個方面的繼承中所真正體現出來的重要源頭。歷代以來所論《古風》源自《風》詩者，是最值得質疑的，我們不能因為名目的相似性就盲目趨同，認為其源出一脈，雖然如此，《古風》也並非與《風》詩毫無關係，《古風》從《風》詩中有所繼承的主要是其委婉諷刺的表達方式和風人教化的目的，而非內容情感和藝術手法層面的具體表達。《古風》中的「明君—賢臣」模式和「士不遇」主題，以及「香草—美人」的意象特徵，皆承自屈原《離騷》為代表的《騷》體詩。

　　《詩》《騷》作為中國古典詩歌的兩大源頭，是李白《古風》所

祖述的根源，也是其復歸「風雅」的主要目標。但李白《古風》學《詩》
《騷》卻能做到不露痕跡，主要在其「融化」功力之深，隨手拈舉《詩》
《騷》中語，即能自然為己所用，這正是李白《古風》雖然繼承《詩》
《騷》，卻不泥古呆板，顯得自然而不拘束的創新之處。

　　其後無論是六朝範式如阮籍《詠懷》、左思《詠史》、郭璞《遊仙》，
還是初盛唐傑出者如陳子昂和張九齡的《感遇》，大抵源出一脈，與
《古風》更多的是某一部分表層相似性的體現，是「遠紹」與「近承」
的關係，是此類詩歌的支脈了。李白《古風》雖然與之有很大的相似
性，但並非完全模仿，而是在崇尚「清真」詩風的審美追求下，自覺
「淘洗」其隱晦深微、艱澀凝滯之處，使《古風》整體風格更加貼近
自然，形成了關注現實、諷興寄託，又清真典雅、鴻明隱約的整體格
調，這是《古風》的獨特魅力所在。

第三章　李白《古風》傳播接受史及古風詩觀之變遷

　　文本一旦產生，脫離了作者的掌控，就像開始了一場未知的冒險，在傳播接受層面上，就有無數種可能發生。李白詩歌的傳播接受，歷代以來更是經歷了一個複雜的變易過程。現當代學者對李白詩歌整體傳播接受的研究，會涉及到方方面面的問題，既伴隨著文學史上「李杜之爭」的一段公案，又夾雜著對李白家世、行跡等無數謎題的孜孜求索，和對一些名篇如《蜀道難》《夢遊天姥吟留別》等的反覆解讀，代不乏人。

　　但對在李集中面貌特殊且地位極為重要的《古風》而言，把它獨立出來作為一個完整的整體，對其進行傳播接受層面的獨立性考察卻是始終未層涉及的方向。《古風》由唐至清末的傳播接受，脫離不開李白詩歌整體傳播接受大方向上的跌宕沉浮，又與各個時代人們體現出的不同「古風」詩學觀念的變遷有著千絲萬縷的聯繫。《古風》作為李集中一個相對獨立的重要部分，與李白詩歌整體的傳播接受既有相同之處，又有一定區別。對象的獨特性會使我們的關注點更加集中於「古風」一脈，並以此為出發點考察《古風》傳播接受過程中出現的特殊問題，比如《古風》風格雍容和緩，在李詩中雖地位重要，卻

—91—

面目特殊，與其主導詩風豪邁飄逸類相去甚遠，部分與整體，小眾與主導之間傳播接受的脈絡和關鍵節點是否一致？有何不同？這是歷代對李白其人、其詩整體傳播接受層面的研究往往有所忽略的地方，也是不可不辨之處。

在對李白《古風》傳播接受層面的考察和研究中，我們一直使用的是狹義的「古風」概念，即以與太白《古風》的相似度和承繼關係為核心進行傳播接受層面的考察，而不是與「近體詩」相對，和「古詩」「古體詩」同意的「古風」涵義。當然，所考察的這些作品，尤其是模擬或仿作《古風》的詩歌，首先必須是古體詩而非律詩，從這個層面來說，我們所考察的一系列「古風型詩」，大致符合兩個標準：一，必須是古體詩；二，與太白《古風》在語言、藝術、風格等某個側面有一定的承繼關係，且明顯受其影響，包括題目為《古風》者，倣擬太白《古風》者，可歸入「古風型詩」者，或化用太白《古風》詩句者等等。

我們考察的視角，主要包括某些選本中體現出的編選者的選擇標準，歷代以來對《古風》的評價和考證，李白以後歷代詩人詩歌作品中對《古風》某篇某句的直接引用或間接化用，以《古風》為題目進行的模寫和這些模寫作品與《古風》的比較，以及相關評論家和模寫者在此過程中體現出的「古風」詩觀的差異和時代變化。我們主要關注的是《古風》作為一個相對獨立於李集的部分整體，其在傳播接受層面的動態流變過程，背後所隱藏的接受者「古風」詩學觀念的變遷；以及通過不同朝代接受者從不同層面對這一組詩歌反覆而深入的解讀，帶來的對李白形象的不同層次認知及其原因和產生的影響。

第一節　李白《古風》傳播接受的基礎與方式

《古風》的傳播接受，以李白及其詩歌整體傳播接受的研究成果為土壤和基石。對李白詩歌傳播接受的研究，目前學界已經取得

了豐碩的成果。尤以臺灣學者楊文雄的《李白詩歌接受史》〔註1〕最
為深宏詳贍，作者在第四章第二節單列「大雅久不作　吾衰竟誰陳
——李白對《詩經》的接受」一節，闡述李白《古風》其一所表達的
遠紹「風雅」的精神，但主要側重於李白對前人接受的影響史的研
究，而對《古風》產生之後，後人對《古風》本身傳播接受的方式、
效果卻不曾論及。另有王紅霞《宋代李白接受史》〔註2〕，王友勝
《唐宋詩史論》〔註3〕中的《李白詩歌接受史研究》，以及詹福瑞的論
文《唐宋時期李白詩歌的經典化》〔註4〕都是李白詩歌傳播接受史研
究中的重要成果。我們對《古風》傳播接受的研究，是在這些已有成
果的基礎之上進行的。

　　對李白《古風》傳播接受層面的研究，主要囊括在以上對李白個
人及其詩歌整體的傳播接受研究之中。當然，二者是部分與整體的關
係，自然不能完全割裂開來看。但是由此我們也可以洞察目前學界對
《古風》傳播接受研究中主要存在的問題：一方面是隱藏在對李詩及
其個人整體傳播接受的宏觀層面之下，其獨立性和獨特性沒有得到很
好的重視和彰顯；另一方面是即使有所涉及，也主要側重於對重要篇
章尤其是其一《大雅久不作》篇的籠統論述，對《古風》傳播接受層
面的整體性認知還不夠完善。以上問題顯示了對《古風》傳播接受進
行獨立研究的必要性。

　　李白《古風》的傳播主要是以傳本的方式進行，包括歷代以來對
李集全本、選本的注釋、編選、彙評、集解等，此為傳播之主體。全
本的優點是收錄全面，能涵蓋《古風》的全部內容，不至於有所缺失；
選本則根據編選者的意圖和目的有所側重，評選準則不一，往往比較
傾向於有現實意義的少數名篇，更能突出重點篇章。除此之外，還有

〔註1〕楊文雄《李白詩歌接受史》，五南圖書出版公司，2000年，第395～
　　　　399頁。
〔註2〕王紅霞《宋代李白接受史》，上海古籍出版社，2010年。
〔註3〕王友勝《唐宋詩史論》，上海古籍出版社，2006年。
〔註4〕《文學遺產》，2017年，第5期，第51～64頁。

少數篇章以書法的形式進行傳播，把關注度從內容本身轉移到了對書法的欣賞角度，所選《古風》篇章則變成了展示書法造詣的載體，如元代書法家康里巎巎傳世的書法作品中就有《古風》其十八《天津三月時》一篇。

後人對李白《古風》的接受，主要包括仿作、選編和評價三大部分。仿作主要包括兩種情況，一是以《古風》為題進行同類詩歌的仿作，模寫之最初動機是源於對李白和《古風》的仰慕，但隨著距太白《古風》創作時代背景的日漸久遠，「古風」概念有了較大的變遷，大部分題為「古風」的作品都失去了其原本內涵，真正能繼承太白《古風》精神風貌者可謂寥寥；二是直接引用《古風》中的某句，尤以「大雅久不作」為最，其目的視具體情況而定。評點雖然出現較晚，至朱熹才開始對《古風》有針對性評論，但卻至為重要，豐富了對《古風》旨意的解讀和認識，以及對李白形象完整性的補充。選編的情況就更複雜了，從現存可知的最早選錄《古風》的唐詩選本《才調集》開始，其後每個朝代情況都有所變化。

為方便釐清太白《古風》在產生之後各個時段的傳播接受歷程，及後人對其接受態度的時段變化，茲略以時代先後為序，分別從以上全本、選本的編選，以及評點和仿作等各個角度出發，對《古風》的傳播接受作一考察，並希冀能由此折射出歷代接受者「古風」詩觀的變遷。

第二節　唐代李白《古風》的傳播與接受

直至有唐一代結束，就目前所見資料而言，並無詩人或詩歌評論者對《古風》有直接性的評點，相較於李白其他名篇如《蜀道難》等自產生之初就獲得的巨大讚美和超高關注來說，《古風》在唐代的傳播接受是寂寥的。

從傳播的角度看，盛中唐人論及《古風》者較為罕見，析其原因，除了歷史記載資料經年散佚的因素之外，略有兩端：一方面，這一組

風格雍容和緩，似乎略顯低沉消極的詩歌，與大眾所熟知的李白昂揚激情、豪放飄逸的主導風格相去甚遠，掩蓋在那些李詩知名篇章璀璨奪目的光環之下而不為人所重視；另一方面，《古風》大多作於李白中晚年，其得以大範圍地進行傳播的時間和條件有限〔註5〕。

　　就傳播而言，主要以李詩全本和選本的形式進行，唐時所編李詩全本至今全部散佚，闕而弗論。對選本來說，由於唐代的唐詩選本多有散佚，現存四種入選李詩的唐詩選本及選錄數量分別是：《河嶽英靈集》（13 首）、《唐寫本唐人選唐詩》（43 首）、《又玄集》（3 首）和《才調集》（28 首）。其中《河嶽英靈集》雖選《莊周夢胡蝶》篇，卻題作《詠懷》〔註6〕。唯有五代後蜀韋縠編選的《才調集》選錄了《古風》，並題作《古風三首》，這也是目前所見最早明確提到《古風》的唐詩選本，由於唐時所編李集現今全部佚失，所以這也是迄今惟一可見的最早對《古風》有所記錄的選本，所收錄的《古風》三首分別為：《泣與親友別》〔註7〕八句，以及《秋露如白玉》〔註8〕《燕趙有秀色》兩篇。

　　從整體上看，關於韋縠為何選這三首，而不選最重要且最為引人注目的第一首《大雅久不作》，或從《古風》選本的定量分析角度考察，得出選錄頻率較高的《西上蓮花山》《大車揚飛塵》等篇之原因，

〔註 5〕關於《古風》的作年，詳見第五章第三、四、五節分析。
〔註 6〕題作《詠懷》而非《古風》，存疑之處，姑且不論。
〔註 7〕《昔我遊齊都》篇的分合歷代以來就存在爭議，兩宋本看作三篇，
　　　　分別是「昔我遊齊都」十句，「泣與親友別」八句，「在世復幾時」
　　　　十二句，劉世教本注：「是篇世本具作一首，宋本作三，今從之。」
　　　　咸淳本分為兩篇，「泣與親友別」與「在世復幾時」合為一篇。楊蕭
　　　　本將三者合而為一，王琦本、《唐宋詩醇》、瞿朱本、安旗本均從之。
　　　　明代胡震亨《李詩通》，清代王士禎《古詩箋》把「昔我遊齊都」與
　　　　「泣與親友別」合為一篇。朱諫將「昔我遊齊都」「在世復幾時」合
　　　　為一篇。韋縠《才調集》選「泣與親友別」八句為一首。朱熹論及
　　　　《昔我遊齊都》篇一分為三，三合為一的問題，惜只略有觸及而未
　　　　深論，對該問題的論析詳見第六章第一節。
〔註 8〕查各家李詩版本，唯《才調集》和「咸淳本」作「如白玉」，餘皆作
　　　　「白如玉」，當為異文。

今已不得而知，但或許與《才調集》的編選標準偏向中晚唐溫麗秀美的詩風有關。韋穀在《才調集》自序中明確其選詩標準為：「韻高而桂魄爭光，詞麗而春色鬥美」〔註9〕，韻高詞麗，正是其編選詩歌時的審美觀念和選評標準，其所選李白《古風》三首，尤其是《秋露如白玉》《燕趙有秀色》，整體風格韻致高雅，清麗秀美，是極符合這一標準的，顯示了不同時段社會文學審美風氣對李白《古風》傳播層面的影響。

就接受而言，李白之後，韓愈有《古風》一首：「今日曷不樂，幸時不用兵。無曰既�蹙矣，乃尚可以生。彼州之賦，去汝不顧。此州之役，去我奚適。一邑之水，可走而違。天下湯湯，曷其而歸。好我衣服，甘我飲食。無念百年，聊樂一日。」〔註10〕從句子字數上看，只有前四句為五言，後皆為四言，全篇以四言為主，語言形式上與李白《古風》諸篇頗為不類；且為單篇，沒有《古風》完整而龐大的體系。但後人評價卻認為這首作品頗有古風，樊汝霖曰：「自安史亂後，方鎮相望於內地，大者連州十餘，小者不下三四，兵驕則逐帥，帥強則叛上，不廷不貢，往往而是。故託古風以寓意。」〔註11〕這裡顯然更側重於該篇內容的寫實性，語言古樸淳質，整體風格上頗有古詩風貌而言。雖然題名為《古風》，但無論是從語言內容，還是藝術手法，都與李白《古風》相去甚遠。另有李紳《憫農》也曾題為《古風》，「初，李公赴薦，嘗以古風求呂化光溫，謂齊員外煦及弟恭曰：『吾觀李二十秀才之文，斯人必為卿相。』果如其言，詩曰：『春種一粒粟，秋成萬顆子。四海無閒田，農夫猶餓死。』『鋤禾日當午，汗滴禾中土。誰知盤中餐，粒粒皆辛苦。』」〔註12〕

〔註 9〕〔五代〕韋穀輯，〔清〕殷元勳注，宋邦綏補注《才調集補注》，據清乾隆五十八年宋思仁刻本影印原書。

〔註 10〕〔唐〕韓愈著，錢仲聯集釋《韓昌黎詩繫年集釋》卷一，上海古籍出版社，1998 年，第 24 頁。

〔註 11〕同上，第 25 頁。

〔註 12〕〔宋〕王讜撰，周勛初校證《唐語林校證》卷四，中華書局，1987年，第 339 頁（源出《雲溪友議》卷上「江都事」）。

其所舉例乃是兩首五言絕句。但也由此表明，「古風」詩歌在唐時仍是一個範疇模糊，且沒有嚴格標準的概念，並非專指某人某類詩歌而言。

　　到了晚唐，作者漸多，《唐語林》卷二《政事下》謂：「張維、皇甫川、郭郳、劉庭輝，以古風著。」〔註13〕可略見一時情形。《宋史》卷二〇八《藝文七》載：劉駕、李殷、于濆各有「《古風詩》一卷」，曹鄴「《古風詩》二卷」。〔註14〕只是這些題名《古風》的詩集，不見於《新唐書・藝文志》，很有可能為宋人裒集編纂而成，存而不論。皮日休《文藪序》有「古風詩，編之文末」〔註15〕句，然遍查其集，只有「雜古詩十六首」，並不以《古風》為題，故闕而弗論。

　　唐人對李白《古風》的接受，根植於時人的詩歌創作和「古風」詩觀的變遷。「古風」一詞，中古時期已經出現，其義皆指太古之風、古樸之風，且多用以評人。到了唐代，「古風」始與詩文創作發生關聯，人們對其內涵的理解也開始多樣化起來。據《唐摭言》載，「孟郊……工古風，詩名播天下」「王貞白、張蠙律詩、趙觀文古風之作，皆臻前輩之閫域者也」「劉駕與曹鄴為友，俱攻古風詩」〔註16〕。這裡的「古風」，似已專指特定的詩歌類型，即與今體律詩相對的古體詩，除其風格古樸、真淳，形式上不拘格律、可以自由抒寫外，在內容上也與風雅比興掛起鈎來。如寶應二年，唐代宗在寫給劉晏的制詞中，就說他「詞蔚古風，義存於比興」〔註17〕。《舊

〔註13〕〔宋〕王讜撰，周勛初校證，卷二，《唐宋史料筆記叢刊》，中華書局，1987 年，第 157 頁。

〔註14〕〔元〕脫脫等撰，《宋史》第十六冊卷二〇八《藝文七》，中華書局，1977 年，第 5342～5343 頁。

〔註15〕〔唐〕皮日休著，蕭滌非、鄭慶篤整理《文藪敘》，《皮子文藪》，上海古籍出版社，2017 年，第 1 頁。

〔註16〕〔五代〕王定保《唐摭言》卷十、卷七、卷四，中華書局，1960 年，第 116、74、50 頁。按：「張蠙律詩」，原作「張蠙詩」，據李昉《太平廣記》卷一八四《貢舉七》引《摭言》改。

〔註17〕〔宋〕王欽若等編修，周勛初等校訂《冊府元龜》卷七三《帝王部・命相第三》，鳳凰出版社，2006 年，第 7 頁。

唐書・李翱傳》載李翱奏狀，批評當世「為文則失《六經》之古風」
〔註18〕，即將是否合乎「比興」之法，發揚「《六經》」之旨視為「古
風」的一個基本義項。這種情形，在中晚唐詩人的作品中表現得就更
明顯了。

　　考察此期詩人們對「古風」的認識，大多與李白所倡詩旨相契
合。這可從涉及「古風」一詞的詩句中一窺其貌。王魯復《弔韓侍
郎》：「星落少微宮，高人入古風。幾年才子淚，並寫五言中」〔註19〕，
將五言視為古風詩歌的主要語言樣式；劉駕《送人登第東歸》：「見詩
未識君，疑生建安前……我皇追古風，文柄付大賢」〔註20〕，以建安
前詩為標準判斷所作古詩是否具有古風精神；姚合《贈張籍太祝》：
「古風無手敵，新語是人知」〔註21〕，齊己《覽延棲上人卷》：「今體
雕鏤妙，古風研考精」〔註22〕，認為「古風」是與「今體」「新語」
相對而言、同時而生的概念；鄭谷《訪題進士張喬延興門外所居》：
「近日文場內，因君起古風」〔註23〕，李中《和昆陵糾曹昭用見寄》：
「還往多名士，編題尚古風」〔註24〕，注意到了當世追慕古風的熱
潮，文人編題「崇尚古風」的風氣在晚唐文場得以復興；李中《覽
友人卷》：「初吟塵慮息，再詠古風生。自此寰區內，喧騰二雅名」

〔註18〕〔後晉〕劉昫等撰《舊唐書》卷一六〇《李翱傳》，中華書局，2000
　　　　年，第 2865 頁。
〔註19〕〔清〕彭定求等編《全唐詩》第 7 冊，卷四七〇，中華書局，1960
　　　　年，第 5346 頁。
〔註20〕〔唐〕劉駕著，〔清〕江標編《劉駕詩集》一卷，清光緒二十一年（1895），
　　　　湖南靈鶼閣刻本。
〔註21〕〔唐〕姚合著，吳河清校注《姚合詩集校注》卷四，上海古籍出版
　　　　社，2012 年，第 218 頁。
〔註22〕〔唐〕齊己著，王秀林校著《齊己詩集校注》卷二，中國社會科學
　　　　出版社，2011 年，第 111 頁。
〔註23〕〔唐〕鄭谷著，嚴壽澄、黃明、趙昌平箋注《鄭谷詩集箋注》卷一，
　　　　上海古籍出版社，2009 年，第 62 頁。
〔註24〕〔五代南唐〕李中著，《碧雲集》三卷，卷下，《唐詩百名家全集》，
　　　　清康熙四十一年（1702），洞庭席氏（席素威）琴川書屋刻本，清光
　　　　緒八年（1882）後印。

〔註25〕，杜荀鶴《讀友人詩》：「君詩通大雅，吟覺古風生」〔註26〕，
皆追蹤溯源，將「古風」與《雅》詩關聯起來；李咸用《覽友生古風》：
「分明古雅聲，諷諭成淒切」〔註27〕，更將諷諭之旨和淒切之調視為
這類源於《雅》詩之作的傳統。此外，從上述引詩還可看出，無論是
對人還是對詩，稱其「有古風」或「得古風」都是一種讚美性的正面
評價。從語言風格、藝術手法到追根溯源各方面，唐人對古風詩歌的
認識，及對當時文場復歸「古風」思潮的直觀感知，都是比較敏銳且
有見地的。這些認識雖皆產生於李白《古風》之後，與李白「古風」
觀和《古風》五十九首整體風格相契合，但因皆未明確提及與李白《古
風》之關聯，我們還難以將二者簡單地捆綁在一起。

　　不過，有一點倒是可以確定的，即遲至晚唐詩人張祜（約785～
849？）之時，李白的此類詩作似已冠以「古風」之名，張祜也讀到
了其中的一些作品，其《夢李白》有言：「我愛李峨嵋，夢尋尋不見……
匡山夜醉時，吟爾《古風》詩。振振二雅具，重顯此人詞。」〔註28〕
這裡，張祜由讀李白「《古風》」詩，既表達了對其人的追慕，也揭示
了此類詩作對「二雅」的承接。由此反觀前引中晚唐人有關「古風」
的詩句，則其以五言為主，上溯風雅，崇尚復古而志在諷諭的「古風」
認知和創作旨趣，已昭然可見。

　　稍晚於太白的詩僧貫休（832～912）有《古風雜言二十首》
〔註29〕，包括《古意》九首，以五言為主，以及其餘雜言十一首

〔註25〕〔五代南唐〕李中著，《碧雲集》三卷，卷中。
〔註26〕〔唐〕聶夷中、杜荀鶴著《聶夷中詩杜荀鶴詩》，中華書局，1959年，
　　　　第47頁。
〔註27〕〔唐〕李咸用著，〔清〕江標編《唐李推官批沙集》六卷，第二卷，
　　　　《唐詩百名家全集》，清康熙四十一年（1702），洞庭席氏（席素威）
　　　　琴川書屋刻本，清光緒八年（1882）後印。
〔註28〕〔唐〕張祜著，尹占華校注《張祜詩集校注》卷第十，巴蜀書社，
　　　　2007年，第532～533頁。
〔註29〕〔唐〕貫休《禪月集》卷二，中華再造善本續編，國家圖書館出版
　　　　社，2013年。下引貫休《古意》詩句皆出此本，不再重複出注。

〔註30〕。其中《古意》九首，不論從語言內容還是風格特徵，都與太白《古風》頗為相類，並且有明顯的繼承模仿痕跡，或許這也正是北宋姚鉉在編選《唐文粹》時，《古調歌篇·古風》卷入選《古意》九首，而對其餘十一首雜言摒棄不錄的緣由。

我們可以通過對其中某些相似句子和詞語使用的對比分析，更進一步考察二者之間的承繼關係，見表5：

表5：李白《古風》與貫休《古意》相似詞語比照表

相似詞彙	李白《古風》	貫休《古意》
雙白璧	一笑*雙白璧*，再歌千黃金	我有*雙白璧*，不羨於虞卿
去去 門 桃李	歸來廣成子，*去入無窮門* *去去*乘白駒，空山詠場藿 所以*桃李樹*，吐花竟*不言*	唯尋*桃李蹊*，*去去長者門*
惡木根／枝	不採芳桂枝，反栖*惡木根*	聖賢遺清風，不在*惡木枝*
牧／守羊兒	金華*牧羊兒*，乃是紫烟客	莫見*守羊兒*，謂是初平輩
人生非……豈長在	*人生非*寒松，年貌*豈長在*	*人生非*日月，光輝*豈長在*
松柏、桃李 君子、小人	*松柏*本孤直，難為*桃李*顏 *君子*變猿鶴，*小人*為沙蟲	我恐*君子*氣，散為*青松*栽 我恐荊棘花，只為*小人*開
何如／當	*何如*鴟夷子，散髮棹扁舟	*何當*舉羽翰，一去觀遺跡
清風	*清風*灑六合，邈然不可攀	是何*清風*清，凜然似相識
桂花／葳蕤	*桂蠹花*不實／綠蘿紛*葳蕤*	憶在山中時，丹*桂花葳蕤*
冒／浸、羅／生	秋花*冒*綠水，密葉*羅*青烟	紅泉*浸*瑤草，白日*生*華滋
授	粲然啟玉齒，*授*以煉藥說	*授*我微妙訣，恬淡無所為
登高臺	我到巫山渚，尋古*登陽臺*	傷心復傷心，吟*上高高臺*

〔註30〕這十一首雜言皆有題目，或寫酷吏擾民如《酷吏詞》之「寧知一曲兩曲歌，曾使千人萬人哭」，或歎歷史興衰如《陳宮詞》之「陳宮因此成野田，耕人犁破宮人鏡」，或寫古戰場，或村行遇獵，或為田家作，與太白《古風》迥異。

茲舉以上數例，由斜體部分的相似詞彙即可明顯見出貫休《古意》九首在遣詞用語方面對李白《古風》的繼承，此無需贅言。

　　除用詞上的相似性外，以上句子在結構上也有共同之處，呈現出明顯的模仿痕跡，比如李白的「人生非寒松，年貌豈長在」與貫休的「人生非日月，光輝豈長在」，同樣為「人生非……，……豈長在」結構，整體兩句只改動四字，且表意相同，均表達對人生短促，不能久長的感歎。另有李白的「秋花冒綠水，密葉羅青烟」與貫休的「紅泉浸瑤草，白日生華滋」，雖然意象不同，但是均為寫景，且範圍不出水、草、花、葉；詩眼同樣都集中在中間的兩個動詞上，每句分別以動詞連接前後名詞；李白詩中「秋花」與「綠水」的組合在貫休詩中轉換成了「紅泉」與「瑤草」，顏色與所描寫的對象之間雖然作了調換，但皆是紅綠搭配之鮮亮色彩；「冒」與「浸」字一出一入，表意恰恰相反，但又同是頗為生動鮮活的動詞；「羅」與「生」，一為包含封閉，一為生發開放，同樣充滿了勃勃向上的盎然生機。無論從整體句子結構，還是字眼搭配和詩意表達來看，這四句都是極其相似的。

　　單句之間的相似處往往是零散不成體系的，但卻能通過一些相似詞彙的使用和相同句子結構的運用，給我們以最直觀的大致印象。若從整體上的篇章結構處著眼，我們還可以拿出其中表意大致相同的兩個整篇作一對比，以便對二者之間的承繼關係有更深入的理解，試看下面兩篇：

　　　　美人出南國，灼灼芙蓉姿。皓齒終不發，芳心空自持。
　　由來紫宮女，共妒青蛾眉。歸去瀟湘沚，沉吟何足悲。（李
　　白《古風》其四十九《美人出南國》）

　　　　美人如遊龍，被服金鴛鴦。手把古刀尺，在彼白玉堂。
　　文章深掣曳，珂珮鳴玎璫。好風吹桃花，片片落銀牀。何
　　妨學羽翰，遠逐朱鳥翔。（貫休《古意》之《美人如遊龍》）

這兩首同樣寫美人，以美人的出現為開端，以美人遠去為結束，從整

體上看，篇章結構極為相似。但其中又有些許變化，首先是對美人形象的描寫，李詩屬於直接描寫，側重美貌，言其身姿美好艷麗如同初發芙蓉；貫休詩中的美人則偏重於通過對身處環境的刻畫側面烘托，被服上繡著金鴛鴦，手邊把玩的是古刀尺，身處白玉之堂，穿著色彩和花紋艷麗的服飾，身上佩戴著叮噹作響的寶石美玉，無一不顯示了美人出身的尊貴與生活的優渥，以此來反襯其才貌的高華無匹、明艷動人。其次是對美人離去原因的敘述不同，李詩中的美人矜持自守，芳心繾綣，遭人嫉妒後寧願獨自歸去瀟湘，充滿懷才不遇的失落之情；而貫休詩中好風吹落桃花，片片掉落在銀牀之上，其飄動的姿態好似鳥兒飛翔，詩人希望美人能夠高舉遠揚，學習有翅膀的大鳥，追逐鸞鳳的足跡翱翔遠方，隱喻希望才士能得到重用，有積極向上之意。從這個角度來說，貫休此篇所寫，似乎又同李白《古風》其二十七「燕趙有秀色，綺樓青雲端。眉目艷皎月，一笑傾城歡。常恐碧草晚，坐泣秋風寒。纖手怨玉琴，清晨起長歎。焉得偶君子，共乘雙飛鸞」中同樣在華美的高樓裏懷才幽居，希望能夠尋覓相知相惜的君子，共同乘鸞鳳翱翔，一展才情的美人契合度更高些。三首詩相校之下，李白的作品顯得層次更加分明，且剪裁布局更加合理，貫休對美人形象的渲染則顯得過於隆重，情感單薄，形象板滯，且有些重複拖沓了。

　　貫休《古意》對李白《古風》的接受，是從整體上糅合之後的一種吸收借鑒，而非單篇一對一的簡單純粹地模仿。以上「美人如遊龍」一首就是融合借鑒了《古風》其四十九「美人出南國」和《古風》其二十七「燕趙有秀色」的開端結尾、語詞表達，以及人物形象的結果，然而這種繼承再創造比之李詩原作似乎略顯遜色。再有《古意》「陽烏爍萬物」篇：「陽烏爍萬物，草木懷春恩。茫茫塵土飛，培塿名利根。我本蓑笠翁，幼知天子尊。學為毛氏詩，亦多直致言。不慕霑腒類，附勢同崩奔。唯尋桃李蹊，去去長者門。」更是吸收了李白《古風》多篇中的句子重新生成組合的結果，我們不妨逐句做一對比：

陽烏爍萬物，草木懷春恩──偶蒙春風榮，生此艷陽質
　　　　　　　　　　　　　　　　（《古風》其四十七）
茫茫塵土飛，培壅名利根──名利徒煎熬，安得閒餘步
　　　　　　　　　　　　　　　　（《古風》其二十）
不慕霑臑類，附勢同崩奔──焉能與群雞，刺蹙爭一飡
　　　　　　　　　　　　　　　　（《古風》其四十）
　　　　　　　　　　　　　　大運有興沒，群動爭飛奔
　　　　　　　　　　　　　　　　（《古風》其二十五）
　　　　　　　　　　　　　　所以桃李樹，吐花竟不言
　　　　　　　　　　　　　　　　（《古風》其二十五）
唯尋桃李蹊，去去長者門──歸來廣成子，去入無窮門
　　　　　　　　　　　　　　　　（《古風》其二十五）
　　　　　　　　　　　　　　去去乘白駒，空山詠場藿
　　　　　　　　　　　　　　　　（《古風》其四十五）

以上，貫休《古意》一篇之中借鑑了李白《古風》若干首的內容，有句與句一一相對者，有一句對應《古風》中多篇多句者。該篇從暖陽籠罩，萬物感懷春恩而萌生，轉寫到塵世碌碌，皆為追名逐利之輩，又聯想到自身幼時即知書學詩，多直言耿介，不願像小人一樣趨炎附勢，而是寧肯作無言的桃李，追尋德高之長者的足跡。一篇之中，意思數轉，既容納了《古風》其四十七中對蒙榮而生的桃花與獨立不遷的寒松的對比中所流露的貶責與讚歎，又關涉到《古風》其二十對追逐名利之徒的譏誚，同時表達了《古風》其四十中不屑與小人爭利的傲骨，最後一句，更是契合了《古風》其二十五和四十五願學不言的桃李，追隨德高之長者的腳步悄然遠去的意願。此篇貫休對李白《古風》的吸收借鑑，可謂是「一篇之中，數致意焉。」

另外，需要指出的是，由於詩人個性的不同，以及才情的差異，貫休《古意》的整體造詣離李白《古風》還有一定差距，存在一些問題，比如以上所舉篇章中語意層次不夠分明，句子之間的轉換不夠圓潤，詩歌中人物形象單薄不夠自然等。但通過句子和篇章的對比分

析，我們還是能明顯看出二者之間的繼承借鑒關係的。

雖然《貫休》的《古意》只有九首，在數量上遠少於李白的《古風》，但這九首從內容旨意上看，或表達自我幽獨，抱才守身，而不為賢者所識的苦悶，如「一雨火雲盡，閉門心冥冥。蘭花與芙蓉，滿院同芳馨。佳人天一涯，好鳥鳴嚶嚶。我有雙白璧，不羨於虞卿。我有徑寸珠，別是天地精。玩之室生白，瀟灑身安輕。只應天上人，見我雙眼明」；或表達對汲汲名利者的不屑，願遁世遠去，潔身持正的高潔品性，如以上所引《陽烏爍萬物》篇；或表達對知己的渴望，如《乾坤有清氣》篇；或申訴對世道交喪，君子鮮見而小人滿目的厭憎，如《古交如真金》篇；或是對人生短暫、榮辱無常的慨歎，如《莫輕白雲白》篇等等，自太白《古風》中皆能找到相似的表達。另有《常思謝康樂》與《常思李太白》兩首，雖為詠懷前人之作，且後者可能是為了匹配李白飄逸出塵、不拘一格的個性，而選擇了雜言的形式，但這兩篇盛讚謝靈運與李白，從內容上皆貼合兩人的個人事蹟，頌揚其清逸的心性和不屈的品格，與李白《古風》中對某些歷史人物如魯仲連、郭隗、鄒衍等的稱揚有異曲同工之處。所以從整體上看，這九首《古意》無論是內容旨意、藝術手法，還是語詞表達，皆不出李白《古風》之範疇，某種程度上可謂是《古風》的微縮仿傚版。

概言之，從現存資料來看，李白《古風》在唐代的傳播接受相對來說處於一個尚未開發的沈寂狀態，較有針對性的直接評價文字幾乎沒有留存下來，由於唐時所編李集皆已散佚，其原貌不得而知。選本目前所見也只有《才調集》選錄了三篇，但均非後世對《古風》的主要關注篇章，其入選標準今已不得具知，只能推測與時風有關。唯有去李白未遠的貫休《禪月集》卷二《古風雜言二十首》中的《古意》九首，明顯以創作實踐的方式呈現出對李白《古風》的繼承和借鑒，有唐一代詩人，除貫休以外，頗有與《古風》相類之作，但因其名目俱不題作《古風》，我們不好強自拿來與李白《古風》作比照。但是

宋初姚鉉編選《唐文粹》，收錄唐代詩人十六人共六十四首作品，全部歸於《古調歌篇・古風》卷，從這些詩家及作品題目、內容也可看出雖未題為《古風》，但卻同屬一類詩歌，詳見下文論析。崇尚「古風」這種詩風在中晚唐一度盛行，在唐人論及「古風」字樣的詩歌創作中反映的「古風詩觀」裏，以上分析的幾點幾乎完全承襲了李白《古風》中的論調，由此，我們不得不說，唐人尤其是中晚唐詩人對「古風」型詩歌的理解，是與李白《古風》密不可分的。

第三節 宋元時期奠基性評價與《古風》價值的發現

相較於《古風》在唐代傳播接受的寂寥，進入宋元，《古風》的價值得以發現，朱熹的評點給了《古風》以奠基性評價。一方面，伴隨著宋元之際對李白集的整理，《古風》作為李集中一個重要部分得以流傳；另一方面隨著宋人對「李杜之爭」辯論的深入及對李白個人詩風的毀譽評論，在反駁李詩並非完全浪漫遊仙，脫離現實的背景下，《古風》作為強有力明證，其價值得以發現，駁斥了認為李白只言酒色的「揚杜抑李」者的偏頗論調。

然而宋代對李白《古風》的接受，卻是以田錫的偏誤認知為發端的。宋初稍早於姚鉉的田錫（940～1004），是宋代最先對李白「古風」有整體性評說者，其在《貽陳季和書》中有言：

> 夫人之有文，經緯大道。得其道則持政於教化；失其道則忘返於靡漫。孟軻、荀卿，得大道者也，其文雅正，其理淵奧。厥後楊雄秉筆，乃撰《法言》；馬卿同時，徒有麗藻。邇來文士，頌美箴闕，銘功贊圖，皆文之常態也。若豪氣抑揚，逸詞飛動，聲律不能拘於步驟，鬼神不能秘其幽深，放為狂歌，目為古風，此所謂文之變也。李太白天付俊才，豪俠吾道。觀其樂府，得非專變於文歟？〔註31〕

〔註31〕〔宋〕田錫撰，羅國威校點《咸平集》卷二，巴蜀書社，2008 年，第 32 頁。

這段話從持政教化，大道得失角度，歷數文章之代變，但其所言「古風」卻是一個泛指的概念，並非專指《古風》五十九首，由下文「觀其樂府」句可知，這裡所言「古風」是偏指李白樂府的，理由有二：其一，就詩歌整體風格而言，田氏所言「豪氣抑揚」「逸詞飛動」，不拘聲律，幽深奧渺，皆不符合《古風》五十九首整體上雍容和緩的格調，這些評價與太白樂府似乎更為契合。其二，與《古風》五十九首中李白的古風詩觀和具體創作追求相矛盾。田錫從詩歌正變得失角倡導「雅正」與「豪氣」並重的文風，認為孟軻、荀卿之文是「雅正」的代表，屬文之常態，而李白的「古風」卻是詩文之變態，屬「豪逸」一類。但我們由李白《古風》五十九首首篇「大雅久不作，吾衰竟誰陳？」「王風委蔓草，戰國多荆榛」「正聲何微茫，哀怨起騷人」「我志在刪述，垂輝映千春」等句，可明顯看出李白以復古為導向，以復歸《風》《雅》為己任的詩歌追求。他想要繼承《大雅》正聲，仿傚孔子刪《詩》之舉，創作出最符合「《風》《雅》精神」的詩歌並以之垂名後世。在其餘《古風》諸篇的創作中，更是努力保持一種雍容和緩的基調，整體感情的表達不見豪逸飛動而偏向沉鬱低徊，甚至略顯內斂克制。這也是李白《古風》五十九首整體格調風貌不同於其他李詩的重要原因。若以《古風》五十九首論，田氏把李白「古風」歸於詩之「變態」的說法，顯然既不符合李白自身對《古風》五十九首的樹旨立意和主觀追求，也與其創作實踐、整體風格相矛盾。

「目」在這裡當為「題目」之意，「目為」自然是「把題目定名為」的意思。那麼，田錫為何在「目為古風」的論調下舉李白樂府為例，而不選直接定名為「古風」的《古風》五十九首呢？是在田氏之前《古風》五十九首尚未以「古風」為名麼？我們由張祜親讀《古風》及《才調集》所選「《古風》三首」均出自《古風》五十九首，可排除此點。抑或是田錫不熟悉或沒接觸到《古風》五十九首麼？實事也並非如此。從田錫《咸平集》相關詩作可知，田氏是以實際創作追慕李白《古風》的，其現存詩歌中，「古風歌行」從卷十七到卷二

十共四卷，四十五首，整體上追求清真的格調，其中卷十七《擬古》十六首明顯與李白《古風》所倡一脈相承，從語言到風格極為貼近，可知田氏對李白《古風》當甚為熟悉，此點疑問亦可排除。

　　田氏的「古風觀」範疇是較為模糊且泛化的，《咸平集》中「古風歌行」混為一卷的做法也是基於這種古風詩觀。在宋初，「古風」仍是一個泛指的概念，即使對最早以《古風》為題的李詩而言，也並非專指其《古風》五十九首，亦可指樂府古體類作品。田氏以「樂府」例舉「目為古風」，是為了在特殊語境下契合這段材料中所提出的「正變」之論，與雅正淵奧、嚴謹規範所對應的自然是豪氣飛揚、隨性不拘，而李白樂府正符合這一點。這也表明田錫對李白「古風」詩歌的認識和整體風格評價還囿於其主導詩風「豪逸飛動」的慣性面目認知中不能自拔，對真正體現太白「古風」精神的代表性詩歌的判斷仍有一定偏誤，而認識的偏誤又造成了的其自身理論認識與創作實踐之間的相互矛盾。

　　略晚於姚鉉的僧人契嵩（1007～1072），在《書李翰林集後》一文中，全面論證了李白生平和詩歌整體藝術風格後說：「苟當時得預聖人之刪，可參二《雅》，宜與《國風》傳之於無窮，而《離騷》《子虛》不足相比。」〔註32〕這句話雖然沒有明言《古風》，但從內容上看，「刪」「二《雅》」「《國風》」「《離騷》」「《子虛》」等字眼，卻似乎是對李白《古風》第一首《大雅久不作》篇中一些句子如「我志在刪述」「《大雅久不作》」「王風委蔓草」「哀怨起騷人」「揚馬激頹波」等語的解讀。契嵩此文對李白其人其詩評價都較為客觀，且最後落腳點似有映像《古風》首篇之意，以此也可見出《古風》在李白詩歌中的重要性，以及《大雅久不作》在《古風》中提綱挈領的地位。

　　然以田錫和契嵩為代表的評論觀點，或偏誤，或隱約，對宋初李白詩歌接受的整體走向影響不大，契嵩之後，代表北宋李白接受大方

〔註32〕〔宋〕釋契嵩著，林仲湘，邱小毛校注《鐔津文集》，上海古籍出版社，2016年，第278頁。

向，且影響較大的是王安石等人對李白詩歌的負面評價，王安石之後約 100 年，到了南宋，「揚杜抑李」之風逐漸平靜下來之後，自朱熹開始才真正意識到並發現了《古風》在李詩中的獨特價值。北宋時期對李白《古風》的接受相對來說是較為沈寂的，真正使李白《古風》走入人們接受視野的是姚鉉《唐文粹》的編選。

一、宋初姚鉉《唐文粹》「以古為綱」的古風觀

現存北宋兩大部詩文選集《文苑英華》和《唐文粹》，前者不錄《古風》〔註33〕，後者錄李白《古風》十一首。姚鉉（968～1020）所編《唐文粹》所顯示的「古風觀」很值得我們玩味。他不僅選錄李白《古風》，且從初盛唐到中晚唐，選擇了十六家詩人的總共六十四首作品，彙編入一卷，把李白《古風》放置在首位，總題曰「古風」，姚鉉的選擇標準為何，是很值得我們考量的一個問題。《唐文粹》「卷第十四上‧詩五」中，總共收錄十六位詩人的詩歌六十四首，總題曰「古調歌篇一‧古風」，分別是：

> 李白《古風》十一首，王績《古意》三首，道士吳筠《覽古》十四首，賀蘭進明《古意》二首，釋貫休《古意》九首，李涉《詠古》一首，盧仝《感古》三首，賈島《古意》一首，釋皎然《效古》一首，呂溫《古興》一首，劉禹錫《諷古》二首，白居易《續古詩》十首，孟郊《古意贈補闕》一首，祖詠《古意》二首，陸龜蒙《古意》一首，李白《古意》一首，權德輿《古興》一首

為方便對此書編排體例的理解，我們把原書書影目錄截圖，如圖 2 所示：

〔註33〕《文苑英華》的成書略早於《唐文粹》，關於其不選《古風》的緣由，有學者認為這是由於《文苑英華》所本乃范傳正所編李白集，此時宋敏求、樂史等所編《李太白文集》即我們目前所見最早的兩宋本還沒有出現之故。但不論《文苑英華》所自何本，不錄《古風》似乎都顯得有所缺失，此問題可參見楊栩生，沈曙東《〈文苑英華〉之錄李白詩文所本尋蹤》，《綿陽師範學院學報》，2009 年，第 7 期。

圖 2：姚鉉《唐文粹》「古調歌篇・古風」卷目錄書影〔註 34〕

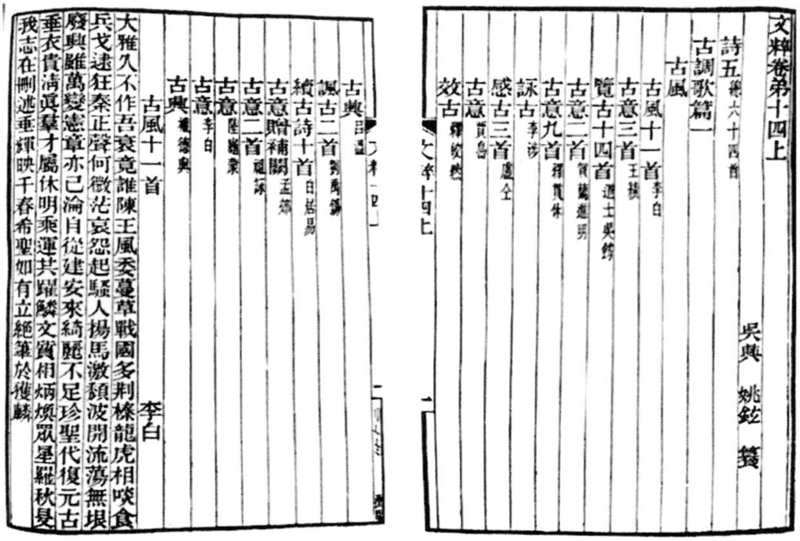
文粹卷第十四上
吳興 姚鉉 纂
詩五 總六十四首
古調歌篇一
古風
古風十一首 李白
古意三首 王績
覽古十四首 進士吳筠
古意二首 賀蘭進明
古意九首 釋貫休
詠古 李涉
感古三首 盧仝
古意 賈島
效古 釋皎然
古興 呂溫
諷古二首 劉禹錫
續古詩十首 白居易
古意贈補闕 孟郊
古意二首 祖詠
古意 陸龜蒙
古意 李白
古興 權德輿
古風十一首　李白
大雅久不作吾衰竟誰陳王風委蔓草戰國多荊榛龍虎相啖食
兵戈逮狂秦正聲何微茫哀怨起騷人揚馬激頹波開流蕩無垠
廢興雖萬變憲章亦已淪自從建安來綺麗不足珍聖代復元古
垂衣貴清眞羣才屬休明乘運共躍鱗文質相炳煥衆星羅秋旻
我志在刪述垂輝映千春希聖如有立絕筆於獲麟

僅從以上入選作者、篇目、數量，我們明顯可以得出如下幾點初步而直觀的結論：一，所選詩歌題目中皆含「古」字，體現了其「以古為綱」的古風詩觀；二，所選詩人從早期初唐的王績、祖詠，到盛唐的李白，再到中唐的孟郊、權德與、劉禹錫、白居易，最後到晚唐的陸龜蒙、貫休，前後大致涵蓋了整個唐詩發展階段；三，盛中唐無論從詩人數量，還是入選篇數來看，都是大大超過初唐和晚唐的，這與唐詩發展階段大致相類；四，姚鉉所選並未按作者出生時代先後順序為次，而是把李白《古風》十一首置於首位，極有可能是為了照應總題名中的「古風」二字，隱射「古風」自李白始的論點；五，李白除了《古風》十一首之外，還有《古意》一首入選，也就是說在編選者姚鉉看來，這首《古意》雖然本身與李白《古風》題目不同，但同樣可以在更大一些的範圍內納入「古風型詩」的範疇；六，李白《古風》雖然排在首位，有十二首入選，但是卻非入選篇數最多者，最多的是吳筠的《覽古》十四首。

〔註 34〕〔宋〕姚鉉《唐文粹》，光緒庚寅秋九月，杭州許氏榆園校刊本。

　　如果進一步考察編選者姚鉉的「古風」觀，就不得不涉及所選篇目的具體內容和藝術特徵之間的相似與差異之處，從這一角度進行考察。我們首先可以發現，字數上的五言是入選的重要標準，但卻並非惟一標準，比如李白除了《古風》十一首之外入選的另一首《古意》就是七言：「白酒新熟山中歸，黃雞啄黍秋正肥。呼童烹雞酌白酒，兒女嬉笑牽人衣。高歌取醉欲自慰，起舞落日爭光輝。游說萬乘苦不早，著鞭跨馬涉遠道。會稽愚婦輕買臣，余亦辭家西入秦。仰天大笑出門去，我輩豈是蓬蒿人。」貫休的《古意》九首其中之《常思李太白》則是五七雜言：「常思李太白，仙筆驅造化。玄宗致之七寶牀，虎殿龍樓無不可。一朝力士脫靴後，玉上青蠅生一箇。紫皇殿前五色麟，忽然掣斷黃金鎖。五湖大浪如銀山，滿船載酒搖鼓過。賀老成異物，顛狂誰敢和？寧知江邊墳，不是猶醉臥」。其餘皆為五言，而《古意》九首是包含在貫休《禪月集》卷二《古風雜言二十首》中的，姚鉉卻只選擇了五言為主的這九首，其餘十一首雜言《古風》並未入選，由此可見姚鉉對五言的重視。權德輿的《古興》也是雜言：「月中有桂樹，無翼難上天。海底有麗珠，下隔萬丈淵。人生大限雖百歲，就中三十稱一世。晦明烏兔相推遷，雪霜漸到雙鬢邊。沉憂戚戚多浩歎，不得如意居太半。一氣暫聚常恐散，黃河清兮白石爛。」但是除此之外，其餘各家所入選詩篇皆為五言，可見在編選者姚鉉的觀念裏，「古風」仍以五言古詩為主要形式。

　　從詩歌發展角度來說，最早期萌芽狀態的《詩經》以四言為主，其後漢魏古詩大多以五言為主，在後世詩人的觀念裏，五言從功能到達意，都是最能反映古詩風貌的詩歌語言體式，姚鉉對五言古詩的選擇，並非一己之憑空想像，而是承接唐人觀點而來的，唐人王魯復有《弔韓侍郎》詩曰：「星落少微宮，高人入古風。幾年才子淚，並寫五言中。」﹝註35﹞認為友人身上的古風氣質，也是主要由其五言

─────────────────────

﹝註35﹞〔宋〕王魯復《弔韓侍郎》，〔清〕彭定求等編《全唐詩》第 7 冊，卷四百七十，中華書局，1960 年，第 5346 頁。

詩歌體現出來的，可見在唐人眼裏，五言是最能貼近古意的詩歌語言
樣式。

　　姚鉉在「以古為綱」的古風觀指導下，所選「古風」卷詩歌言多
諷興，頗有「古意」﹝註36﹞，不僅表現在選詩題目上，更體現在從詩
歌內容上，大抵不出以下幾個方面﹝註37﹞：

　　一是以古今對比窮究天人之理，探尋興亡變化，在這一層面上，
詩人的關注點落腳在社會現實，人世往來，主要目的是借古諷今，以
期通過對天理運作，人事代謝的觀察和思考，達到給現世的統治者提
供施政中以資借鑒的經驗之目的。比如所選李白《古風》中的《大雅
久不作》篇從整體上反映李白的政治觀、歷史觀和文學觀，是五十九
首的總綱；《咸陽二三月》篇借用歷史典故，通過描寫漢代依附館陶
公主的賣珠兒董偃的囂張氣焰，諷刺戚里驕橫，同時以揚雄自況，感
歎自身老而不得重用；《胡關饒風沙》篇通過對邊城滿目蕭索，戰場
白骨累累的描寫，關注的是統治者的開邊問題，以及給黎民百姓帶來
的巨大而深重的苦難。道士吳筠的《覽古》十四首，也大抵是如此內
容，《聖人重周濟》篇「君臣忞淫惑，風俗日凋衰」，《興亡道之運》
篇「奈何淳古風，既往不復旋」，《閒居覽前載》篇「洪範及禮儀，後
王用經綸」，《吾觀采苓什》篇「讒佞亂忠孝，古今同所悲」，《聖人垂
大訓》篇「田常弒其主，祚國久罔缺……古來若茲類，紛擾難盡列。
道遐理微茫，誰為我昭晰」等等，都屬推究天道興亡變化之理的作品。
李涉《詠古》一首，言「霸國不務人，兵戈忞相酬」，也是抨擊統治
者不顧百姓而兵戈不斷，肆意殺戮。盧仝《感古》三首《天生聖明君》

────────────

﹝註36﹞葛曉音在《論漢魏五言的「古意」》一文中，以漢詩的特徵為標準，
　　　　論述了「古意」的具體內涵，認為「古意」主要指漢詩中表現出來
　　　　的「人心之至情，世態之常理，即抒情言志具有普世性和公理性的
　　　　特質」，在藝術上表現為「意象渾融，深厚溫婉」（《北京大學學報》，
　　　　2009 年，第 2 期，第 11 頁），極為貼切。
﹝註37﹞貫休《古意》九首與李白《古風》之關係，上文已作論析，此不重
　　　　複。

篇歷數三代時期明君賢臣帶來的盛世安樂，對比秦漢以後亂世中猜忌傾軋橫生，一身尚不可容，萬事亦難窺測，聖明君主被小人蠱惑，忠良之臣埋伏草莽，羽翼不得施展，天地晦暗如墨的狀態，來警醒統治者；《古來不患寡》篇通過今古對比，言「今人異古人，結託唯親賓。毀坏唯鵲巢，不行鳲鳩仁。鄙恪不識分，有心占陽春。鸞鶴日已疏，燕雀日已親」頗有觸目驚心之感。

二是以歷史人物的遭際表達富貴無常、榮辱無定、禍福難料之慨，詩人往往通過對歷史人物命運的沉歎延及自身，表達個人生命安全在統治者的猜忌、迫害中能否久全的憂懼。比如《莊周夢胡蝶》篇表達人生如夢、富貴無常的主旨；《齊有倜儻生》篇通過對魯仲連的歌頌和讚美，表達願追隨之的澹蕩人格；《燕昭延郭隗》篇通過對歷史上春秋戰國時期君主尊重賢才，國力復興的歌頌，與現實中統治階層只知耽溺歌舞，自己空有抱負不得施展的苦悶情緒的抒發，形成一種今夕對比的巨大差距；《郢客吟白雪》篇更是歎息流俗庸碌，知己難求。道士吳筠的《覽古》十四首中《魯侯祈政術》篇言「貴遠世咸爾，賤今理共然」，《食其昔未偶》篇說「既以智所達，還為智所烹。豈若終賤貧，酣歌本無營」，《晁錯抱遠策》篇曰「世主竟不辨，身戮宗且夷。漢景稱欽明，濫罰猶如斯」，《絳侯成大績》篇的「天人忌盈滿，茲理固永存。方知得意者，何必乘朱輪」無一不是表達統治者恩賞屠戮難測，禍福難料的畏懼之感；盧仝的《感古》三首《人生何所貴》篇言「人生何所貴，所貴有終始」「竭節遇刀割，輸忠遭禍纏」，更是對生命懼禍的憂懼；賈島《古意》「眼中兩行淚，曾弔三獻玉」和呂溫《古興》「越甌百鍊時，楚卞三泣地。二寶無人識，千齡皆棄置」均通過憑弔卞和獻寶玉而無人能識致使身殘，慨歎世無知音；孟郊的《古意贈補闕》言「曲木忌日影，讒人畏賢明。自然燭照間，不受邪佞輕」也是對讒言小人的抨擊。

三是以香草美人喻君恩難求，賢士見棄之感，充滿了哀怨和傷情。香草美人的傳統肇自屈原，二者共同代表了生命中個人品性和人

格美好而又脆弱的一面，在這類篇章中，詩人關注的是作為人的個
體生命價值的實現。《黃河走東溟》篇寫個體生命的短暫不能久恃，
倏忽然而老之將至，充滿了對生命短暫的焦慮感和光陰不我待的急
迫感；《燕趙有秀色》和《美人出南國》，前者以青春獨居的美貌女子
自比，願得君子共翩於飛，充滿了自憐之情，後者則以美人才貌無匹
而見妒，不得不憂傷離去，滿目哀怨之感。王績的《桂樹何蒼蒼》篇
通過對桂樹稟性不畏寒霜，葉蒼翠而花芳香，有德而受人喜愛，鴻鵠
和鴛鴦都願棲栖其上的讚美，表達的是詩人芬芳堅貞的心性；《彩鳳
欲將歸》篇歌頌彩鳳逃離羅網直衝雲霄，居住在崑山的閬木之上，
飲用的是蓬壺之水，有深厚的美德，也是隱喻詩人自我砥礪之意。賀
蘭進明《古意》二首之二「崇蘭生澗底，香氣滿幽林。采采欲為贈，
何人是同心。日暮徒盈把，徘徊憂思深。慨然紉雜佩，重奏邱中琴」
所寫美人如空谷幽蘭，嫻靜優雅，芬芳柔情無限，卻充滿了寂寥落寞
之情。

　　從內容看，姚鉉所選《古風》六十四首，大抵不出以上三類，其
中較為特殊者，除了李白的《古意》「白酒初熟山中歸」和權德輿的
《古興》「月中有桂樹」一屬七言，一為雜言，內容一為得玄宗下詔
徵召，志氣昂揚赴朝而作，一為慨歎人生有限，憂傷而不如意，不太
好歸入以上幾類之外；還有白居易的《續古詩》十首稍顯特殊，以
女子的口吻寫與情郎的離別之憂和思念之情，頗有《古詩十九首》
之遺風，其中有少數篇章如「雨露長纖草，山苗高入雲。風雪折勁
木，潤松摧為薪。風摧此何意，雨長彼何因。百丈澗底死，寸莖山
上春。可憐苦節士，感此涕盈巾」又可明顯見出與左思《詠史詩》
如出一轍，這些篇章大抵可以歸入以上香草美人之第三類，同時又稍
有區別。

　　就藝術手法而言，這些篇章語言清真自然，多用歷史典故比興
隱喻，在諷諫的同時又極為委婉含蓄，整體格調溫婉渾厚。正如李白
在《古風》其一《大雅久不作》篇中所言：「自從建安來，綺麗不足

珍。聖代復元古，垂衣貴清真。」這些《古風》篇章的語言以「清真
自然」為尚，摒棄晉代以來浮艷華麗、色濃藻密的詩風。在意象的
組合使用上，大多選擇自然中常見之景，顏色上多以清新冷淡的色
調為主，如白日、白雲、白玉、宮柳、寒松，碧草、秋風、水流、明
月、流光、桂花、崑山、彩鳳、幽蘭、素琴等，試舉以下數例即可見
出端倪：

> 咸陽二三月，宮柳黃金枝。（李白《古風》其八）
> 明月出海底，一朝開光耀。（李白《古風》其十）
> 人生非寒松，年貌豈長在？（李白《古風》其十一）
> 常恐碧草晚，坐泣秋風寒。纖手怨玉琴，清晨起長歎。
> （李白《古風》其二十七）
> 桂樹何蒼蒼，秋來花更芳。自言歲寒性，不知露與霜。
> （王績《古意》三首）
> 朝栖崑閬木，夕飲蓬壺漲。（王績《古意》三首）
> 安期返蓬萊，王母還崑崙。（吳筠《覽古》十四首）
> 崇蘭生澗底，香氣滿幽林。（賀蘭進明《古意》二首）
> 風吹棠梨花，啼鳥時一聲。（白居易《續古詩》十首）
> 坐飲白石水，手把青松枝。（白居易《續古詩》十首）

同一相似意象群的組合使用，顯示了編選者在選擇這些詩人作品的時
候，注意到了其整體性和統一性，由此帶來的是讀者對所選諸詩人詩
作在印象上屬於同類的認同感，這也是為何姚鉉選擇這些詩人的這些
作品，統一歸類入《古風》的一個重要因素。

　　除了意象的選擇，詩人在語言的運用上也極力淡薄斧鑿痕跡，努
力做到自然而然，明白易曉，貫休《古意》曰：「我有雙白璧，不羨
於虞卿。我有徑寸珠，別是天地精」「千人萬人中，一人兩人知。憶
在東溪日，花開葉落時」「我恐君子氣，散為青松栽。我恐荊棘花，
只為小人開」，盧仝《感古》言：「人生何所貴，所貴有終始」，情之
所至，皆水到渠成，脫口而出，順理成章，完全不見絲毫刻意雕琢的
痕跡。

　　在這些《古風》篇章中，詩人為了在有限的詩歌字數的侷限中表達更為豐富的內容，對歷史典故的運用可謂爐火純青。這些歷史人物大多是上古三皇五帝，春秋戰國時期的歷史人物，最晚不過漢代，如李白《古風》詩中出現的就有賣珠兒董偃、揚雄、莊周、魯仲連、郭隗、劇辛、鄒衍、郢客、巴人；吳筠《覽古》詩中出現的有墨子、七雄、秦皇漢武、三皇五帝、巢由、箕子、孫通、洪範、子胥、文種、屈原、范蠡、管仲、魯侯、尼父、賈誼、蘇秦、酈食其、晁錯、李斯、太史公等；盧仝《感古》詩中的箕子、比干、屈原、蘇秦、張儀；祖詠《古意》詩中的楚王、夫差等等。與這些歷史人物相關的典故運用更是重重疊疊，不勝枚舉。在對歷史人物和典故的選擇和運用上，向上古三代靠攏，且最晚不過漢代的傾向，也從側面表露了姚鉉選編這些詩歌的時候，意識上不自覺的尚古態度和慕古傾向。

　　這些篇章雖大多為諷諫，言多比興，但是從整體詩歌風格上卻顯得較為內斂克制，渾厚溫婉，而不至於尖刻峭厲，頗能繼承儒家中正平和、溫柔敦厚的詩教傳統。《孔子家語》中說：「其為人也，溫柔敦厚而不愚，則深於《詩》者矣。」〔註38〕孔穎達解說：「溫，謂顏色溫潤；柔，謂性情和柔。詩依違諷諫，不指切事情。」〔註39〕自孔子以來，詩歌即被賦予了有補政教得失的功用，但限於君臣地位和身份尊卑有別，即使臣子以詩歌來諷諫政治，表達方式上也是要求溫厚平和的，詩人的目的自然不是僅僅單純地為了對歷史事件發以感歎，其實質是希望當世的統治者能夠從古人的得失中汲取以資借鑒的治國經驗，這種迂迴的手法，造成了表意上的曲折隱晦，同時也給凌厲的抨擊性語言罩上了一層溫和的面紗，所以李白才在《古風》開篇第一章就直言追隨《大雅》的腳步，同時盛讚自己身處的是一個聖明的時

〔註38〕〔魏〕王肅注，〔明〕吳嘉謨集校，〔清〕黎庶昌輯，張立華點校《孔子家語》，安徽人民出版社，2013 年，第 614 頁。
〔註39〕〔漢〕鄭玄注，〔唐〕孔穎達疏《禮記正義》，《十三經注疏》，中華書局，1980 年，第 1609 頁。

代，希望能夠恢復遠古時期淳質的社會風貌，而在《古風》其餘諸篇中則多用秦皇漢武藉以諷諫統治者，其餘諸家的《古風》類詩歌也大多不言時事，而是通過對歷史的剖析來驚醒世人。

以上可知，姚鉉《唐文粹》雖然沒有直接評點文字，但卻以「以選代評」的方式間接表達了豐富的「古風詩觀」。其所選《古風》秉持「以古為綱」的古風觀，主要表現在幾個方面：一，題目中皆含有「古」字，從基調上奠定了其近古的整體格調；二，以五言為主，認為五言是最貼合古意的詩歌語言形式，五言是其重要標準，但卻非唯一標準，偶有少數篇章乃七言和雜言；三，內容上要有所興寄，窮究天人之理，探求人世變化，追問個體生命存在的價值和意義；四，藝術特徵上要貼合「古意」，多用歷史典故，意含諷諫，語言清真自然，達意幽微隱約，整體風格中正平和，雅正渾融，溫婉敦厚。概言之，姚鉉「以古為綱」的古風觀，主要表現在「諷興」和「古意」兩個層面上。

目前所見除了姚鉉《唐文粹》入選《古風》外，還有真德秀《文章正宗》卷二十二下《古詩》條入選李白《古風》三十一首，祝穆《事文類聚》別集卷十文章部入選《大雅久不作》一首，真德秀入選《古風》數量雖然比姚鉉多，但是其只錄李白，且選錄標準不明，而祝穆只選一篇，故皆略過不論。

二、南宋朱熹等人的《古風》奠基性評點

從李白《古風》產生到真正走入詩人及評論家的視野，其價值逐漸得以發現和重視，是一個漸進的過程。目前所見最早對《古風》有獨到見解並產生一定影響的人，乃是南宋詩人、理學家朱熹（1130～1200），其對《古風》的評價出現在與朋友林光之、弟子張以道的兩段對話和一些散見的材料記載中：

> 題李太白詩：「世道日交喪，澆風變淳原。不求桂樹
> 枝，反棲惡木根。所以桃李樹，吐華竟不言。大運有興沒，

群動若飛奔。歸來廣成子，去入無窮門。」林光之攜陳光
澤所藏廣成子畫像來看，偶記太白此詩，因寫以示之。今
人捨命作詩，開口便說李、杜，以此觀之，何曾夢見他腳
板耶？〔註40〕

　　李太白詩不專是豪放，亦有雍容和緩底，如首篇《大
雅久不作》，多少和緩！

　　張以道問：太白五十篇《古風》不似他詩，如何？曰：
太白五十篇《古風》<u>是學陳子昂《感遇》詩，其間多有全
用他句處</u>。李太白詩非無法度，乃從容於法度之中，蓋聖
於詩者也。《古風》兩卷，<u>多倣陳子昂，亦有全用其句處</u>。
<u>太白去子昂不遠，其尊慕之如此</u>。然多為人所亂，有一篇
分為三篇者，有二篇合為一篇者。〔註41〕

　　<u>太白《古風》自子昂《感遇》中來</u>。然陳以精深，李
以鴻明；而陳有意乎古，李近自然。〔註42〕

以上五則材料，前四則散見於《晦庵先生朱文公文集》《朱子語類》
等記載朱子言行的文獻中，第五則為明代梅鼎祚引用朱熹評點，並做

〔註40〕〔宋〕朱熹著，朱傑人等主編，鄭明等校點，《朱子全書》（修訂本）
（二十三冊），《晦庵先生朱文公文集》（肆）卷六四《答鞏仲至》，
2010 年，第 3095 頁。並見〔宋〕羅大經《鶴林玉露》卷六甲編《朱
文公論詩》校勘記（中華書局，1983 年，第 116 頁）。這一則材料同
樣出現在宋代蔡正孫編《詩林廣記》中，其「古詩」條引《世道日
交喪》全文後，加入數句編者按語，曰：「朱文公題太白詩後，李太
白天才絕出，尤長於詩。一日，李光之……」（《詩林廣記》前集卷
三）。

〔註41〕〔宋〕朱熹著，朱傑人等主編，鄭明等校點，《朱子全書》（修訂本）
（第十八冊），《朱子語類》（五）卷一百四十《論文下・詩》，上海
古籍出版社、安徽教育出版社，2010 年，第 4323 頁。朱熹為何會以
「雍容和緩」評價李白《古風》，王紅霞認為與其理學家的身份所帶
來的內斂、溫厚的氣質有關，此論頗有合理處，可為參考（《宋代李
白接受史》上海古籍出版社，2010 年，第 201～202 頁。）

〔註42〕見〔明〕梅鼎祚《李詩鈔評》卷二。梅鼎祚引朱熹語，「然」以後陳、
李對比評價為梅鼎祚對朱熹之語的進一步深論，不可當作朱熹觀點
來看，詹鍈本《李白全集校注彙釋集評》誤以為是朱熹語，然遍查
《朱子全集》，並無陳、李比較之語，特指出。

進一步闡發。這些文字資料，向我們傳遞了這樣幾個信息：

（一）李白《古風》對典故的運用使人印象極為深刻，所以朱子見林光之帶來的陳光澤所藏廣成子畫像後，才能自然地記起太白《古風》其二十五《世道日交喪》篇「歸來廣成子，去入無窮門」句，並認為太白此篇成就極高，因而默寫出全詩以示人，藉此《古風》某些篇章還可以通過畫像題詩的方式得以傳播，朱子的行為和評價必然有利於《古風》影響範圍的擴大。

（二）朱熹和他的弟子張以道都看到了李白詩歌不專是豪放飄逸之另外一面，朱熹總結為「雍容和緩」，並自此成為定評，具有開創性和奠基意義，且舉例認為《古風》首篇《大雅久不作》就是這種「和緩」詩風的代表，這在朱熹之前的李白詩歌傳播接受的評價中是甚為罕見的，李白天資縱橫，不拘常例，飄逸如仙的一面慣為世人所熟知，在很長一段時間內綻放出的光芒使人們忽略了其和緩雍容的一面，至朱熹才點破太白此種面目，對後世詩人全面接受並認知李白詩歌風格是有極大導向作用的。

（三）朱熹認為太白尊慕子昂，並再三反覆強調太白《古風》是學陳子昂《感遇》，甚至認為《古風》中的很多句子都是直接自《感遇》中挪用而來。梅鼎祚肯定其觀點的同時，進一步比較了二者之間的細微差別，認為陳子昂的《感遇》有意識地貼近古人，較為精深，李白的《古風》則一派天真自然之態，較為鴻明。

（四）朱熹指出了李白《古風》中的文本錯亂問題，並且認為這種錯亂是後人所為，此後人雖然沒有具體指出是誰，大抵不出樂史、宋敏求在對太白文集進行整理過程中，對原本面貌某種程度上的擾亂和破壞，關於錯亂的文本，朱熹雖然沒有明言為某篇，但其言「一篇分為三篇，二篇合為一篇」，間接指向了其二十「昔我遊齊都」，而文本的錯亂又引出了篇數不定的問題，使後人關注到了《古風》文本的不確定性。

關於以上材料中為何朱熹再三反覆強調太白《古風》自陳子昂

《感遇》中來，我們還能從朱熹的詩歌創作中找到間接證據來進行更
加深入的理解分析，朱熹仿陳子昂《感遇》創作有《齋居感興》二十
首，在序言中說：

> 余讀陳子昂《感遇》詩，愛其詞旨幽邃，音節豪宕，
> 非當世詞人所及。如丹砂空青，金膏水碧。雖近乏世用，
> 而實物外難得自然之奇寶，欲傚其體作十數篇，顧以思致
> 平凡，筆力萎弱，竟不能就。然亦恨其不精於理，而自託
> 於仙佛之間以為高也。齋居無事，偶書所見，得二十篇，
> 雖不能探索微渺，追跡前言，然皆切於日用之實，故言亦
> 近而易知，既以自警，且以貽諸同志云。〔註43〕

朱熹沒有明言為何仿子昂《感遇》而非太白《古風》，然我們從朱熹
的論述中也可以做大致推測：首先，陳子昂《感遇》諸篇，在創作時
間上早於太白《古風》，而朱熹認為太白《古風》許多句子可以直接
從《感遇》中找到出處，這是太白《古風》學習子昂《感遇》的明證；
其次較太白《古風》而言，子昂《感遇》三十八首顯得更加幽微，難
以蠡測，朱熹愛其旨意幽深，音節豪蕩，但又恨其雖然義理精深，卻
往往託言仙佛之間，使世人不得要義，想要糾正其弊，仿而有所發
明；第三，朱熹一再強調太白《古風》源自子昂《感遇》，從詩歌
發展史的角度看，先出者總是占據主導，而後繼者往往不能超越其
上，也許在朱熹看來，太白《古風》終究不如子昂《感遇》，不能躍
居其上。

　　以上，朱熹對《古風》的評價雖然是零散的和瑣碎的，但是卻從
傳播接受方式，風格特徵，源出繼承，以及文本錯亂四個方面分別有
所發明，矯正了宋初田錫的偏誤認知，從大方向上引導了後人對《古
風》的正確理解，導致其傳播接受方向的改變，且使後人通過對《古
風》的重視和其價值的發現，更加全面地瞭解李白其人其詩。

〔註43〕〔宋〕朱熹著，朱傑人等主編，鄭明等校點，《朱子全書》（修訂本）
　　　　（第二十冊），《晦庵先生朱文公集》（一）卷四，上海古籍出版社、
　　　　安徽教育出版社，2010年，第360頁。

除朱熹外，對李白《古風》還有所論及的宋人有葛立方、劉克
莊、方回等：

> 李太白《古風》兩卷，近七十篇，身欲為神仙者，殆
> 十三四：或欲把芙蓉而躡太清，或欲挾兩龍而凌倒景，或
> 欲留玉舄而上蓬山，或欲折若木而遊八極，或欲結交王子
> 晉，或欲高揖衛叔卿，或欲借白鹿於赤松子，或欲飧金光於
> 安期生，豈非因賀季真有「謫仙」之目，而固為是以信其說
> 耶？抑身不用，鬱鬱不得志，而思高舉遠引耶！〔註44〕

> 太白《古風》……六十八首，與陳拾遺《感遇》之作，
> 筆力相上下，唐諸人皆在下風。〔註45〕

> 太白初學《選》體，第一卷《古風》是也；第二卷古
> 樂府，以後及諸五言，有建安，有稽阮，有陶，有謝，神
> 出鬼沒，不可捕捉。〔註46〕

葛立方（？～1164）大約與朱熹（1130～1200）同時而略早於朱熹，
劉克莊（1187～1269）略晚於朱熹，而方回（1227～1305）則更晚。
葛立方對《古風》的評價還主要集中在內容分類之淺表層面上，大體
上屬於通過印象式概括進行歸類，頗有偏見，認為太白《古風》七十
餘篇中，十之三四為遊仙之作，並認為其原因大概是由於賀知章有
「謫仙」之目，而李白身不為時所用，鬱鬱不得志，信以為真，囿於
其中不得出。不得不說這種見解還是顯得有些一葉障目的，一方面，
由此也可以見出至此時對《古風》諸篇旨意的理解都還是有一定偏
見的，在很大程度上受之前王安石等人「抑李揚杜」觀點的影響；另
一方面也可以看出朱熹對李白《古風》的理解之準確和深刻。劉克莊
的評論，延續了朱熹的觀點，認為《古風》源自陳子昂《感遇》。更
晚的方回則認為《古風》是太白學習《選》體的結果，淺淺一提，並

〔註44〕〔宋〕葛立方《韻語陽秋》卷三，上海古籍出版社，1984 年，據上
　　　　海圖書館藏宋刻本影印原書。
〔註45〕〔宋〕劉克莊《後村詩話》前集卷一，中華書局，1983 年，第 8 頁。
〔註46〕〔宋〕方回《桐江集》卷五，宛委別藏本，江蘇古籍出版社，第 329
　　　　頁。

未深究。

　　除以上對《古風》的零星散亂而不成體系的評點外，在全本的角度，需要注意的是明人編輯而託名宋人劉辰翁（1233～1297）和嚴羽（生卒年不詳）的評點本《李杜詩集》，此本為明代聞啟祥輯，然嚴羽和劉辰翁卻是南宋時人，這個評點本的一些評語直接引用蕭士贇的評說，可見因編輯者為明人，所以在編輯的過程中參考了楊蕭本的內容而有所加增，其中具體哪些為嚴羽的觀點，哪些為劉辰翁的觀點已不得細知。相較於楊蕭本而言，劉辰翁和嚴羽的評點本顯得較為簡略，此本《古風》共五十九首，排在卷一，有約半數大概二十七篇左右都沒有任何評點字句，只錄原文，其餘評點也顯得比較簡單，我們來看其對《古風》一些篇章的點評：

　　　　《大雅久不作》篇：嚴羽曰：初聲所噎，便悲慨欲絕。又曰：「王風」以下，是申前語，是遞起語；「正聲」二句，又生一慨。又曰：以建安為「綺麗」，具眼。又曰：「聖代」二句，當鄭重炫赫處，著「清真」二字，妙。又曰：「秋旻」有眼，若讀《爾雅》太熟，便認作有來歷，非知詩者矣。

　　　　《秦皇掃六合》篇：首四句：雄快。「收兵」二句，與「西來」相應。「尚採」二句：二語緊接，方警動。若蓄而不露，只就下文委蛇去，便氣漫不振矣。

　　　　《郢客吟白雪》篇：哽咽之韻，愈短愈悲。

　　　　《美人出南國》篇：悲言不悲，其悲彌甚。〔註47〕

以上數例可略窺一斑，除了只錄原文的篇章之外，嚴羽、劉辰翁的評點本對《古風》其中一些篇章的批點，或直引蕭士贇語，或直接在句中採用夾批的形式以寥寥數語進行點評，或全文無夾批，而只在篇末附以簡短的評價，且這些評價大多飽含評論者的主觀感情，以情感感知的表達和抒發為主導，較少客觀理性而冷靜的分析判斷。

〔註47〕〔明〕聞啟祥輯，〔宋〕嚴羽、劉辰翁評點《李杜全集》四十二卷，崇禎二年刻本。

三、元代《古風》傳播接受

　　元代李白《古風》傳播接受中最重要的就是由宋人楊齊賢注，元人蕭士贇補注的《分類補注李太白詩》的產生，世稱「楊蕭本」，《古風》作為其中一個部分共同被重視起來，對其中所用典故和詞語有了詳細的注解，且對每篇主旨大意作了一定的探求。其主要特點是詳瞻博備，而缺點則在於顯得繁蕪駁雜。我們可以通過對其中一些篇章的分析略窺一斑，比如首篇《大雅久不作》，「楊蕭本」之前，朱熹對該篇的評價是「雍容和緩」，劉克莊稱其為「古今詩人之斷案」〔註48〕，明顯偏重於歷敘古今的文學觀，嚴羽的評價（見上引）也是點到即止，較為簡單零散，葛立方的評語則是「李之所得在《雅》」〔註49〕，都屬於宏觀層面的印象式觀點概括，而「楊蕭本」則注曰：

　　　　（齊賢曰）《詩·大雅》凡三十六篇。《詩序》云：雅者，正也，言王政之所由廢興也。《大雅》不作，則斯文衰矣。平王東遷，《黍離》降於《國風》，終春秋之世，不復能振。戰國迭興，王道榛塞。干戈相侵，以迄於秦。中正之聲，日遠日微。一變而為《離騷》，軒翥詩人之末，奮飛詞家之前。司馬、揚雄，激揚其頹波，疏導其下流，使遂闊肆，法乎無窮。而世降愈下，憲章乖離。建安諸子尚誇綺靡，摛章繡句，競為新奇，雄健之氣，由此萎爾。至於唐，八代極矣。掃魏、晉之陋，起騷人之廢，太白蓋以自任乎？覽其著述，筆力翩翩，如行雲流水，出乎自然，非由思索而得，豈欺我哉？　　（士贇曰）李蕭遠《運命論》曰：孟軻、孫卿，體二希聖，從容正道。其孫子思希聖備體而未之，至《論語》如有所立卓爾，《春秋》序仲尼曰：文王既沒，文不在茲乎？此制作之本意也。「絕筆於獲麟」之一句者，所感而起，固所以為終也。按《本事詩話》曰：

〔註48〕〔宋〕劉克莊《後村先生大全集》卷一百七十三，上海涵芬樓景印舊鈔本。

〔註49〕〔宋〕葛立方《韻語陽秋》卷三，上海古籍出版社，1984 年，據上海圖書館藏宋刻本影印原書。

> 李白才逸氣高，與陳拾遺子昂齊名，先後合德，其論詩云：
> 齊梁以來，艷薄斯極，沈休文又尚以聲律，將復古道，非
> 我而誰？觀此詩則太白之志可見矣！斯其所以為有唐詩人
> 之稱首者歟！〔註50〕

比之前代零星評點，此可謂長篇大論，楊齊賢從詩歌發展的歷時性角
度，按照李白的敘事脈絡和思路，對該篇從前到後全文大意做了一個
完整的闡述，並由此推導出李白以振興風雅，恢復古道為己任的緣
由，顯得有理有據，且進一步回歸作品，從李白的作品中反映其自然
清真的詩風，頗令人信服。而蕭士贇的補注則上追溯至先秦諸子，拔
高了其思想深度，同時結合律詩的勃興勢頭點出了李白崇尚「復古」
這一關鍵詞，對其志向給予了「有唐詩人之稱首者」這一極高評價。
《胡關饒風沙》篇，在楊齊賢之前，只有嚴羽（或劉辰翁）評論該篇：
「此首可與老杜《塞上》諸篇伯仲。」〔註51〕並未詳加展開論述，而
楊齊賢則聯繫《新舊唐書》《吐蕃傳》等史料中對楊國忠薦鮮于仲通
討閣羅鳳之事的記載，認為乃是為討伐閣羅鳳之事而發，蕭士贇反駁
其觀點，認為是為哥舒翰攻吐蕃石堡城之事而作，雖不能明斷二人何
者為正解，但這種依據史料而來的詳細論爭，比之印象式的簡短評點
更能貼近詩歌本身發生的背景，對探究其歷史創作緣由頗多啟發。其
餘許多《古風》篇目，由於關注度不如《大雅久不作》篇，並未引起
前人的特別注意，因而楊齊賢和蕭士贇的注解往往是首創性質的，比
如說《蟾蜍薄太清》《代馬不思越》《黃河走東溟》《西上蓮花山》等
篇，目前所見評點資料中，楊、蕭二人的評論都是最早的。以上可以
說明，楊蕭本的出現，其首創性和詳贍性，以及注重結合史料進行考
證的態度，是後來諸多李集版本以之為底本的重要原因。
　　除此之外，還有佚名所編《唐翰林李太白詩集》二十六卷，現有

〔註50〕楊蕭本《分類補注李太白詩》卷二，中華再造善本，元建安余氏勤
　　　　友堂刻明修本。
〔註51〕〔明〕閻啟祥輯，〔宋〕嚴羽、劉辰翁評點《李杜全集》四十二卷，
　　　　崇禎二年刻本。

一部四冊藏於中國臺灣「國家圖書館」，其中錯誤頗多，疑似坊間刻本，《古風》部分只錄原文而無注解，價值不如楊蕭本。

元代的《古風》選本目前所見有兩種：一是劉履（1317～1379）的《風雅翼》，卷十一《〈選〉詩續編》一，選《古風》十八首，從題目中我們也能看出這部選本是以「風雅」為尚的，四庫館臣言：「《〈選〉詩續編》四卷，取唐宋以來諸家詩詞之近古者一百五十九首，以為《文選》嗣音。其去取大旨，本於真德秀《文章正宗》，其詮釋體例，則悉以朱子《詩集傳》為準。」〔註52〕可見其尚古的傾向，以及對風雅傳統的繼承，由此，我們也能看出，在選詩者劉履看來，李白《古風》是可以作為《風》《雅》繼任的。此本選李詩共十九首，其中除了十八首《古風》以外，還有《白鳩拂舞歌》一篇。《古風》所選諸篇正文前有言：「李白天寶中為翰林供奉，未幾不合，去，遂浪跡天下，工為古詩歌，言多諷刺，嘗曰：齊梁以來，艷薄斯極，沈休文又尚以聲律，將復古道，非我而誰！故所著五十九首者特以《古風》名題，今觀其詞，宏麗儇偉，雖未必盡合軌輄，而才逸氣邁，蓋亦劉越石、鮑明遠之儔歟！」〔註53〕這裡，劉履不僅注意到了《古風》五十九首乃李白著意之作，內容上多比興諷諫的特徵，且認為以《古風》為題是因為李白創作的時候，本身就有著復古思想的指導，以復古為己任，同時指出了其優點和缺點，長處是語詞宏麗俊秀，短處是不拘規則，並認為李白《古風》之作與劉琨、鮑照有一定的淵源。

其二是范梈（1272～1330）批選《李翰林詩》，高密鄭鼐（1419～？）編次，卷一選《古風》十五首，其一《大雅久不作》篇前有注云：

> 觀太白歷敘《雅》道之意，則韓公所稱李、杜文章者，豈無為哉！然非韓公則亦未足以知二公之深也。此《古風》

〔註52〕《欽定四庫全書總目》卷一百八十八，集部四十一·總集類三，中華書局，1997年，第2637頁。

〔註53〕〔元〕劉履編，何景春刊刻《風雅翼》，明弘治刊本。

　　為集首，杜用《龍門寺》《望嶽》等篇，編唐詩者之識趣，
　　與編宋風者，已有大徑庭矣。〔註54〕

在這裡，選詩者認為在第一篇《大雅久不作》中，太白歷敘《雅》道，
正是韓愈稱賞「李杜文章在，光焰萬丈長」之深意所在，同時從選編
次序排列的角度，認為把《古風》放在集首的重要位置，杜集首用《龍
門寺》《望嶽》等篇，集首篇章的選擇體現了編唐詩者與編宋詩者其
選編標準和識趣的差異，至於其差異具體體現在哪些方面，則沒有明
確點出。

　　除此之外，元代還出現了少數民族書法家康里巎巎（1295～
1345），字子山，號正齋、恕叟，蒙古族康里部，擅行草，其書法作
品今存《李白古風詩卷》，所書《古風》其十八《天津三月時》篇流
傳至今，紙本寬35釐米，高63.8釐米，現藏日本東京國立博物館藏，
與草書詩書卷之《自作秋夜感懷七言古詩》《唐人絕句六首》合為一
卷。篇末有親筆題字曰：「閒書太白一詩，子山識」〔註55〕，字體修
長，疏展挺拔，遒勁灑脫，轉折流麗，技藝嫻熟，顯示出了極高的書
法造詣，在表明少數民族文人也已經關注到了李白《古風》的同時，
也拓寬了李白《古風》五十九首的傳播接受渠道。

四、宋元時期的《古風》仿作

　　宋人多題目中含「古風」之作，如衛宗武《和南塘貽林丹巖古風
時丹巖館郊外》《和野渡賦雙竹松梅古風》《和張石山古風約郊行》，
王十朋《次韻梁尉秦碑古風》《郡齋舊有假山，暇日命工葺之，取石
之嵌者縴置山頂汲水，箈竹引而激之，自頂而下有懸崖飛瀑之狀，予
既以蕭灑名齋，因鐫二字於石，戲成古風》，鄧肅《次韻王信州古風》，
包恢《謝朱汀守惠古風》等等，但這些作品大多為五七言長篇，題目

〔註54〕〔明〕范檞批選《李翰林詩》，高密鄭鼒編次，元刻本，現藏中國臺
　　　　灣「國家圖書館」。
〔註55〕〔元〕康里巎巎《歷代名家書法經典》，中國書店，2013年1月，第
　　　　16～18頁。

中標明所寫具體事件和緣由，中間穿插或後綴以「古風」二字，從詩歌風格內容上看，已經與唐人的同類《古風》之作和李白《古風》相去甚遠，只是一種在題目中加入「古風」二字的長篇五七言古體詩而已。但這些作品卻向我們顯示出了宋人認識裏的「古風觀」之一面，即現實生活中為具體某事而作的長篇五七言古體詩歌，也可以稱其為「古風」，從這個角度看，「古風」與「古詩」和「古體詩」的含義是逐漸趨同的。

　　宋人也注意到了以李白《古風》為代表的這種「古風」傳統在詩歌創作中的逐漸消散，如王安石《悼四明杜醇》曰：「古風久凋零，好學少為己」〔註56〕，朱熹《次韻伯崇登滕王閣感舊蓋聞往時延閣公拜疏於此云》：「十年殄瘁無窮恨，歎息今人少古風」〔註57〕，皆謂好學古風者日少，王令《古風》曰：「古風何寥疏，世方盛誇慕」〔註58〕，謂仰慕古風者越來越寥落，世人盛行爭相誇耀之風，司馬光《御溝（秋）同范景仁寄修書諸同舍》曰：「古風久已衰，交道日頹侵」〔註59〕，偏重世道衰頹導致古風衰落，這些敏銳的詩人詩中所言都是針對古風世風或創作的衰頹現象而發的。宋時甚至有人在作詩中徒有《古風》之名而行欺騙之實，如以上題目中含有「古風」但從內容上看卻完全背離「古風」傳統者頗多，詩人對此情形加以譏諷，如王佐才《贈徐微中畫龍》說：「在昔擅名能幾人，爭為妍巧誇殊功。東胸徐氏奮奇趣，俊筆醉揮欺古風」〔註60〕，一個「欺」字，寫

〔註56〕〔宋〕王安石著《臨川先生文集》卷第九，北京：中華書局，1959年，第151頁。

〔註57〕〔宋〕朱熹著，郭齊、尹波點校《朱熹集》（一）卷五，成都：四川教育出版社，1996年，第232頁。

〔註58〕〔宋〕王令著《王令集》卷六，上海：上海古籍出版社，1980年，第95頁。

〔註59〕〔宋〕司馬光著，李之亮箋注《司馬溫公集編年箋注》卷六，律詩一，〔M〕成都：巴蜀書社，2009年，第418頁。

〔註60〕〔元〕陳世隆編，徐敏霞校點《宋詩拾遺》第一冊，卷八，〔M〕瀋陽：遼寧教育出版社，2000年，第121頁。

盡擅名者欺世盜名的醜態。王銍《蒙蔡藏用惠古風一軸，歎仰不足，輒賦，病，桐書為謝，感深而詞哀耳》言：「淳風散已久，世偽多哇淫」〔註61〕，在哀悼「古風」傳統逐漸消逝的同時，又對此種徒有虛名的偽作進行批駁。

宋人在此發現問題的過程中對「古風」詩歌消散的原因也會進行思考和分析，劉克莊認為與律詩的興起有關，在《和興化趙令君（良侍）二首》其一中說：「語君此事須商榷，唐律尤難似古風。」〔註62〕認為自從律詩在唐代興盛開始，唐詩就已經很難保有「古風」了，何談宋詩？而劉敞則認為乃在於世風淪喪，時風凋敝，人心不古，詩風必然隨之變化：「古風不可復，習俗已久敝。咄嗟忠與信，流蕩為詐術。詐忠惑其君，詐愚安其身。色屬內以荏，行違貌取仁。三年始橫流，後來更日新。至公棄塗炭，正道敗荊榛。已矣千載後，誰能反其身。」〔註63〕其中「正道」「荊榛」「流蕩」「千載」等語，不僅與李白《古風》其一《大雅久不作》極為相似，且就其旨意而言，亦可作為對《大雅久不作》篇的注解相參讀，同時也是深析《大雅》不作根源之語。

與太白《古風》有明確而直接承繼關係的是宋人員興宗（？～1170）的《李太白古風高奇，或曰：能促為竹枝歌體，何如？戲促李歌為數章》，共四首，皆為七言絕句，如下：

其一

黃河溟溟日落海，逝川流光不相待。
春容去我秋髮衰，擬欲餐霞駐光彩。

其二

天津三月桃與李，朝能斷腸暮流水。

〔註61〕〔宋〕王銍《雪溪集》，《四庫全書》本。
〔註62〕〔宋〕劉克莊《後村先生大全集》卷四一，上海涵芬樓景印舊鈔本，《四部叢刊》本。
〔註63〕〔宋〕劉敞《雜詩》二十二首其十一，《公是集》，清光緒三年，吉安劉氏刻本。

綠珠黃犬悲相續，何如湖海鷗夷子。

其三
郢客遺音飛上天，誰歌此曲誰為傳。
但聞色聲紛唱和，使我默歎心悽然。

其四
鄭客入關行未已，逢人見謂祖龍死。
秦人竟去無來蹤，千載桃源隔流水。〔註64〕

　　這一組詩歌，從詩意、用典到遣詞、造句皆祖太白《古風》而來，與太白《古風》相比了無新意，甚至有抄襲之嫌，但卻向我們展示了宋人對《古風》較有創新意味的另外一種傳播方式和接受角度：首先，從題目中「高奇」二字我們可以看出員興宗對《古風》的評價是很高的；其次，從詩歌體裁來看，詩人把太白《古風》中的《黃河走東溟》《天津三月時》《郢客吟白雪》《鄭客西入關》四篇五言古詩改編成了七言絕句，用竹枝歌體，向巴蜀民歌靠攏，應該是可以入樂傳唱的；第三，這種改編是詩人在友人玩笑式的建議下以遊戲之筆進行的，屬文人的文字遊戲，創作態度並不嚴謹；第四，其間全用太白《古風》中語進行剪裁壓縮，幾乎沒有新句，更無新意，這樣的仿作，只能稱為文人的遊戲筆墨而已。

　　宋人對太白《古風》的仿作，亦有頗能得《古風》之神韻者，史浩（1106～1194）有《古風》四首，雖為寫景，卻有古味，如其一題為《頤真》曰：「門外長安道，紛紛名利人。誰知方寸許，有地可頤真。真能了萬象，亦復冥諸塵。不離虛幻境，舉目見全身。」〔註65〕其二為《雲壑》，其三為《月巖》，其四為《善淵》，不一一列舉。在《古風》題名之外，又給每一篇都加上了單獨的題目點明單篇旨意，是其獨創之處。蘇軾（1037～1101）也有《古風》一首：「精神洞元化，白日昇高旻。俯仰凌倒景，龍行逸如神。半道過紫府，弭節聊逡

〔註64〕《全宋詩》第 36 冊，卷 2012，第 22561～22562 頁。
〔註65〕〔宋〕史浩《鄮峰真隱漫錄》五十卷，清印《四庫全書》本。

巡。金床設寶几，璀璨明月珍。仙者二三子，眷然骨肉親。飲我霞石杯，放杯恍如春。遂朝玉虛上，冠劍班列真。無端拜失儀，放棄令自新。雲霄難遽反，下土多埃塵。淮南守天庖，嗟我復何人。」〔註66〕無論從整體詩歌風格，還是語言運用，詩句相似度來看，都頗能得太白《古風》遊仙詩之精髓。陸游（1125～1210）有《古風》三首，其一中的「吾本淡蕩人，轉徙如蓬萍」〔註67〕，明顯源自於《古風》其十《齊有倜儻生》篇的「吾亦澹蕩人，拂衣可同調」，而「邂逅兩仙翁，笙鶴遊青冥」〔註68〕句又化用《古風》其七《五鶴西北來》篇的「五鶴西北來，飛飛凌太清。仙人綠雲上，自道安期名。兩兩白玉童，雙吹紫鸞笙」語；同時，陸游又有《冬日讀白集，愛其「貧堅志士節，病長高人情」之句，作〈古風〉十首》，為讀白居易集時有感而發，故仿而作之，雖然題目中有「古風」，但已經與李白《古風》關係不大了。

　　在宋末元初人對太白《古風》的仿作中，得其神韻者，頗為值得一提的是趙孟頫（1254～1322）的《古風》十首，這十首作品不同於陸游為議論而發，而是完全仿傚太白《古風》的語言特徵和風格面貌而作，相比之下，可謂既做到了形似，又達到了神似的地步。第一篇言：「詩亡春秋作，仲尼蓋苦心。空言恐難託，指事著以深。大義炳如日，萬古仰照臨。鳳鳥久不至，楚狂乃知音。愁來不得語，起坐彈吾琴。」〔註69〕可與《古風》其一《大雅久不作》篇對讀，看似對《詩經》、孔子和《春秋》等進行評論，實則句句隱含太白《古風》其一於其中，既仿傚了其風格，承襲其內容，又化用其語句，暗贊李白《古

〔註66〕〔宋〕蘇軾著，李之亮箋注《蘇軾文集編年箋注》（詩詞附）第十一冊，卷二十六，成都：巴蜀書社，2011 年，第 476 頁。

〔註67〕〔宋〕陸游著，錢仲聯校注《陸游全集校注》2《劍南詩稿校注》二，卷十四，浙江教育出版社，2011 年，第 464 頁。

〔註68〕同上。

〔註69〕〔元〕趙孟頫著，〔清〕曹培廉校《趙文敏公松雪齋全集》，光緒八年（1882），湖南洞庭楊氏刻本。下引詩句同出此本，不再重複出注。

風》之作乃是孔子知音；除了詩意的傳承，句子的化用也同樣明顯，「詩亡春秋作，仲尼蓋苦心」句化用「我志在刪述」，而「大義炳如日，萬古仰照臨」則源自「垂輝映千春」，「鳳鳥久不至」句又明顯來自《古風》其四「鳳飛九千仞，五章備綵珍。銜書且虛歸，空入周與秦。」第二首慨歎歷史興衰，個人汲汲名利者終難保身，其中首句「周衰有戰國，紛紛極荊榛」化用《大雅久不作》篇的「王風委蔓草，戰國多荊榛」，次句「黃金聘辯士，馳馬迎從人」則是李白《古風》其十五「燕昭延郭隗，遂築黃金臺。劇辛方趙至，鄒衍復齊來」的轉換。第四首言遊仙，同時感歎人生短暫，「自有天地來，蓬萊幾清淺」源自於「乃知蓬萊水，復作清淺流。」第五首寫美人幽獨，與太白《古風》其二十七《燕趙有秀色》篇宛然雙生。第六首寫四時變換，季節流轉，美人無心修飾，容顏漸老，與太白《古風》其三十八《孤蘭生幽園》篇同一旨趣。第七首歎人生短暫，百年光陰，倏忽已逝，不如遊仙，而李白《古風》中此種表達頗多，如其二十三《秋露白如玉》篇的「人生鳥過目，胡乃自結束」，其二十八「容顏若飛電，時景如飄風」，其五十二「青春流驚湍，朱明驟回薄」等等。第八首感歎歷史，洛陽城幾經戰火，金谷園早已荒廢，聞者徒悲而已。第九首寫秋風蕭瑟，滿目淒涼，離居獨處，容顏日衰，而功名如浮雲漸遠。第十首感歎追逐功名乃是虛空，反受其羈絆而不得自由，世人不辨妍媸，不若遠去。趙孟頫的這些《古風》篇章無論是從主旨大意，還是句子的化用來看，與太白《古風》的承繼脈絡都無比明晰，可謂形神兼備者。同時，趙孟頫也在一些詩作中反覆感歎「古風」的凋零，比如《題舜舉小隱圖》說：「高士不可見，古風何時還。」《奉訓戴帥初架閣見贈二首》其一曰：「世德日下衰，古風向誰求。」表達了對「古風」日衰的苦悶。

宋元時人的詩歌作品中，還有直接引用太白《古風》中某句者，茲舉數例如下：

大雅久不作，文士日以眾。（宋‧杜範《送子謹叔》）

　　<u>大雅久不作</u>，劉子藝且賢。(宋・李處權《翠微堂為劉端禮題》)

　　<u>大雅久不作</u>，此道豈常息。(宋・文天祥《梅》)

　　<u>大雅久不作</u>，聲色溢鄭紫。(宋・吳儆《和孫先生產及棣華堂詩韻》)

　　<u>大雅久不作</u>，正音寂無聞。(宋・楊冠卿《栖霞高士以詩鳴於時，方幸締交，而赴王隆之請，鶴馭西去，挽之不留，臨岐告別，為賦二詩》)

　　<u>大雅久不作</u>，淳風日澆漓。(宋・喻良能《懷東嘉先生因誦老坡，今誰主文字，公合把旌旗，作十小詩奉寄》)

　　<u>大雅久不作</u>，此風日蕭條。(宋・張嵲《贈陳符寶去非》)

　　<u>大雅久不作</u>，聞韶信忘肉。(元・元好問《繼愚軒和黨承旨雪詩四首》)

　　<u>大雅久不作</u>，梁棟儕薪樗。(元・陳櫟《和方虛谷上南行十二首》)

　　<u>大雅久不作</u>，繁聲竟何聊。(元・洪希文《夏政齋權府辱示書弢集擬古奉謝》)

　　<u>黃河走東溟</u>，不知幾萬里。(宋・李復《雜詩》)

　　雖無<u>桃李顏</u>，風味極不淺。(宋・黃庭堅《戲詠蠟梅二首》)自注：桃李顏本作桃杏紅，後改之。太白詩：松柏本孤直，難為桃李顏。

　　我本非搢紳，<u>金華牧羊兒</u>。(宋・楊萬里《飲酒》)

　　<u>金華牧羊</u>小家子，西真攘桃何代兒。(宋・陳師道《徐仙書》三首其三)

　　<u>金華牧羊兒</u>，穩坐思悠哉。(宋・洪芻《戲用荊公體呈黃張二君》)

　　<u>金華牧羊兒</u>，海上釣鼇客。(元・馬臻《冬夜懷古》)

　　<u>鳳飢不啄粟</u>，鴻冥安可矰。(宋・孫應時《子寶東歸，以嚶其鳴矣，求友聲為韻，作古詩七章，寬予旅懷，次其韻》)

以上數例，以李白《古風》首句的直接引用情況而言，宋元時人對「大雅久不作」的直接稱引最多，由此也可見出首篇《大雅久不作》在《古風》中的重要地位。這種直接引用，與黃庭堅（1045～1105）為代表的「江西詩派」詩人「以學為詩」的作詩方法的倡導有關，而黃庭堅《戲詠蠟梅二首》中的自注尤其能說明這個問題，原句本作「桃杏紅」，後藉由太白《古風》中「松柏本孤直，難為桃李顏」二句，改為「桃李顏」，可見李白《古風》在當時已經是詩人學習仿傚的對象了。這種直接引用，本無甚規律和準則可言，往往根據詩人作詩的具體情形和需要而定，但是也在某種程度上反映了宋元時人對《古風》的接受態度，因此也是值得我們注意的一個方向。

概言之，《古風》在宋元兩代的傳播主要以詩人零散的評點，和少數全本、選本的選錄為主。在全本方面，樂史、宋敏求所編「兩宋本」雖然擾亂了《古風》原貌，但是也對其保存流傳具有很大的價值；嚴羽和劉辰翁的評點本《李杜全集》為明人編輯，基於楊齊賢、蕭士贇整理的李白集而成，其中嚴羽和劉辰翁二家的觀點較為零散，流於印象式評說，但對《古風》的解讀還是有一定意義的；而「楊蕭本」則由於其詳贍全備，成為繼「兩宋本」之後李白集首個全面的校注本，對後世影響深遠，其中《古風》部分，楊齊賢和蕭士贇的注解，也多為後人所承繼。選本中最重要的就是姚鉉所編唐詩選本《唐文粹》，其中顯露出的「以古為綱」的古風觀，它向我們傳遞出這樣一個信息，在宋人看來，並非只有題為《古風》者才是《古風》，其他許多題目中含有「古」字的詩歌，比如《古意》《古興》《感古》《詠古》等，似都可以歸入「古風詩歌」一類，而「古風」雖然以五言為主，但是偶而也兼有雜言和七言的形式，其內容上頗多諷興，風格上雅正平和，飽含古意。除此之外，朱熹、劉克莊等人對《古風》的評價，尤其是朱熹，從傳播接受方式、藝術風貌、淵源傳承和文本錯亂、詩歌創作等各個角度直接啟發了後人對《古風》的多角度理解和深入探析，在傳播接受層面不僅糾正了前人對其主旨認識上的習慣性偏見和

誤讀，且揭露了李白主導詩風對小眾作品《古風》某種程度上的遮蔽現象，具有首創價值和奠基性意義，在很大程度上引導了後人對《古風》的正確接受方向。

　　宋元人對《古風》的評點，既是一種傳播方式，同時又體現了宋人對李白《古風》接受程度的加深。在接受層面，宋元時人頗多題為《古風》的仿作，這些作品瑕瑜互見，一方面，隨著「古風」傳統的日遠式微，也出現了徒有虛名而全然不類者；另一方面，伴隨人們對太白《古風》重視程度的提高和解讀的入微，也有神形兼備，得其精髓者。無論哪一種，都表明了宋元時人對李白《古風》認識理解和接受程度的深入。

第四節　明人對李白《古風》的推崇

　　明人以「復古」的態度推崇《古風》，清人沈德潛認為：「貞元、元和以降，詩家尊尚近體，於古風漸薄，五言古尤入淺率。沿及宋元，尠遵正軌。復古轉在明代也。」〔註70〕分析了從唐代貞元、元和以後，隨著近體律詩勃興，古詩尤其是五言古詩流於淺率，「尠」同鮮，直至宋元，都少入正軌，而世風和詩風轉向「復古」是在明代。明人對《古風》的傳播接受，是伴隨著李集全本、選本的整體數量增加和對《古風》每一首的深入解讀評價，以及一些題為《古風》的模仿作品進行的；同時，在這個過程中，又顯示出了明人不同於宋人的古風觀。

一、明人推崇《古風》的表現

　　明人對李白《古風》的接受，主要體現在以下三個方面：

（一）李詩全本、選本數量多，且《古風》卷次靠前

　　進入明代，李白《古風》獲得了空前的地位和評價。目前所見明

〔註70〕〔清〕沈德潛《唐詩別裁》第二冊，卷四，中華書局，1964 年，第17 頁。

代李集全本，除了重刊本外共九種，包括全本五種，合刊本四種，其大體情況分別是：

1、全本

李文敏、彭祐編《分類李太白詩》二十五卷，《古風》在卷二，本自楊蕭本，刪注釋；

佚名《唐翰林李白詩類編》十二卷，《古風》為卷一之一部分，只有詩歌原文，無注；

佚名《唐李白詩》十二卷，《古風》為卷一，只有正文，無注，卷首有少量朱批；

郭雲鵬《分類補注李太白詩文》三十卷，《古風》在卷二，本自楊蕭本，對注釋有所刪減；

李齊芳、潘應詔，《李翰林分類詩》八卷，《古風》為卷一之一部分，只有正文，無注；

2、合刊本

萬虞愷《李杜詩集》十六卷，《古風》為卷一之一部分，只有正文；

劉世教《李翰林全集》四十二卷，《古風》位於卷四，只有正文和少量點校；

嚴羽、劉辰翁評點，聞啟祥輯《李杜全集》，《古風》位於卷一，有少量注解；

胡震亨《李杜詩通》，《古風》位於卷六，有詳細批註。

以上，《古風》位於卷一者有五種，比例過半，位於卷二者有兩種，其餘兩種分別為卷四和卷六，我們從《古風》所處卷次也可看出明人在編選李集的時候對《古風》的重視。就《古風》而言，以上諸本，只錄原文者過半，有注釋者或本自楊蕭本，或認為楊蕭本注解過細而對其進行刪減，大多並無創見。

其中，胡震亨（1569～1645）《李詩通》頗多發明，尤其是針對一些旨意較有爭議的篇章，比如說《蟾蜍薄太清》篇，胡震亨雖然認同楊齊賢和蕭士贇關於此篇內容乃是暗用玄宗寵武妃而廢王皇后之

事，但是別又認為：「然白之意自謂當世相如惟我，賦《長門》悟主，我事耳。纔詠志在刪述，即及此事，故當自有深旨，不作是觀，倫次將無突如。」〔註71〕比窮究本事更進一層，認為此篇目的除了諷諫統治者之外，更是為了照應首篇「我志在刪述」，顯示出李白以家國之事為己任的襟懷，問題視角轉換之間可謂別具慧眼。《鳳飛九千仞》篇，前人大多言其遊仙，楊齊賢認為是「太白自況」〔註72〕，蕭士贇認為是「太白自言其志」〔註73〕，朱諫認為是太白「託物以自比」〔註74〕，皆不得其深意，胡震亨則曰：

> 舊注云：此遊仙詩。太白少遇司馬承禎，謂其有仙風道骨，可與學仙，故自言其志。今考《古風》為篇六十，言仙者十有二，其九自言遊仙，其三則譏人主求仙，不應通蔽互殊乃爾。白之自謂可仙，亦藉以抒其曠思，豈真謂世有神仙哉！他詩云：「此人古之仙，羽化竟何在。」意自可見，是則雖言遊仙，未嘗不與譏求仙者合也。時玄宗方用兵土蕃、南詔而又受籙投寵，崇尚玄學不廢，大類秦皇、漢武之為，故白之譏求仙者亦多借秦、漢為喻。白他詩又云：「窮兵黷武今如此，鼎湖飛龍安可乘？」其本旨也歟！〔註75〕

這段評論，比之楊、蕭、朱三家可謂深入得多。首先肯定了該篇屬遊仙詩，且進一步分析原因，認為李白的遊仙詩作，與其少年時期遇到司馬承禎，對李白頗具仙風道骨的誇讚有關；其次通觀《古風》各篇，認為約有十分之二都涉及遊仙，但各篇遊仙目的與旨意有別，不應該一概而論，應具體分析，這已經是甚為通達的觀點了；第三，

〔註71〕〔明〕胡震亨《李詩通》，《李杜詩通》六十一卷，清順治七年（1650）朱茂時刻本，南京圖書館藏。

〔註72〕〔宋〕楊齊賢注，〔元〕蕭士贇補注《分類補注李太白詩》卷二，中華再造善本，元建安余氏勤友堂刻明修本。

〔註73〕同上。

〔註74〕〔明〕朱諫《李詩選注》卷一，中國國家圖書館藏，明隆慶六年朱守行刻本。

〔註75〕〔明〕胡震亨《李詩通》卷六，清順治七年（1650）朱茂時刻本。

肯定李白寫作遊仙詩，但卻否定李白真以為世有神仙的觀點，認為李白的遊仙詩本質乃是藉助遊仙的表象來進行譏諷，與某些譏諷統治者遊仙求道的篇章比如《秦王掃六合》暗合，以秦漢人主遊仙，荒廢政事諫言玄宗，這才是其本旨。這樣一層層地批駁剖析，不僅有助於對該篇旨意的解讀，對《古風》整體遊仙類詩歌的理解也是頗具隻眼，極具啟發性的。

明代選錄李白《古風》的選本主要有十二種〔註 76〕，而宋元兩代總共只有大約五種，數量上亦可見出明人對其推崇程度的加深。在這十二個選本中，李詩選本有四種，分別是：張含《李詩選》、朱諫《李詩選注》、梅鼎祚《李詩鈔評》、林兆珂《李詩鈔述注》，唐詩選本有八種，分別是：曹學佺《石倉歷代詩選》、高棅《唐詩品彙》、陸時雍《唐詩鏡》、吳訥《文章辨體》、唐汝詢《唐詩解》、鍾惺《唐詩歸》、張維新《華嶽全集》、謝天瑞《詩法》。其中，高棅贊同劉克莊所說：「唐之詩人皆在下風。」〔註 77〕算是接續前人，進一步強調《古風》之重要性和成就之高，林兆珂在《李詩鈔述注》則直接表明了自己對李白《古風》的重視：「此《古風》五十九首，必應全收，且必置諸集首，太白平生之根抵也。」〔註 78〕其餘諸家編選者大多只選錄而未申明緣由。

（二）評點者多，觀點細化，單篇注解更加詳盡

明代隨著李詩全本和選本數量的增多，對《古風》各篇進行評點的詩歌評論者也隨之增加，從下編對《古風》的校注集釋彙評中可以看出，明代的詩歌評論家如高棅、朱諫、李夢陽、徐禎卿、楊慎、李濂、屠隆、梅鼎祚、胡應麟、林兆珂、許學夷、胡震亨、唐汝詢、陸時雍等等，都有對《古風》中各個篇章的評述觀點流傳至今，關注《古

〔註76〕明代選錄《古風》五十九首的李集全本、選本入選篇目情況詳見《〈古風〉五十九首得名與傳本演變考論》一節。
〔註77〕〔明〕高棅《唐詩品彙》引劉克莊語，明汪宗尼校訂本，影刻本。
〔註78〕〔明〕林兆珂《李詩鈔述注》卷五，萬曆年間刻本。

風》的詩評家數量之多，遠超宋元時期。

　　從對《古風》的整體評價來看，明人在繼承朱熹等人觀點的同時，又有所創見，頗多發覆。首先，表現在對《古風》的溯源上，明人接受朱熹的觀點，承認太白《古風》與陳子昂《感遇》詩篇之間的承繼關係，在此基礎上又上溯至魏晉時期的阮籍《詠懷》詩，左思《詠史》詩，及郭璞《遊仙》詩，從而在時間脈絡上繼續往前追溯至魏晉，且拈舉出當時具體的詩人與詩作，與建安詩風聯繫到一起，使《古風》在歷時性的傳承角度呈現出詩風一脈相連的接續性，建立了一個與前代相類詩歌之間源自有出且不曾割斷的關係。聞啟祥《李杜全集》載佚名評論曰：「細讀《古風》，大約高處在不費力，不滿人意處在太明白。詠史出左太沖，遊仙出郭景純，餘則傚阮嗣宗《詠懷》。」〔註79〕對每一類詩歌的源頭都做了細緻的劃分和溯源。胡震亨也有同樣的觀點：「太白《古風》，其篇富於子昂之《感遇》，儉於嗣宗之《詠懷》，其抒發性靈，寄託規諷，實相源流也。但嗣宗詩旨淵放，而文多隱避，歸趣未易測求；子昂淘洗過潔，韻不及阮，而渾穆之象尚多苞含。」〔註80〕不僅有溯源，更有詩人詩風之間的細緻對比分析。陸時雍《詩鏡總論》：「太白《古風》八十二首，發源於漢魏，而託體於阮公。」〔註81〕則直接點出其發源之處與接續之人。明人試圖從溯源的角度，為太白《古風》梳理出一個明晰的時間傳承關係。從《古風》各類詩篇的具體內容上看，明人的觀點也是不無道理的，但詩歌的發展，後代總會吸收借鑒前人的詩風，其間的聯繫並不如直接仿擬的作品那樣突出而明顯。其次，是試圖對《古風》進行內容的分類，以胡震亨的觀點頗有代表性，曰：「太白六十篇中，非指言時事，即感傷

〔註79〕〔明〕聞啟祥輯，〔宋〕嚴羽、劉辰翁評點《李杜全集》四十二卷，崇禎二年刻本。

〔註80〕〔明〕胡震亨《李詩通》，《李杜詩通》六十一卷，清順治七年（1650）朱茂時刻本。

〔註81〕〔明〕陸時雍著，李子廣評注《詩鏡總論》，中華書局，2014年，第142頁。

己遭。」﹝註82﹞胡震亨把《古風》約略分為兩大類，一為時事興衰而發，二為自身遭遇而歎，這樣的分類雖然較為粗率，但大體上還是能概括《古風》內容的。屠緯真在文集中選了《古風》數十首，也認為這些篇章大多為「感時託物，慷慨沉著」﹝註83﹞之作。至此，對《古風》內容進行分類，成為後續《古風》接受中的一個新方向和關注點，這是宋元時期所無，也是明人的創新之處。

明人對《古風》整體評論的最大貢獻之一，離不開朱諫（1455～1541）的《李詩選注》。此本雖為選本，但朱諫在崇尚《古風》獨立性的詩歌批評眼光和思想的指導下，對《古風》有頗多發明。其中值得肯定的一方面就是朱諫不因循前人觀點，而是在自己有了一個整體「古風觀」的前提下，根據自己的理論對《古風》進行整體性的注解和分類，理論上的認識作為前提，使其評論觀點前後統一圓融，起到了相互支撐的作用；另外一點就是朱諫首次從理解句子大意的角度對《古風》各個篇章分節做了詳細的內容解析，這一舉措，雖然亦有理解偏誤之處，但大體上不僅有助於後人對《古風》各篇大意的理解，同時在對句意的深入闡述中使單篇注解更加詳細，並對前人觀點有了一個更為清晰而深刻的認識，糾正了一些偏頗之處，我們將於下文詳述朱諫的「古風觀」，此不具論。

就明人對《古風》單篇的評點內容而言，因為評點者學識涵養不同導致的個人見解的差異，各家觀點在流傳、碰撞和爭論中得以細化，使得單篇的注解變得更加豐富而詳盡，許多明代之前只有楊、蕭二人有所論及的篇章，到了明代，在諸家評論者的論爭中有了更加新穎的視角和多樣的解讀。其中，《胡關饒風沙》篇，楊齊賢認為乃諷刺鮮于仲通討閣羅鳳事，蕭士贇則否定其觀點，認為是為哥舒翰攻石堡城所作，到了明代，朱諫並未因襲前人觀點，而是另闢蹊徑，認為

﹝註82﹞﹝明﹞胡震亨《李詩通》，《李杜詩通》六十一卷，清順治七年（1650）朱茂時刻本。
﹝註83﹞﹝明﹞屠隆《屠緯真先生集》，明李氏友愛堂刻本。

此篇乃指對吐蕃用兵之事：「此詩蓋為當時吐蕃犯邊而作，舊注謂為
楊國忠征閣羅鳳事，或謂哥舒翰攻石堡城事，恐俱未然，蓋閣羅鳳是
雲南之喪，師不繫北狄，石堡城乃我之攻彼，非彼之毒我也，與詩意
不相體貼，考之地理，驗之歲月，乃知為吐蕃事也。且吐蕃之顛末紀
於唐史者，大略與此相合，白目擊其事，詩意蓋刺之也。」〔註84〕朱
諫先是針對楊、蕭二人的觀點，從詩意上有理有據地進行反駁，繼而
考驗唐史，提出為吐蕃事而作的觀點；胡震亨雖然也認同朱諫的觀
點，但是又更進一步，認為乃約略言開元、天寶數十年間對吐蕃用兵
的概況，詩人的目的是歎息戰爭帶來的社會凋敝，而並非具體指某一
場戰役。詩歌的語言不像史書，往往追求一種含蓄雋永的效果，而李
白在《古風》篇中，有意直追《風》《雅》，即使是諷諫的篇章，也力
避過於刻露，所以具體背景常常難以準確蠡測，以上楊、蕭、朱、胡
四家觀點的正確與否暫且擱置不論，就詩歌的性質來說，在沒有確
證的前提下，有時模糊的概說是好過於坐實之論的，就此而言，胡震
亨的觀點似乎更加具有合理性，最起碼豐富了對這一首詩歌的解讀層
面。又如《昔我遊齊都》篇，蕭士贇只認為此篇乃遊仙詩，意思可分
為三節，而並未深究三節之間銜接的不合理之處，仍看作一篇，強做
解說。而朱諫則以敏銳的視角指出：

> 此篇舊本全文多有疑義，而上下辭意不相續，據士贇
> 舊注，分為三節，云……今詳其詩意，亦恐未然，第十句
> 與第十一句上下文，義不相續，似有闕文，或有錯簡，何
> 也？既曰「欣然願相從」矣，又何至於與親友泣別而再三
> 嗚咽耶？所謂「君」者，又不知其何所指也，分手千里去，
> 何時而還者，又行役離別之辭，非從仙之事也，自第十一
> 句至十九句凡八句，義既不諧，辭宜節去，今以舊本全章
> 附寫於後，以俟知者與訂校云。〔註85〕

〔註84〕〔明〕朱諫《李詩選注》卷一，中國國家圖書館藏，明隆慶六年朱
　　　　守行刻本。
〔註85〕同上。

朱諫的觀點，既照應了前人朱熹對《古風》中有一篇分為三篇，或兩篇合為一篇的論點，具體指出了該篇的文本錯亂問題，同時又直接啟發了後人對該首的理解方向，但朱諫又能做到較為遵從原本，雖然在選錄原文時刪去了中間八句，但在闡明自己觀點的同時於文末全錄舊本原貌以存疑，此為其客觀合理之處。

另外，明人對《古風》的點評中，也出現了少數比較另類的聲音和反面評價，如晚明時期許學夷在《詩源辨體》中就說：「陳子昂《感遇》、李太白《古風》，氣味格調自魏而來，前後一輒，但較之漢人，尚嫌其太露。」〔註86〕從詩歌源流的角度，認為陳子昂和李白的同類詩歌作品是學習漢魏古詩，然比較而言，整體氣格還是顯得太過於外露而少含蓄雋永之餘味。竟陵派的代表鍾惺和譚元春所編的《唐詩歸》，也一反前人觀點，認為《古風》不是李白所擅長的：「鍾云：此題劉實收，太白長處，殊不在此。」〔註87〕且只選了「鳳飛九千仞」一首。可見在鍾氏看來，歷來備受重視的太白《古風》水平較為一般，並不能成為其主導風格的代表。對文學作品的批評眼光因人而異，見仁見智，但這也從不同角度給我們提供了明人對太白《古風》的另一種接受視角和獨有見解。

（三）明人對《古風》的仿作與引用

明人對《古風》的推崇，還表現在具體的詩歌創作中，有題為《古風》，整篇仿作者，如尹臺（1506～1579）《古風二首贈范東明憲使》，其一「饑餐竹花實，渴飲砥柱湍」「胡然觸虞罟，下息青琅玕」〔註88〕源自太白《古風》其四十「鳳飢不啄粟，所食唯琅玕」「朝鳴崑丘樹，夕飲砥柱湍」；其二「燁燁芙蓉劍，繫君白玉佩。芒鍔瑩鸊膏，霜花

〔註86〕〔明〕徐學夷著《詩源辨體》卷二五，民國王戌上海重印本。
〔註87〕〔明〕鍾惺著，譚元春選定《唐詩歸》卷十五，萬曆四十五年（1617）刻本。
〔註88〕〔明〕尹臺《洞麓堂集》卷七，《四庫全書》本。下引同出者，不再重複出注。

澹磨焠。奇物出有時，晶光安可晦。提攜意雖惬，神理秘幽沕。願持扶胥氛，流光曜九閬。」整篇不論從語言還是語意全祖《古風》其十六《寶劍雙蛟龍》篇而來，然詞勝於意，毫無創見。李昱（生卒年不詳）有《古風》三首，慨歎歷史興亡，雖然題為《古風》，但從語言上看，與太白《古風》不甚相似。陳政（616～677）有《古風》五首，其二言「我愛李謫仙，為人最高格。壯語鬼神驚，高歌天地窄。醉呼管城子，千人為辟易。詎意白玉姿，青蠅竟污黑。流竄彼一時，垂輝靡終極。」〔註89〕從此首看當是受太白《古風》影響而發，且「青蠅」「垂輝」二句頗能化用其句；但其餘各篇，如第一篇稱頌古賢人恬淡處世；第三篇寫美人與君子兩心相知，曰：「自從邂逅間，一笑傾衷腸」「膠漆既云固，歡樂奚可量」；第四篇寫孤松獨立不遷；第五篇寫春日美景宜人，適合遊賞，曰：「感值此時節，洋洋動心曲。行樂貴及時，光陰難過復。何當恣周遊，遠近惟所欲。」語言浮薄，情思蕩漾，絲毫不見太白《古風》含蓄雍容之態。從整體上看，尹臺、李昱、陳政《古風》之作，皆可謂仿而不得要義者。

李堅（生卒年不詳）有《擬李白古風》七首，從題目中可知明言是擬李白《古風》之作，相比以上三家而言，稍有進益，但其傷處乃在於擬而不得其要旨，慨歎有餘而收束不足，情感顯得過於刻露、狠厲，如其一：「卦畫始文字，器象森昭陳」「賤儒取希世，綿蕞專襲秦」〔註90〕，其二：「秦隋何猰貐，虿豸饞齊民」，其五：「短褐纔掩脛，破廬不蔽雨」，其六：「古道委叢棘，狐兔相經營」等，頗有中晚唐苦吟詩人寒狹奇僻之弊，而不見李白《古風》之中和雅正，雍容含蓄的氣度。總體而言，明人對李白《古風》的仿擬之作，無論從數量還是成就而言，都遠不如宋人。

〔註89〕〔明〕曹學佺編《石倉歷代詩選》卷三百八十明詩次集十四，清文淵閣《四庫全書》本。

〔註90〕〔明〕曹學佺編《石倉歷代詩選》卷四百六十二明詩次集九十六，《四庫全書》本。

　　還有直接引用《古風》中的某篇某句，尤其是名句者。同宋人
情況相同，以「大雅久不作」為最，如劉繼善的《評詩有感》：「大
雅久不作，詞林爭愛新。」〔註91〕孫永祚《徐仲昭貽余清遊集卻寄》：
「大雅久不作，典刑良在茲。」〔註92〕王九思《讀仲默集二首》：「大
雅久不作，之子起詞林。」〔註93〕王世貞《友雅堂為省亭宗侯題》：
「大雅久不作，知君夙尚深」〔註94〕等等，明人夏原吉《題南溟息
上人聽松軒》，蕭士瑋《鄱湖望匡廬退尋舊遊次而紀之以詩》，徐師
曾《石林誦詩》，徐（火勃）《詠史七十首》等，都有對該句的直接引
用。對其餘《古風》詩句的引用，有楊榮《松栢軒為陳御史題》：「松
栢本孤直，豈與凡木同。」〔註95〕余有丁《送吳山人遊天台三首》
其二：「客有鶴上仙，飄飆以登明。」〔註96〕謝肇淛《陳孝廉幼孺》：
「君平既棄世，牢騷天地窄。」〔註97〕夏言《送汪克充令廣濟》：「雨
函寶劍雙蛟龍，青雲鏦鍔開芙蓉。」〔註98〕胡儼《四時詞》：「秋露
白如玉，梧桐墜寒綠。」〔註99〕夏尚樸《靖安舒節婦卷》：「世道日
交喪，士夫鮮完節。」〔註100〕徐有貞《出塞行》：「羽檄如流星，
重城夜飛入。」〔註101〕李夢陽《苦寒行》：「登高望四海，四海水將

〔註91〕〔明〕劉繼善《掩關集》卷上五言律，清道光十九年世德堂刻本。
〔註92〕〔明〕孫永祚《雪屋集》，卷二五言古，明崇禎古嘯堂刻本。
〔註93〕〔明〕王九思《漢陂集》卷四詩五言律五言排律，明嘉靖十二年王
　　　　獻等刻，二十四年翁萬達續刻，崇禎十三年張宗孟修補本。
〔註94〕〔明〕王世貞《弇州山人四部續稿》卷十三詩部，明萬曆間王氏世
　　　　經堂刻本。
〔註95〕〔明〕楊榮《文敏集》卷二，清文淵閣《四庫全書》本。
〔註96〕〔明〕余有丁《余文敏公文集》卷十二，明萬曆刻本。
〔註97〕〔明〕謝肇淛《小草齋集》卷六五言古詩三，明萬曆刻本。
〔註98〕〔明〕夏言《桂洲詩集》卷六詩七言古詩三，明嘉靖二十五年刻本。
〔註99〕〔明〕曹學佺編《石倉歷代詩選》卷三百四十九明詩初集四十九，
　　　　清文淵閣《四庫全書》本。
〔註100〕〔明〕夏尚樸《東巖詩集》詩集卷一五言古選，明嘉靖四十五年斯
　　　　正刻本。
〔註101〕〔明〕徐有貞《武功集》卷一《蒙學稿》，清文淵閣《四庫全書》
　　　　本。

結。」〔註102〕顧清《雙桂堂為宜興張世麟世鳳賦》：「美人出南國，文采並嫻都。」〔註103〕相較宋元時人，就《古風》各篇首句的直接引用情況來說，明代詩人對首句的直接引用篇數遠多於宋元時人，不僅與當世「復古」「慕白」之風大盛，對《古風》接受程度全面加深有關，更關涉到明代詩人抄襲成風的作詩態度，其因素是複雜而多面的。

　　除此之外，還有集句詩，如邵寶（1460～1527）的《聞時事有感集李四首》〔註104〕：

> 松柏本孤直，翠綠如芙蓉。獨立自蕭颯，楚山邈千重。
> 安知天漢上，乘雲駕輕鴻。沉歎終永夕，世無洗耳翁。
>
> 吾衰竟誰陳，焉得偶君子。倚樓青雲端，千春隔江水。
> 大雅思文王，行行未能已。鸑鷟有時鳴，雄斷自天啟。
>
> 長鯨正崔嵬，世路有屈曲。自挾兩青龍，揮手折若木。
> 沿芳劇春洲，鳳飢不啄粟。樓船幾時
>
> 明月出海底，迴風送天聲。寶劍雙蛟龍，虛步躡太清。
> 雲臥遊八極，三公運權衡。努力保霜雪，羣才屬休明。

全用李白《古風》各篇中的句子，以集句詩的形式重新排列組合，對《古風》而言，是繼宋人員興宗改編為竹枝歌之後的另外一種極為相似的詩歌接受方式。但是就內容而言，邵寶雖然在題目中說感時事而發，但是在詩句的上下語意連接上卻顯得不倫不類，不得其旨，更不明其所感之時事為何。

　　明人對李白《古風》的仿擬之作，整體上水平不高，幾無得其形神之精髓者，比之宋元時人的《古風》類作品頗有差距。這也顯示了「古風」類型詩歌在創作上的整體沒落與頹敗。

〔註102〕〔明〕李夢陽《空同集》卷九五言古，清文淵閣《四庫全書》本。
〔註103〕〔明〕顧清《東江家藏集》卷七《北遊稿》，清文淵閣《四庫全書》本。
〔註104〕〔明〕邵寶《容春堂集》前集，卷五，清文淵閣《四庫全書》本。

二、朱諫《李詩選注》：直追《風》詩，正本清源

朱諫（1455～1541）的《李詩選注》是明代李集一個極為重要的
選本，其價值目前也得到了學界的重視。徐小潔博士論文《朱諫〈李
詩選注辯疑〉研究》第三章對朱諫《古風》五十九首的研究，可資參
考〔註105〕。為免重複，茲對其不能論及或偏頗之處稍加補充。

朱諫《李詩選注》對《古風》的闡發，其獨特之處在於前有《古
風小序》，並在開篇其一《大雅久不作》之後和《古風》全文結尾處
有注文，這些評論聯繫在一起，共同構建了其統一而完整的「古風
觀」：

> 古風者，傚古風人之體而為之辭者也。夫十三國之詩
> 為《國風》，謂之風者，如物因風之動而有聲，而其聲又足
> 以動物也。刪後無詩，《風》變為《騷》，漢有五言，繼《騷》
> 而作，以其近古，故曰古風；晉魏再變，則又有七言、九
> 言，或至十一言者，及《效古》《擬古》等作，支流雖異，
> 本原則一；中唐以下，乃以「古風」為「古選」，七言為「古
> 風」，而又有長短句之不齊曰「選」者，以《文選》之所集
> 者而言也，殊不知《選》之所集者，正「古風」也，七言
> 其餘裔耳，安得轉以「古風」之名而獨加於七言乎？體制

〔註105〕關於朱諫《李詩選注》的研究，可參見徐小潔博士論文《朱諫〈李
詩選注辯疑〉研究》，河北大學，2011 年，及作者相關論文。作者
在《朱諫〈李詩選注辯疑〉研究》第三章，專論朱諫對李白《古風》
組詩的研究，著眼於注本本身內容的分析，同時拿朱諫本與楊蕭本
作對比，較為全面，茲撮述其要，以資參考比較，徐氏對朱諫《古
風》的研究，主要包括三個部分：其一，是對《古風》命名、卷數、
篇數、篇目等歷代以來糾纏不清的問題作一述論，並未得出確鑿結
論，而是認為這部分體現的是編纂者對詩作的認識問題；其二，回
溯歷代關於《古風》五十九首的評論；其三，拈舉除了「古風人」
這個概念，認為朱諫論《古風》，體現了「傚古風人之體，得古風
人之意」兩方面之意涵，從源頭、詩體、主題三大方面，揭示了《古
風》與《國風》的淵源關係，體現了朱諫的傳統詩學觀念；其四，
論述了朱諫以「賦比興」為綱，歸類《古風》的做法；其五，由以
上朱諫論《古風》的方式方法和詩歌觀念，得出朱諫在論《古風》
時之特點，即微引訓詁模式的弱化和批判主體意識的活躍。

不明，名義乖舛，耳目所膠，莫之能究。李詩所謂《古風》
者，止五十九章，美刺褒貶，感發懲創，得古風人之意，
章皆五言，從古體也，其歌吟辭謠，多七言者不與焉。(《古
風小序》)

　　白為《古風》之詩，以敘古今之治亂，文辭之變態，
及天時人事之不齊，諷刺臧否之意，寓於詠歌之間。(其一
《大雅久不作》篇注文)

　　白《古風》詩五十九章所言者，世道之治亂，文辭之
純駁，人物之邪正，與夫遊仙之術，宴飲之情，意高而論
博，間見而層出。諷刺當乎理，而可為規戒者，得風人之
體。《三百篇》以下，漢魏晉以來，言詩之大家數者，必歸
於白。出於天授，有非人力所及也。《古風》以下諸詩，亦
取其絕雅者，繹而釋之，其非李白之作，與夫似是而非者，
皆在所略云。(《古風》卷末按語)

這裡，首先需要指出的一點是，徐小潔的論述中，認為朱諫拈舉出了
「古風人」這樣一個概念，以此作為基礎論述朱諫的「古風觀」，雖
然作者論述了「風人」的概念自古有之，如劉勰《文心雕龍·明詩篇》
有言：「自王澤殄竭，風人輟采」〔註106〕，常被解釋為「采詩官」或
「作詩之人」，或被視為雜體詩之一，如嚴羽《滄浪詩話·詩體》：「論
雜體，則有風人」〔註107〕等，但「古風人」似乎並不能作為一個名
詞詞組連用，這裡朱諫所言「傚古風人之體」理解為傚仿古代（或上
古）的「風人之體」似乎更為恰切，「風人之體」起源於《風》詩，
是中國古代詩歌評論中常見的一個概念，在朱諫看來，這裡的「風」
乃動詞，與《詩大序》所言：「上以風化下，下以風刺上」〔註108〕中

〔註106〕　〔南朝梁〕劉勰著，黃叔琳注，李詳補注，楊明照校注拾遺《增訂
　　　　　文心雕龍校注》卷二《明詩第六》，中華書局，2012年，第65頁。
〔註107〕　〔宋〕嚴羽著，郭紹虞校釋《滄浪詩話校釋》上海古籍出版社，2012
　　　　　年，第373頁。
〔註108〕　〔漢〕鄭玄箋，〔唐〕孔穎達疏，朱傑人、李慧玲整理《毛詩注疏》，
　　　　　上海古籍出版社，2013年，第16頁。

所指的「《風》詩」名詞之意略有不同，乃「教化」「風化」之意，《詩》序云：「風，風也，教也。」〔註109〕《書‧畢命》：「彰善癉惡，樹之風聲。」〔註110〕朱諫繼而也做了解釋：就像風吹起來，萬物因風而動，發出聲音，這種聲音，又足以感動萬物，乃「因風而動」之意。朱諫認為，這裡的「風人之體」指的就是《風》詩，從屬於古體。「風人之意」也是同樣理解，即上位者用《風》詩教化民眾，詩人用《風》詩諷諫刺上之意。這也可與《古風》卷末朱諫言得「風人之體」，而不再把「古風人」連用相互印證。

朱諫作《古風小序》有「正本清源」之意，從溯源生發，而目的則在於「正名」，即對「古風」自李白以來，「體制不明，名義乖舛」的錯亂現象從根底源流論起，加以辨析。其所論要點有三：一是「古風」與《風》詩一脈相連，其源本正，由《風》詩變為《騷》，《騷》變而為漢魏五言，漢魏五言作為後世五七言詩的發端，因在時間的追溯上最貼近《詩》《騷》，乃其餘音，可被視為「古風」之始；二是晉以後「支流雖異，本原則一」，晉以後，由五言生發出七言、九言等雜言，還有題作《效古》《擬古》等名目者，雖支流延宕，但皆屬《古風》，其本源都是發端於《風》詩的；三是中唐以後，出現了「古風」與「《選》體」混淆的現象，有以「古風」為「古選」者，以七言為「古風」者，又有長短句之不齊曰「選」者，這正照應了我們之前對唐宋以來《古風》傳播接受中某些現象的論述，比如唐代韓愈題為《古風》的詩作乃是雜言體，宋代姚鉉所編《唐文粹》中以「古」為綱的古風觀，宋代多有雜以《古風》為題的長篇七言古詩等，在朱諫看來，這些，尤其是七言，都是餘裔，以上種種混亂，都是由於「體制不明，名義乖舛」造成的。朱諫藉源流的梳理給《古風》做了一個

〔註109〕〔漢〕鄭玄箋，〔唐〕孔穎達疏，朱傑人、李慧玲整理《毛詩注疏》，上海古籍出版社，2013年，第6頁。

〔註110〕〔唐〕孔穎達等《附釋音尚書注疏》二十卷，《畢命》，上海：中華書局，1936年，《四部備要》本。

很好的正本清源的努力，把李白《古風》與《風》詩彰顯的《詩》教傳統直接聯繫到了一起，認為其具有「美刺褒貶，感發懲創」的功用，能得古「風人之意」，需要指出的是，就李白《古風》內容而言，此得古「風人之意」更偏重於「下以風刺上」之一面；李白《古風》都是五言，這是其語言層面「從古體」的顯示，七言之古詩，不在朱諫所述「古風」之列。

相較於歷來把「古風」寬泛籠統地等同於「古詩」或「古體詩」的做法而言，朱諫的「古風觀」是比較嚴格的，這在《李詩選注》中，不僅體現在朱諫對李白《古風》所寫內容的評點闡發，更體現在以《詩》之賦、比、興的寫作手法對《古風》進行歸類上。朱諫言《古風》內容無非「世道之治亂，文辭之純駁，人物之邪正，與夫遊仙之術，宴飲之情」，大抵不出前人所論範疇，也非常貼合《古風》各篇旨意。但朱諫所論並不止步於此，在正文各篇第一小節後的開篇解析中，朱諫即分別以「賦、比、興」對該篇進行歸類，有單用一種者，有雜用「賦而比」「比而興」「興而比」者，其中「賦」者最多，有30篇，「比」者次之，有20篇，「賦而比」者2篇，「比而興」和「興而比」者各有1篇，其中單獨用「興」者無。徐文已作詳述，此不重複。

然朱諫的觀點和做法也並非無可厚非，且有緣木求魚之嫌，頗有值得商榷之處。朱諫所認為的李白《古風》與《風》詩之間的聯繫，是否像他所描述的那樣密切，是一個值得重新考量的問題，這一問題在第二章論及《古風》之於《風》詩的關係時，已有分析，此不贅言。

綜上，明人對李白《古風》的接受是更加全面的，不僅體現在全本選本數量的增多，更體現在評點的細化和仿作方面，但明人的觀點大多承接宋人而來，無甚新意，尤其是仿作水平不高，有抄襲之嫌，但朱諫的《李詩選注》和胡震亨的《李詩通》，有著各自獨特發明之處，可謂是其中佼佼者。

第五節　清代李白《古風》之接受傳承

　　清代《古風》的傳播接受相較於前代來說，在繼承的同時又有所不同。最主要表現就是對「古風」詩歌概念的精髓把握得更加深刻而精確，從明人如朱諫強調五言的形式，轉向其古雅的作意和諷喻規諫的寄託：「五言古風雖起於蘇武、李陵，而夏歌、楚謠間用五字成句，不獨始蘇、李矣。作詩要用意古雅，運筆矯健，得十五國風詩人之旨。散筆而便於用意敷詞，更可寓諷刺規諫，有風雅之遺，故曰古風。」〔註111〕這段話先從起源上肯定五言古詩起於蘇武、李陵，但卻不以此為正源，而是從作詩立意、做法兩個層面，直追十五《國風》，認為在用意古雅的表象下，更重要的是要寄託諷刺規諫於其中，得「風雅之遺」者，才能被稱為「《古風》」。這種解讀，抓住了《古風》詩歌的精髓，體現了清人對「古風」概念理解程度上的深入，而這種深入是体現在各個方面的。

　　關於清代《古風》傳本情況，詳見《〈古風〉五十九首得名與傳本演變考論》一節，茲不贅述，以下主要對仿作、評點，以及以前被忽略的重要傳本《瑤臺風露》作一探論。

一、清人《古風》接受的全面細化與評點的「溢美式拔　高」現象

（一）清代各時段對《古風》的接受評點與新方向的開拓

　　清人參與到《古風》評點中的，主要有明末清初的錢謙益、黃宗羲、朱鶴齡、朱茂暽、應時、丁谷雲、王士禎、刑昉、宋犖、沈德潛、杜詔、王琦，清中叶的趙翼、謝啟昆、管世銘、錢泳、延君壽、方東樹、梁章鉅、黃培芳、陳沆、潘德輿，晚清清末的曾國藩、方濬頤、陳僅、陳廷焯、宋育仁、奚祿詒、鄧繹、鍾秀、范檉、周采、吳在霭、吳銓鑣、笈甫主人等等。從參與者人數來說，比明代有過之而

〔註111〕〔清〕吳烺輯《唐詩選勝直解·詩法》（不分卷），清乾隆二十七年
　　　　　（1762），吳氏懷素堂刻本。

無不及。

　　清人對《古風》在李詩中的地位甚為重視，如朱鶴齡曰：「夫古之作者，纂緒造端，淪瀾百變，而其中必有根抵焉。上之補裨風化，下之陶寫性情，如伯玉《感遇》三十八首，伯玉詩之根柢也；太白《古風》五十九首，太白詩之根柢也。」〔註112〕認為《古風》是太白詩的根柢所在。

　　明末清初時人對《古風》的接受，是在前人基礎上進行的，仍逃脫不了與陳子昂和阮籍的比較。從溯源的角度接受前人觀點，除了強調《古風》對陳子昂《感遇》詩的繼承，如錢謙益：「太白之《古風》，多傚陳子昂也。」〔註113〕李白《古風》與阮籍《詠懷》詩之關係得到清人的重視，更加著重與阮籍《詠懷》詩的比較分析和吸收借鑒，沈德潛曰：「太白詩縱橫馳驟，獨《古風》二卷，不矜才，不使氣，原本阮公」〔註114〕在比較溯源的同時，又有所發明，延伸到了《古詩十九首》，如宋犖：「阮嗣宗《詠懷》、陳子昂《感遇》、李太白《古風》、韋蘇州《擬古》，皆得《十九首》遺意。」〔註115〕眾所周知，《古詩十九首》雖然作者和作年、作地不明，但歷來被作為最能代表漢魏五言古詩的精華，可見清人對太白《古風》切合古意的直接認識。清初時人所引導的這一條線索一直延續到清中葉，《唐宋詩醇》曰：「遠追嗣宗《詠懷》，近比子昂《感遇》」〔註116〕，方濬頤曰：「太白《古風》中，或論大道，或言文章，或慕仙靈，或感世事，蓋合《詠懷》《遊仙》《感遇》諸作而為之，其及世事則較阮公太

〔註112〕〔明末清初〕朱鶴齡《愚庵小集·傳家質言》卷八序二，清文淵閣《四庫全書》本。
〔註113〕〔明末清初〕錢謙益《牧齋有學集》卷十九序，《四部叢刊》景清康熙本。
〔註114〕〔清〕沈德潛《唐詩別裁集》卷二，上海古籍出版社，1979年，第43頁。
〔註115〕〔清〕宋犖《漫堂說詩》，清康熙二十七年刻綿津山人詩集附本。
〔註116〕〔清〕愛新覺羅·弘曆編《御選唐宋詩醇》卷一，清光緒七年（1881），浙江書局刻本。

露矣」〔註117〕，錢泳曰：「李之《古風》五十九首，儼然阮公《詠懷》」〔註118〕，雖論者頗多，然並未有太多新見。

　　清中葉人對《古風》的開拓與創見是多方面的。開始追溯《古風》各篇的創作時地，對《古風》進行整體上的認識和瞭解。最有名的論調是趙翼（1727～1814），曰：「《古詩五十九首》非一時之作，年代先後，亦無倫次，蓋後人取其無題者彙為一卷耳」〔註119〕，探討《古風》創作之初的情況，這個觀點直接影響了現當代一大批李白研究者，如詹鍈、郁賢皓等大家，基本上都接受了這個觀點，認為《古風》非一時一地之作。另外，趙翼還極其強調《大雅久不作》的地位：「青蓮一生本領，即在五十九首《古風》之第一首。」〔註120〕雖然《大雅久不作》綱領性的宣言性質使其在李白《古風》詩乃至所有詩歌中都有極其重要的地位，但這種評價仍顯得有過於拔高之嫌，似乎不是很客觀理智。

　　關於《古風》的單篇評價，在前人的基礎上，又有所發明，更加細化，同時很多觀點都影響到了近現代學者對《古風》的認識和接受，如《大雅久不作》篇，關於「吾衰竟誰陳」之「吾衰」的所指問題，王琦就批駁前人觀點的不當之處，認為：「『吾衰竟誰陳』，是太白自歎吾之年力已衰，竟無能陳其詩於朝廷之上也。楊氏以斯文衰萎為釋，殊混。唐仲言《詩解》引孔子『吾衰』之說，更非。徐昌穀謂首二句為一篇大旨，『綺麗不足珍』以上是申第一句意，『聖代復元古』以下是申第二句意，其說極為明瞭。學者試一玩味，前之二解，不待辯而確知其誤矣。」〔註121〕批駁認為「吾衰」指孔子的觀點。《蟾蜍薄太清》篇，清代之前評論者大多接受楊蕭本的注解，以

〔註117〕〔清〕方濬頤《夢園書畫錄》卷二十四，清光緒三年刻本。
〔註118〕〔清〕錢泳《履園譚詩・總論》無錫丁氏校刊本。
〔註119〕〔清〕趙翼著，江守義、李成玉校注《甌北詩話校注》卷一，人民文學出版社，2013年，第6頁。
〔註120〕同上。
〔註121〕〔清〕王琦《李太白文集》卷二，中華書局，2011年，第79頁。

為乃是為玄宗廢除王皇后而作，但是方東樹和曾國藩一反前人觀點，
首次提出了乃是以比體的形式感祿山之亂而作，其觀點雖無確據，亦
可備一家之說。《代馬不思越》篇，清前之人如蕭士贇、徐禎卿多謂
概言邊事，必有所感而發，至於具體為何事而發則隱括不論，清人陳
沆則首次提出了「此傷王忠嗣也」〔註122〕的論點，並為近現代學者
詹鍈、安旗等接受。《客有鶴上仙》篇，前人多以為遊仙之詞，而清
人沈寅、朱崑在《李詩直解》中則認為：「此遊仙之詩，想亦贈答之
詞，借仙以比客也。」〔註123〕雖只是一家之言，但其觀點新穎，視
角獨特，亦可備一說。

　　晚清清末，在分類方面，陳沆（1785～1826）的《詩比興箋》選
《古風》二十八首，自我編年之後進行排序，分為兩類：一類為感時
思遇之意，作於天寶前，約二十篇；一類為避亂遠舉之思，作於天寶
後，約八篇。這種根據詩歌內容所作出的籠統概括雖不無道理，但實
則並無切實依據，且對其所選之餘的篇章不好歸類。

　　在對《古風》旨意的理解方面有所加深，如陳僅曰：「問：太白
古詩五十九首，歷來解家總不明晰，究其用意何在？（答）：太白古
詩五十九首，是被放後蒿目時事，洞燭亂源，而憂讒畏譏，不敢顯指。
故首章以說詩起，若無與於治亂之數者。而以《王風》起，以《春秋》
終，已隱自寓詩史。自後數十章，或比或興，無非《國風》《小雅》
之遺。未言翕翕訿訿，朋黨傾軋，惟一二失權之士，相與憂國求規，
明明大聲疾呼，彼在位者，終褒如充耳也。其歸結之旨昭然，誰謂太
白忠愛出少陵下哉！」〔註124〕深析太白作《古風》詩的旨意所在，
更認為其忠君愛國之心，拳拳之情，與杜甫相比亦毫不遜色。同時，
出現了笈甫主人《瑤臺風露》這樣受小說結構評點的影響，藉書法術

〔註122〕〔清〕陳沆《詩比興箋》卷三，上海古籍出版社，1981年，第134
　　　　頁。
〔註123〕〔清〕沈寅、朱崑《李詩直解》卷一，鳳棲樓藏板。
〔註124〕〔清〕陳僅《竹林答問》，《清詩話續編》本，第2260～2261頁。

語從整體觀角度來觀照《古風》的重要選本。

（二）清代《古風》評點中的「溢美式拔高現象」和對李白其人其詩的重新認識

清人在接受前人觀點的同時，對李白《古風》的溢美稱頌達到了一個新的高度。這種拔高式的評價，是基於前人對《古風》接受高度上的再一次提升，同時也與清人對太白人格品性的正向理解和闡釋有關。清人對《古風》的接受，是伴隨著對其內容所言時事的索解進行的，在此過程中，太白憂國傷時、悲天憫人的情懷得以為評論者所理解和接受，並在某種程度上顛覆了以往對李白個人品性的負面評價，如《唐宋詩醇》就認為，可以從《古風》中指言時事的部分窺見太白之流品，開元天寶年間，李林甫、楊國忠擅權，小人盈朝而賢人不得進仕，最終導致「安史之亂」的發生，而李白「以倜儻之才，遭讒被放，雖放浪江湖，而忠君憂國之心，未嘗少忘，身世之感一於詩發之，諸篇之中可指數也。豈非《風》《雅》之嗣音，詩人之冠冕乎？朱子嘗欲擇歷代志詩為一編，以繼《三百篇》《楚辭》之後，而以白之《古風》為之羽翼輿衛，蓋有以取之矣，群兒謗傷，何足信哉？」〔註125〕陳廷焯曰：「太白一生大本領，全在《古風》五十九首。今讀其詩，何等樸拙，何等忠厚！」〔註126〕這種稱揚和讚譽達到了無以復加的高度。

清人的這種拔高式評價，打破了我國古代傳統詩歌理論批評中「知人論世」的論調，不是先全面地瞭解詩人本身，然後才去評價他的詩歌作品，而是從對某一部分被忽略的特殊而重要的主導詩風之外小眾詩歌價值的逐漸發現過程中，更加全面地瞭解詩人的情操，反過來再對這部分詩歌的價值重新定位。

〔註125〕〔清〕愛新覺羅·弘曆編《御選唐宋詩醇》卷一，清光緒七年（1881），浙江書局刻本。

〔註126〕〔清〕陳廷焯著，杜維沫校點《白雨齋詞話》卷七，人民文學出版社，1959年，第183頁。

　　清人對《古風》的溢美，更是對前代「抑李揚杜」現象的一種反思和反彈，李白和杜甫作為盛唐詩歌的「雙子星」，後人對其詩歌的接受也往往互受影響，宋代部分詩歌評論者在某種特殊而複雜的歷史因素的引導和影響下，從詩歌是否反映時事，詩人是否關懷現實的角度，對杜甫憂國憂民之情懷和有著「詩史」之稱的詩歌作品大加讚譽，同時為了正向突出杜詩的這一方面特性而拈舉出李白只知風花雪月作為反面來進行批駁，間接造成了李詩中同類描寫現實的詩歌作品長久以來被遮蔽的境況。宋人中只有朱熹突破了這種障蔽，極言太白之詩從容於「法度」之中，《古風》詩歌「雍容和緩」，朱熹對《古風》詩的正面評價和對李白其人其詩負面評價的矯正，其相關觀點一直持續影響到清代，清人潘德輿《養一齋詩話》附錄《李杜詩話》，在引用了朱熹關於李白詩非無「法度」的話語後，更認為「詩仙」之名，是世人不知李白的一種表現：「子美為『詩聖』，而太白則謂之『詩仙』，萬口熟誦，牢不可破。究竟仙是何物？以虛無不可知者相擬，名尊之，實外之矣。」〔註127〕認為一貫以來的傳統稱謂「詩仙」之名，實際上是對李白詩歌的一種負面遮蔽，乃虛無縹緲之詞，名義上雖然是尊李，實際上卻是世人不識「真太白」的緣故〔註128〕。

　　在這種詩歌輿論導向的遮蔽下，《古風》的價值長期得不到正確的認識，而隨著時日久遠，遠離了這種遮蔽的光環，清人在前人認識的基礎上反而能以冷靜理智的眼光發現李白《古風》及同類寫實性詩歌的價值，同時也對李白其人的胸懷有了一個新的認知和理解。這種反思的觀點在清人的評論中甚為常見，如管世銘（1738～1798）在例

〔註127〕〔清〕潘德輿《養一齋李杜詩話》附《李杜詩話》，郭紹虞編選，富壽蓀校點《清詩話續編》本（第四冊），上海古籍出版社，1983年，第2168頁。

〔註128〕董乃斌在《李白與詩史》一文中認為，「詩史」之稱號，並非杜甫一人之專利，只要詩人認真表現生活，李白、高適、岑參等作者都可稱為「詩史」，「詩聖」更是如此，楊慎就有言「陳子昂為海內文宗，李太白為古今詩聖」（《周受庵詩選序》），我們不應該受傳統慣有稱謂的障蔽。（《文史知識》，2018年，第3期）

舉《古風》中《蟾蜍薄太清》為王皇后被廢而作,「胡關饒風沙」為哥舒開邊而作,「天津三月時」為林甫斲棺而作,「羽檄如流星」為鮮于喪師而作,而「比干諫而死,屈平竄湘源。彭咸久淪沒,此意與誰論?」「姦臣欲竊位,樹黨自相群。果然田成子,一旦殺齊君」直指楊國忠、安祿山亂政跋扈,太白沉痛流涕而道之之後,又曰:「世推杜工部為詩史,而知太白之意者少矣,故特揭而著之。」〔註129〕可謂是對太白此類詩歌長期受杜甫「詩史」之名遮蔽的一種反向度思考。陳廷焯(1853~1892)的言論則更加激烈:

> 世人論詩,多以太白之縱橫超逸為變,而以杜陵之整
> 齊嚴肅為正。此第論形骸,不知本原也。太白一生大本領,
> 全在《古風》五十九首。今讀其詩,何等樸拙,何等忠厚!
> 至如《蜀道難》《行路難》《天姥行》《鳴皋歌》等篇,粗而
> 不精,枝而不理,絕非太白高作。若杜陵忠愛之忱,千古
> 共見,而發為歌詠,則無一篇不與古人為敵,其陰狠在骨,
> 更不可以常理論。故余嘗謂太白詩人,謹守古人繩墨,亦
> 步亦趨,不敢相背。至杜陵乃真與古人為敵,而變化不可
> 測矣。〔註130〕

不僅反駁世人對李白詩風認識的慣性偏頗,拔高《古風》的地位,且對歷代以來在李白詩歌接受史上被認定為名篇的《蜀道難》《行路難》等大肆批駁,認為這些作品絕非能代表太白精絕詩風的典型。同時一反前人對李杜的評價,認為杜甫為人所共識的忠君愛國之情操,表現在詩歌中則流於表面,與古人為敵,陰狠在骨,不得《詩》之溫柔敦厚的傳統教化,太白表面上恣肆飛揚,骨子裏卻是謹守古人規矩,不敢相違背。這樣一反前人對李杜詩風評價的論調,先不論其合理性成分有多少,就觀點之新穎銳利而言,可謂是振聾發聵、前無

〔註129〕 〔清〕官世銘《讀雪山房唐詩序例‧五古凡例》清光緒十二年(1886),
湖北官書處刻本。

〔註130〕 〔清〕陳廷焯著,杜維沫校點《白雨齋詞話》卷七,人民文學出版
社,1959年,第183~184頁。

古人的。

　　以上清人以《古風》為核心，對李白其人其詩的重新認識，與其
理解李白詩歌的方法有關，清人尚樸學，重考證，對詩歌的大多數評
價是建立在對史料的爬梳和還原歷史現場本身的研究方法和視角上
的，力圖在浩如煙海的史料中，找到太白詩歌中的隱喻性所指，即使
有很多時候這種努力反而會導向多種相似的歷史背景，從而讓人更加
迷惘，比如說對《古風》多篇寫實性篇章主旨的理解，至清人都有了
新的發覆，以上所引《唐宋詩醇》、管世銘《讀雪山房唐詩序例》等
言論均是基於此而生發的，但對一些隱喻性寫實篇章的主旨若坐實而
論，就會有三個乃至四個不同的指向，如《胡關饒風沙》篇、《羽檄
如流星》篇等〔註131〕，以至於惑人眼目。且這種完全依據史料反過
來解讀詩歌本身的做法，有時候不免有歧路亡羊之弊，如其八《咸陽
二三月》篇，清人宋長白據陶穀《清異錄》記載，認為太白所言「玉
劍誰家子，豪俠輕薄兒」乃指太白好友隴西韋景珍，這種說法顯然是
不合理的，在瞿蛻園、朱金城本《李白集校注》中被批駁，認為先不
說毫無確據，即使李白果有此意，但篇末「但為此輩嗤」一語，顯然
並非是對好友的褒許之詞。清人這樣的索解，不免有誤導之嫌。

　　總體而言，清人以《古風》為核心對太白詩歌的接受過程，改變
了以往對太白其人品行的偏頗性習慣認識。清人的評點式接受，整體
上是以溢美式拔高為主的，同時結合對詩歌具體內容的理解和史料
的爬梳加以細化，在這一過程中，對太白的人格和品性也有了重新的
解讀和評價。清人在對前人觀點的接受過程中，既有繼承，又有批
判，顯得更為客觀、冷靜而理智。這種接受方向的轉變，既是一種反
思和反彈，更是一種積累基礎上的突破和創新。

（三）清代的《古風》仿作與化用

　　清人對李白《古風》的仿作不多，《獨漉堂文集》載：「秀州朱子

〔註131〕對這些篇章旨意的多重理解，詳見下編各自集評按語。

蓉，詩名在海內久矣，其《古風》五十餘首，論者以為不下青蓮而或
過之。」〔註132〕題為《古風》，且篇數與李白《古風》相差無幾，詩
論家也拿來與李白《古風》之作相比，甚至認為有過之，朱氏《古風》
之作惜不見傳，亦不知其是否真為仿太白而作，有何異同。

　　汪學金（1748～1804）有《李供奉古風》一首，從題目亦可看
出是慨歎李白《古風》之作，曰：「東周王迹熄，雅詩遽淪亡。軺軒
不采風，巴里誰激揚。楚騷嗣遺響，哀情戛清商。漢京樹宏達，著作
何煌煌。曹劉及陶謝，崛起爭軒昂。餘子才力薄。曼聲逮齊梁。鐘虞
委蔓草，箏阮登明堂。昭代炳文治，羣彥相扶將。三光蕩氛霧，顥氣
橫秋蒼。抗志慕隆古，俗眼驚其狂。斯文庶在茲，獨立心蒼茫。」
〔註133〕首句即化用李白《古風》其一《大雅久不作》之句，且同樣
以時間為線索，論及歷代詩風之變，有蔓草、荊榛之感，皆為頌揚李
白，以振文勢，與清代對李白《古風》的誇揚相一致，以《古風》體
詩的形式論李白《古風》，既是對李白《古風》五十九首的接受和吸
收，同時又促進了李白《古風》傳播範圍的擴大。

　　另有汪瑔（1828～1891）的《古風》一首，卻是明言翻《齊有倜
儻生》篇之詩意而成，是對太白《古風》的直接接受：

　　　　太白詩云：齊有倜儻生，魯連特高妙。明月出海底，
　　一朝開光曜。卻秦振英聲，後世仰末照。所以稱魯連者至
　　矣，輒衍其意更成此詩：

　　　　畏秦因媚秦，握齪良可鄙。雄談折機牙，實賴天下士。
　　氣陵西時雲，聲動東海水。異哉倜儻生，節概乃如此。平
　　原卻千金，聊城飛一矢。舉世共嗟稱，固其餘事耳。〔註134〕

從小序中我們可以看出，詩人有感於李白《古風》其十《齊有倜儻
生》篇對歷史人物魯仲連的稱揚達到了無以復加的高度，衍其原意而

〔註132〕〔清〕陳恭尹《獨漉堂文集》卷之三，清道光五年陳量平刻本。
〔註133〕〔清〕汪學金《靜厓詩槀》初稿卷一古今體三十一首，清乾隆刻嘉
　　　　慶增修本。
〔註134〕〔清〕汪泉《隨山館稿》卷九，清光緒刻隨山館全集本。

翻成此篇，雖然沒有題目為《古風》，但確確實實是對太白《古風》的仿作，且仿作的目標並非《古風》的整體和全貌，而是單篇，跳出了一慣對《大雅久不作》篇的崇拜模式，選擇了前人關注較少的篇目，這向我們展示了一種新的仿作方式。從內容與藝術手法上看，該篇雖然是仿作，但是並不像明人那樣因襲原詩，而是頗有新意，縱觀全篇詩意，「氣陵西畤雲，聲動東海水」見其飛揚之勢，結句「舉世共嗟稱，固其餘事耳」又顯豁達之情，全篇只有「倜儻生」三字照應李詩，卻句句不離魯仲連之生平事蹟和人物品格，與李白詩作同題而不囿於其中，起筆有氣勢，而收束有餘音，可謂是比較成功的仿作了。

其餘沒有明言仿作，但是題目為《古風》，且內容有相似之處者主要有趙俞（1636～1713）《古風》三首，趙國麟（1673～1751）《古風》二首，張之洞（1837～1909）《古風》八首。趙俞的三首《古風》比較特殊，其所究者乃在天道，其所欲者乃在還歸淳樸。三篇分別從國運代謝、個人命運和聖人治世的角度，認為應返璞歸真，師法古人，任天理自然之運行，無為而治。雖然從語言和意象上與李白《古風》不類，但整體上沖和平正，亦頗有古意。趙國麟的兩首《古風》，其一寫閨中織婦感念歲華，發願覓良人，其二以古柏上所栖的鳳鳥自比，兩篇均落意於志士求仕。意象的選擇上，多用雪松、春柳、皎月、紅日、紈素、古柏、鳳凰、玉山、梧桐、高崗，頗有鴻明之氣，亦與李白《古風》相類。張之洞的《古風》八首，第一篇讚美橘樹的品性，語詞溫和雅正，含蓄蘊藉，頗有中和之氣；第二篇由春日採野菜興發，「貴人饜芻拳，腸腐亦當防」暗諷富且貴者，首句「上山采苦菜，青青不盈筐」明顯化用《詩經》「采采卷耳，不盈頃筐」而來；第三篇針對當世文場爭勝之風而發，其中「不如抱我樸，神與太素遊」源自《古風》其十九《西嶽蓮花山》篇的「恍恍與之去，駕鴻凌紫冥」，而末句「人世縱迫隘，持此狎海漚」則與《古風》其四十二《搖裔雙白鷗》篇的「宜與海人狎，豈伊雲鶴儔」用同一個典故，表達忘機之

情；第四篇寫嚴君平，可與《君平既棄世》篇相對讀；第五篇歌頌燕國善納賢才，與《燕昭延郭隗》篇同意；第六篇感歎黨同伐異之時風；第七篇諷刺時人不辨賢才，時不為我用；第八篇風格蕭瑟淒涼，慨歎世道淪喪。從整體上看，這八首詩除了最後一篇稍顯峭厲刻露，有失平和之外，其餘七篇大抵能保持中和雍雅的詩風，諷刺時事也是以暗喻的手法為主，顯得委婉含蓄，其中也不乏詩人關注現實的眼光，如其三「文章召爭競，知與生為仇」，其四「士不羞貧賤，有道處岩穴」寫詩人潔身自好的品格獨守。語言的運用力求明白自然，而少雕琢斧鑿之痕跡，如其一「甘果既累累，冰蕖亦嬝嬝」，其二「暮春茁寸玉，食之生清涼」，其三「山雞對鏡舞，盤旋無時休」，其四「褐衣賣畚人，治亂若黑白」等。意象的選擇上也多用自然常見之物，如橘柚、松桂、春薺、秋藿、山雞、海鷗、白日、良馬等，和歷史人物如嚴君平、燕太子、信陵君，還有西王母等神話傳說中常見的形象，這些特徵都與李白《古風》一脈相承。

　　從對李白《古風》中首句的稱引情況來看，清人的關注點仍在「大雅久不作」上，粗略統計，約有四十句之多，或表達追慕前賢的心緒，如陳文述的《慕李詩》：「大雅久不作，後世有餘慕。」〔註135〕或表達世無知音的苦悶，如陳樽的《五古三首上座主少司農裘老夫子》：「大雅久不作，入世患寡諧。」〔註136〕或表達承繼騷雅的精神，如孫治的《秋胡行》：「大雅久不作，吾意薄風騷。」〔註137〕或表達賢人遠逝，世道將衰的慨歎，如方濬頤的《九月十五日將之如皋，榜人避徭役匿舟，於二十里外倚裝待之，月上不至，借宿河岸茶社》：「世無歐蘇賢，大雅久不作。」〔註138〕馮詢的《歲暮懷人五首有

〔註135〕　〔清〕張之洞著，龐堅點校《張之洞詩文集》（增訂本）上，上海古籍出版社，2015年，第20～21頁。下引詩句同出此本，不再重複出注。
〔註136〕　〔清〕陳樽《古衡山房詩集》卷七，清刻本。
〔註137〕　〔清〕孫治《孫宇臺集》卷三十一，清康熙二十三年孫孝楨刻本。
〔註138〕　〔清〕方濬頤《二知軒詩鈔》卷四，同治五年刻本。

序》：「大雅久不作，斯文日頹壞」〔註139〕等等。這些直接引用，大多延續了原意，在此基礎上有所生發，算是比較合理的。但有些引用的接句卻與原詩旨意毫無關係，看不出其引用的目的為何，如顧光旭《舟行雜詩》：「大雅久不作，鼓濤彈響泉。」〔註140〕顧景星《讀丁澹汝問山集喜贈》：「大雅久不作，對此心神動」〔註141〕等，算是失敗的引用。有些引用則源於一些機緣巧合，如曾燠《謝金手山惠古琴，琴名大雅》首句：「大雅久不作，亦復誰能知。」〔註142〕因為友人贈以古琴，這把古琴名字叫作「大雅」，因此詩人回贈謝詩一篇，首句就直接引用了「大雅久不作」，且標明了是太白之句，文人雅趣，往還之間，可謂妙絕。由此，亦可見出太白《古風》尤其是首篇《大雅久不作》，在傳播接受的層面，至此已經是深入人心了。

　　除此篇之外，還有一些對其他篇的引用，如明末清初時人孫枝蔚（1620～1687）的《歸來》詩，中間二句「在世復幾時，髮禿面容黃」〔註143〕，則覺面目可憎，了無太白神韻。潘從龍（生卒年不詳）《題魚亭詩後》：「鳳飢不啄粟，琅玕復不飽。刷羽摩蒼穹，四顧誰能好。逍遙發清音，西風落瑤草。我亦有心人，聽此傷懷抱。」〔註144〕首句「鳳飢不啄粟，琅玕復不飽」在引用李詩「鳳飢不啄粟，所食惟琅玕」前句的同時，反用後句之意，整篇以此發端，以鳳凰之美好和美德稱讚友人詩歌之華采和品性之高潔，這種引用自然順暢地承接下文，完全不見斧鑿痕跡，可謂如鹽入水，渾融一體，算是比較成功的。

〔註139〕〔清〕馮詢《子良詩存》卷二，清刻本。
〔註140〕〔清〕顧光旭《響泉集》詩一，清宣統刻本。
〔註141〕〔清〕顧景星《白茅堂集》卷二十六，清康熙刻本。
〔註142〕〔清〕曾燠《賞雨茅屋詩集》卷之四，清嘉慶二十四年刻增修本。
〔註143〕〔清〕孫枝蔚《溉堂集》續集卷之四，清康熙刻本。
〔註144〕〔清〕曾燠輯《江西詩徵》卷七十七國朝，清嘉慶九年賞雨茅屋刻本。

　　清人引用太白《古風》中的句子，並非如明人直接簡單地鑲入自己詩中，而是往往在引用的同時化用其句，力求整體渾融無滯，如萬綖（生卒年不詳）的《小東山春日雜詠四首》其二：「松柏本孤直，綠蘿繚繞之。草木相因依，歲寒終不移。人生感分義，平居懷所思。富貴無相忘，貧賤慎勿欺。管鮑死已久，吾生何能辭。」〔註145〕首句「松柏本孤直」直接引用李白《古風》其十二首句，次句「綠蘿繚繞之」則又化用《古風》其四十四「綠蘿紛葳蕤，繚繞松柏枝」，又與前句以松柏聯繫在一起，兩篇之間的翻轉化用顯得極為奧妙，「草木相因依，歲寒終不移」同樣源自該篇的「草木有所託，歲寒尚不移」，中間「富貴無相忘，貧賤慎勿欺」二句也是源自有出，通篇化用，但前後文氣一脈相連，表意順暢無礙，可謂稱引得妙者。其餘引用之處還有很多，此不一一。

　　另外值得一提的是清人有些詩歌作品，雖然不以《古風》為題目，也沒有直接引用《古風》中的句子，但卻多有化用太白《古風》某篇某句之處，如萬綖（生卒年不詳）的《小東山秋日雜詠四首》其三首句「朝日射東溟，殘月弦西陸」化用自太白《古風》其十一「黃河走東溟，白日落西海」和其三十二「蓐收肅金氣，西陸弦海月」，中間兩句「人生在宇宙，飄如鳥過目」化用自太白《古風》其二十三「人生鳥過目，胡乃自結束」。這兩組詩歌，每組四首，共八首，通體詩作無論是主旨立意，還是語言用典，大都自李白《古風》中來，化用痕跡明顯，較有「古風」況味。

　　從以上情況我們可以發現，清人對《古風》中某些句子的引用，大多以化用為主，力求融會貫通，圓融無礙，無論從方式方法還是稱引效果來看，都是遠超明人的，這也反映了在接受層面，清人對《古風》及同類詩作的理解和運用都是加深了的。

〔註145〕梁頌成，佘丹清等校注《清光緒桃源縣志校注》卷十五，中南大學出版社，2013年，第550頁。下引萬綖《小東山秋日雜詠四首》同出此本551頁。

二、笈甫主人的《古風》整體觀與《瑤臺風露》獨特的「圓環式」評點結構

清末笈甫主人（生卒年不詳）所選編的李白詩歌選本《瑤臺風露》，是現當代李白研究中的滄海遺珠。此本求購於民間，現藏四川江油李白紀念館，編選者稱為笈甫主人，抄寫者為桐華舸主人，二人生卒年及生平事蹟皆不詳，從名稱來看，似乎應為別號或齋室之名〔註146〕。

此本版刻精美，正文為楷書，上首笈甫主人之朱批（眉批）與桐華舸主人之墨批（眉批與行批）為行草，字跡俊秀，書法精湛。首頁有「太華夜碧，人間清鐘」八個大字，可作為對此本所選李白詩的總評，下以小字書「同治七年，歲在戊辰二月，桐華舸藏本」；末頁末行書「同治六年，歲次丁卯中秋，桐華舸主人手鈔」，並附有「桐華舸藏」四字印章一枚，末書「戊辰六月荷花生日日桐舟識」字樣。可知該本成書於同治六年。約與此本同時，笈甫主人當另外有東坡五言古詩精選本，《瑤臺風露》首頁「李青蓮五古精選」上首眉批以工整楷體書曰：「此冊與東坡五古，選擇精絕，細絕，可云雙璧，諷誦萬編，凡骨皆仙，知音寶之。」〔註147〕正文眉批中又多有太白五古與東坡五言古詩相比較的言論，可知太白與東坡五言古詩的精選本當為同時而編。

此本為李白五言古詩的精選本，據末頁末行「百七十九首」字樣

〔註146〕在 2018 年 10 月底四川江油舉辦的《2018 年「一帶一路」李白文化高端論壇》上，江油市李白紀念館的敬永諒提交論文《〈瑤臺風露〉二則》，考證編選者「笈甫主人」應該為王笈甫，抄寫者和保存者「桐華舸主人」應該是其好友，名鮑瑞駿。劉鎧齊提交論文《〈古風〉五十九首回合成一篇大文字——〈瑤臺風露〉評點對當代李白〈古風〉五十九首研究的新啟示》，也考證了「桐華舸」乃鮑瑞駿，因本字桐舟，故自稱；笈甫乃王鴻朗之字。（分別見《李白文華高端論壇論文資料集》，2018 年 10 月，第 136～138、241～251 頁。）

〔註147〕〔清〕笈甫主人《瑤臺風露》，同治七年，桐華舸鈔本。下引此書中小序，評點等文字，不再一一出注。

可知共選李白五古 179 首，約超過其五言古詩總數的三分之一。編選者秉持「高古」的選評標準，扉頁所題「太華夜碧，人間清鐘」，源自司空圖的《二十四詩品‧高古》條：

> 畸人乘真，手把芙蓉。泛彼浩劫，杳然空蹤。月出東斗，好風相從。<u>太華夜碧，人間清鐘</u>。虛佇神素，脫然畦封。黃唐在獨，落落玄宗。〔註 148〕

末頁照應扉頁，再次節選並引用《二十四詩品》中對雄渾、高古、洗練、綺麗、自然、豪放、精神、清奇、超詣、飄逸十種風格的評語，可見在選編者笈甫翁的認識裏，太白五古在整體上是最能體現唐詩「高古」風格的，此本整體的選編原則就是以「高古」為準的，而《古風》是李白五言古詩中具有「高古」風貌的重要代表，這也是此本全錄李白《古風》五十九首，並放在卷首的原因之一。

在語言特徵和藝術風格上，編選者崇尚「清真自然」的詩風，《擬古十二首》眉批言：「太白詩，人喜其閎肆，我服其深厚；人夸其排奡，我愛其清遠；人詫其奇警，我取其自然。」結合所評詩歌內容，可知其選李白五言古詩時，「清真自然」是一個重要標準，太白《古風》第一首《大雅久不作》開篇就言說自己追求的是「貴清真」的詩歌風格，與笈甫主人的喜好一致，這是其重視並入選《古風》的原因之二。

在選編者看來，《古風》其一《大雅久不作》篇不僅在《古風》五十九首中起到提綱挈領的作用，其重要性甚至延伸到《古風》之外，李白其餘五言古詩也在有意無意地照應該篇，在整體所選一百七十九篇五言古詩中，《古風》詩及首篇所顯示的李白的文學觀念，始終有所顯露，比如在《經亂離後天恩流夜郎憶舊遊書懷贈江夏韋太守良宰》篇數句：「二聖出遊豫，兩京遂丘墟。帝子許專征，秉旄控強楚。節制非桓文，軍師擁熊虎。人心失去就，賊勢騰風雨。惟君固房

〔註 148〕〔唐〕司空圖著，郭紹虞集解《詩品》，人民文學出版社，1963 年，第 11 頁。

陵，誠節冠終古。」上首眉批曰：「凜然《春秋》之筆，太白自謂希聖有立，非妄語也。詩史之目，豈得獨歸少陵？」就是對《古風》首篇的照應，這也符合清人從李白描寫現實的詩歌中想見其為人，從而產生了認為其在心繫君主百姓之層面不輸少陵的重新解讀和認識，這是原因之三。

　　基於以上《瑤臺風露》全選《古風》且放置於首位原因的考察，我們可以發現，笈甫主人《瑤臺風露》中對《古風》的評點，最重要的就是其「整體觀」的認識，認為《古風》圍繞首篇《大雅久不作》為總綱，篇與篇之間前後相接，整個五十九首首尾相連，迴環往復，沉潛詠歎，後五十八篇都是圍繞首篇為核心反覆陳說，構成一個渾融的整體。甚至於李白的其他五言古詩，也會若有若無地照應並體現《古風》所倡之精神。這從《古風》各篇評點文字中，更能細味其理路。

　　在第一首「大雅久不作」的上首，有笈甫主人批文曰：「此章總旨，乃五十八首之綱領，細評於後，願與天下慧業文人共賞之。《峽哀》乃東野之騷，《古風》五十九首乃太白之騷也。首尾廻合成一篇大文字，世人以意為去取，僅矣。」前人也多認為「大雅久不作」乃《古風》總綱，但只是籠統地認為第一首有著總領以後諸篇的領導地位，但笈甫翁則更進一步，他認為《古風》後五十八篇，都是圍繞第一首在反覆陳說，像是對第一首每一句的注解，且篇篇相扣，首尾關合，這五十九首在內部不論是內容還是形式上，都是一個圓融的不可分割的整體。在這樣一個主導思想的指引下，笈甫主人對後五十八篇的解釋，基本上是在遵循「前後串連，回歸首章」的主旨下進行的，就像有一條線把這五十九篇串珠一樣連在一起，首尾相繫，形成一個獨特的圓環式結構，這在《古風》五十九首的歷代評論者中，都是絕無僅有的，也是極具首創性的。

　　笈甫翁的批語分兩部分，上首眉批用來闡明主旨大意，眉批各小段大抵照應某篇，亦有兩篇三篇合論者；正文夾批用來解釋字句並做

點評。我們可以分別從前往後看其中一些典型篇章的眉批和夾批，領會評選者對其前後關係的解讀思路。分別如下：

第一首《大雅久不作》：

> 眉批：此章總冒，乃五十八首之綱領，細評於後，願與天下慧業文人共賞之。《峽哀》乃東野之騷，《古風》五十九首乃太白之騷也。首尾廻合成一篇大文字，世人以意為其取，慎矣。

> 夾批：「大雅久不作」：五十九首發端。「王風委蔓草」：此即跡熄詩亡之旨。「正聲何微茫」：所感在此。「哀怨起騷人」：主意。「揚馬激頹波」：眼大如箕，小儒咋舌。「廢興雖萬變」：包埽法。「憲章亦已淪」：主意。「自從建安來，綺麗不足珍」：筆大如椽，一句埽盡六代作者。「清真」：二字千古文訣。「文質相炳煥」：此為正聲。「我志在刪述」：所由繼《大雅》而作也。「希聖如有立，絕筆於獲麟」：一生志趣，關係甚大。　　總評：揚馬而曰「頹波」，建安來而曰「不足珍」，此其所以眼大如箕，筆大如椽也。

笈甫主人開門見山，提出此篇既是五十九首之發端，也是總綱；五十九首首尾挽合，是一個圓環結構。世人不解，以意為取，乃是顛倒做法。

第二首《蟾蜍薄太清》：

> 眉批：閨門為王化之始，故《風》首二《南》之《關雎》《鵲巢》，今王后之冤如此而莫之悟，本實撥矣，所以《大雅》不作而有吾衰之歎也，故以此為五十八首之發端。

> 夾批：此為王皇后被廢而作。

笈甫主人認為，李白《古風》第二篇是照應《詩經·關雎》之體例而來，陰陽調和，各安其位，是王政清明的重要表現之一，但現實卻是王后沉冤，此乃《大雅》不作之重要徵兆，由此引發首篇「吾衰」之歎，所以第二篇寫王皇后被廢，是後五十八首暗諷各種社會現實的發端。以此為解，《古風》首篇和第二篇聯繫了起來。

第三首《秦王掃六合》：

　　　　眉批：<u>此承上首來</u>，言明皇平韋武之亂，何等英武！
　　今乃判若兩人，則姦臣蒙蔽之罪，不可勝誅也，似賦而實
　　比。「海魚」「長鯨」即指林甫、祿山諸奸，「蔽青天」三字，
　　點破正意。

　　先言此篇承上首而來，以秦王喻玄宗，以秦王早年之英武明斷，
戰功赫然，比附明皇初掌政權時候勵精圖治，家國康寧，對比今日之
求仙問道，不理朝政，且點明其中意象「海魚」「長鯨」等的現實所
指。上篇言王后之冤，此篇言皇帝之昏，前後又關聯起來。且以秦皇
漢武之事暗諷當世者，唐詩中不乏例證，解說也算合理。

　　第四首《鳳飛九千仞》：

　　　　眉批：「銜書」十字，言非無忠諫之臣，其如君之不聽
　　何？

　　此篇繼王后被廢，明皇昏瞶之後，言君主失聽，忠諫之臣沒有
出路。

　　第五首《太白何蒼蒼》：

　　　　眉批：<u>前兩首皆承《蟾蜍》一首來，乃《大雅》不作</u>
　　<u>之根</u>。此從上首「此花非我春」句，指到自己，言世不我
　　用，身將隱矣，乃「吾衰誰陳」之根也。玩「蒼然五情熱」
　　句，知太白非果於忘世者。

　　前兩首指其三《秦王掃六合》和其四《鳳飛九千仞》，認為這兩
篇都是照應首篇，敘述《大雅》不作之根源。此篇接續上篇末句，論
及太白自身慨然不為世用，將歸隱矣，是照應首篇「吾衰誰陳」之根。
至此，第二篇至第五篇共四首，從「王后——明皇——賢臣——（李
白）自身」，環環相扣，皆是照應首篇「大雅久不作，吾衰竟誰陳」
兩句。

　　第六首《胡關饒風沙》：

　　　　眉批：<u>此承上首末句來</u>，言胡驕至矣，微調紛紛，世
　　之人苦乃至是。吾與之別，非棄置也，無術以救之，又不認
　　耳聞目觀耳，故雖將營丹砂，猶不能自禁其五情之熱也。

　　這一首就更加明了了，先點明是承上首末句而來，即第五首篇末棄世之語「吾將營丹砂，永與世人別」，認為太白此篇是對上首遊仙詩末句棄世之語的解釋，因為胡驕將至，而我身為無用之人，目睹黎民之苦而不能救世，有不忍之情，雖將離世，但心內不免情熱，又照應上篇「蒼然五情熱」語。

　　第七首《五鶴西北來》：

　　　　認為遊仙乃表象，「自道」二字暗諷當時張均、張垍一輩，「言今之天下如此，而猶吹笙遊戲，問之不答，棄我如遺，萬一國步占危，若輩其能久活耶？收二句乃反言之，以致其痛詆，與下一首皆甚言其上恬下嬉，醉生夢死也。」

　　並與第八首《咸陽二三月》聯繫在一起，以此兩篇概言胡虜將至，而當權者醉生夢死之醜態。

　　第九首《莊周夢胡蝶》：

　　　　眉批：此從「但為此輩嗤」句，推進一層，言萬事更變，忽焉沒矣，而吾栖皇無已，宜其為所嗤也。

　　此篇也是由上篇末句而來，加以深化，言人世富貴浮雲，如莊周夢蝶，故我為此輩沉湎其中不能自拔而嗤笑也。

　　以上幾篇文氣過於低落，第十首則筆鋒一轉，以詠歎魯仲連自振：「此首作戔筆，以振文勢。」〔註149〕雖以魯仲連為高，自我砥礪，但想起自身始終不被重用，由此引申出其十一《黃河走東溟》篇之慨歎春容秋改，華髮早衰之情，此正為首篇「吾衰」之正面，認為此篇中「人生非寒松，年貌豈長在」乃「吾衰誰陳之正面也」，「吾當乘雲螭，吸景駐光彩」則「結又拓開，恰好呼起下二首。」

　　其十二《松柏本孤直》其十三《君平既棄世》：

　　　　眉批：此二首承前章而邕衍之，借子陵、君平以自況也。清風灑六合，白日照高名。蓋至此長與世辭而斯民之

────────────

〔註149〕戔筆乃書法中語：「戔筆者將，戔，即捺角也，將謂劣盡也，緩下筆要得所，不宜長宜短也。」（《王羲之《筆勢論十二章·觀采章第八》，〔清〕戈守智《漢溪書法通解》卷七）。

塗炭不可救矣。松柏、君平二首收足「吾衰」，「胡關」以
下則寄其蔓草、荊榛之感也，線索在空中，轉折在空際。

認為這兩篇也是承前章而來，以嚴子陵和嚴君平自況，因為生民
塗炭之勢不可挽回，故決意與世長辭，收束首篇「吾衰」之歎。並引
出其十四《胡關饒風沙》以下幾篇，也是對首篇「王風委蔓草，戰國
多荊榛」的具體描寫。笈甫主人在此對這種解索方式做了簡短的解釋
和說明，認為《古風》」篇與篇之間的線索，細若游絲，轉影空寂，
了無痕跡，需要細細探求，此類評點方式大類近人評《紅樓夢》時索
引派所倡草蛇灰線、伏衍千里之法。

其十五《燕昭延郭隗》：

　　　眉批：於此而欲挽之，非賢才匯進不可，<u>亦銜上首來</u>，
「珠玉」十字，驚心動魄，沉痛非常。

其十六《寶劍雙蛟龍》：

　　　眉批：糟糠養之，則賢才為黃鵠舉矣！豈知其作用固
如此乎？非無寶劍，但少胡風耳。<u>此又銜上首來</u>。

其十五開篇對燕昭王重用郭隗而賢才俱來的歌詠，是銜接上首
邊關征戰，流血塗野草，而良將不再的慨歎而來。因為在位者以珠玉
買歌笑，以糟糠養賢才，故有才之賢人寧願如黃鵠高舉遠引而不願入
仕，難道是真的因為沒有治世的良策麼？實則並非如此，而是像其十
六中所言，非無寶劍，而是缺少識劍之人耳，由此，其十六又是銜接
其十五而來。

其十七《金華牧羊兒》：

　　　眉批：別匣潛鋒，賢才去矣。有志者當早求之，無為
觀望因循，身未去而髮已白，徒思採蕊鍊精，作亡羊補牢
之計也。上首言欲用賢才，不可不知此首言知有賢才則用
之，不可不早。

此篇乃是遊仙詩，似與上首無涉，笈甫翁則以上首言任用賢
才，此篇言用賢當及早，不可遲滯，任歲月淹留，以此又與上篇相銜
接起來。

　　其十八《天津三月時》是鋪展上篇之「擾擾繁華子」，寶劍潛鋒，水深山邈，賢人遠遁，對在位者而言，「所得者不過此酣豢富貴之庸才耳，其奈荊榛蔓草何！」再一次照應首篇《大雅久不作》。其十九《西嶽蓮花山》所寫乃擾擾之繁華子，「亦惟感戚薤露黃犬，衅啟綠珠，國是置之不問矣。」其二十《昔我遊齊都》篇：「此與前一首同一凌空作勢而用筆又別。」同樣是照應前文之評語。

　　其二十一《郢客吟白雪》篇：

　　　　眉批：「郢客」一首，所謂「吾衰竟誰陳」也，文勢至此一束。

　　該篇歷來被認為是李白諷刺時人不辨妍媸，冠履倒置，有曲高和寡，知音罕遇之歎。笈甫翁則認為仍是照應首篇「吾衰竟誰陳」，且起到收束此篇之前文勢的作用，至此《大雅久不作》篇前六句闡釋透徹，文意一收。

　　其二十二《秦水別隴首》：

　　　　眉批：采薇蕨而賦阜螽，對雨雪而懷楊柳，此太白欲於蔓草荊榛之後沒陳之後以進追《風》《雅》者也，承接分明，人自不得其線索耳。

　　之前篇章文氣一收，自此篇始，又開始照應首篇《大雅久不作》，以對芳草、荊榛之歎，追慕《風》《雅》，認為其間承接甚是分明，惜前人皆不得其間線索。

　　其二十三《秋露白如玉》：

　　　　眉批：此從上首「秋蛾」「春蠶」推進一層，所謂無聊之極，思姑以瞻逢作慰藉耳。「揮涕惻愴」即所謂自結束也，語意相銜。「吾衰誰陳」故「志在刪述」，「夜夜當秉燭」五字乃是倒鉤逆挽法。

　　認為此篇乃是對上篇之「昔視秋蛾飛，今見春蠶生」的更進一層表述，上篇末句「揮涕且復去，惻愴何時平」亦即此篇所言之「自結束」意，上下兩篇之語意相互銜接，而「夜夜當秉燭」一句用倒鉤逆挽之法，照應首篇，言志在刪述，故奮筆不輟。

其二十四《大車揚飛塵》：

　　　眉批：「大車揚塵」自鳴得意，豈知「鼻息干虹蜺」者，
　意氣又出其上，「得隴望蜀」豈有已時，適形其遇耳，<u>此亦</u>
　<u>與上首語意相銜</u>，蓋世道如此，乃正聲所由微，哀怨所由
　起也。

認為此篇語意又與上首相銜接，世道衰微，正聲頹敗，以此為根
由也。

其二十五《世道日交喪》：

　　　眉批：此首特為「正聲何微茫」句搜源，為文字之提
　筆。

　　　夾批：<u>此首與「郢客」一章相呼應。</u>

在笈甫翁看來，此篇詩意特為首篇「正聲何微茫」句批駁根源，
是以下文字之總章，同時又與收束前二十一篇之《郢客吟白雪》一首
相呼應，這兩篇一則承接上文，一則啟發下文，互為照應。

其二十六《碧荷生幽泉》：

　　　眉批：此首芳草。

其二十七《燕趙有秀色》：

　　　眉批：上首香草，此首美人，騷人之哀怨如此，此後
　《大雅》不作之後，賴以繼微茫之正聲者也。

這兩首以香草美人，寫騷人之怨若此，此乃《大雅》不作，又是
照應首篇「哀怨起騷人」語。其二十八《容顏若飛電》亦是照應上首，
以歲月向晚，春華不耐，秋髮衰改，言哀怨之因由。

其二十九《三季分戰國》：

　　　夾批：「三季分戰國」：此衍「荊榛」句意也。「王風
　何怨怒」：「王風」二字用明點起句，明點戰國，是<u>倒敘法</u>。
　「聖賢已淪沒，臨歧胡咄嗟」：此即「憲章已淪」句意。

此篇更是找到了相似的詞語，如「戰國」「王風」等語，認為乃
是太白明點出與首篇《大雅久不作》的照應關係，用的是倒敘的手法；
而末句「聖賢已淪沒，臨歧胡咄嗟」正是「憲章亦已淪」之意。

其三十《玄風變大古》：

　　　眉批：騷人之哀怨由於戰國之荊榛，自是而豺虎相啖食，迄於狂秦極矣。此處三首皆發明第一章四五六句之旨而倒衍之，特以倒挽出之，以見參差變化。

　　　夾批：「元〔註150〕風變太古，道喪無時還」：此衍「王風」「戰國」二句意也。「但識金馬門，誰知蓬萊山。白首死羅綺，笑歌無時閒」：忽又為「躍鱗」一輩人作影子於本章，為繁華墊筆，奇妙無匹。「大儒揮金椎，琢之詩禮間」：又影入騷人，筆意變化不測。

　　笈甫翁所言此處三首，指的是上首《三季分戰國》，此首《玄風變大古》，與下首《鄭客西入關》三篇，明言此三首乃是點明首篇四五六句的旨意，用倒挽的手法，見出《古風》五十九首之參差變化；且一句一句進行批點，詳析其與第一篇的照應關係。

　　其三十一《鄭客西入關》是「衍『狂秦』句意也。」結句「一往桃花源，千春隔流水」是用桃花源之故事作結，益明「兵戈」亂世之意。

　　其三十二《蓐收肅金氣》：

　　　眉批：此銜上三首來，又變逆挽作順敘，更覺參差變化。「正聲微茫」「騷人哀怨」，前數首皆分寫，此首方合寫，氣味淵渾。「歌逮明發」，騷人之哀怨至矣。此首正言揚、馬所激之頹波耳，特以比喻出之，使人驟難索解，否則橫插此首，殊為無理，明昭者辨之。

　　認為此篇是銜接上三首而來，一變逆挽而作順敘，更顯出參差變化之妙。前幾首都是分寫，是對「正聲微茫」「騷人哀怨」具體表現的描述，至此首方合寫，「哀歌逮明發」正體現騷人哀怨之深切，以比喻寫出揚、馬所激蕩之頹波，使人難以索解。

　　其三十四《羽檄如流星》：

　　　眉批：此首特以穿插見奇，與上下語意似不相蒙，細

_____

〔註150〕此處當為「玄風」，蓋為避諱故。

玩之，則指揚、馬而後，文運日衰，因由憲章日淪，亦世
變為之也，仍是一線相銜。文運關乎世運，繩大眼孔，世
俗所驚，其實跡熄詩亡，子輿氏早言之矣。

　　夾批：「羽檄如流星，虎符合專城」：世亂則文運自衰，
夾入時事，局陣迷離，不可方物。「如何舞干戚，一使有苗
平」：一結，仍用倒鉤逆挽法。

此篇穿插時事，看似與上下無關，細細玩味，亦是文運日衰，憲
章淪落，是世之變也，文意仍銜接。句評依然用倒鉤逆挽法，照應
首篇。

其三十五《醜女來效顰》：

　　眉批：此所謂「建安」以來「不足珍」之「綺麗」也。
結語映帶自然。

　　夾批：「醜女來效顰」：此「正聲」之所以「微茫」也。
「安得郢中質，一揮成斧斤」：所謂「騷人」者是也，倒鉤，
妙。

此篇向來被認為是李白的文學觀在《古風》中的反映，笠甫翁認
為此篇所諷之效顰的醜女，正是首篇所言之「綺麗」，不足珍視也。
而末句能運斤成風，斲去惡俗的郢人，正是「騷人」之謂也。

其三十六《抱玉入楚國》：

　　眉批：侈於文者其質必雕，富於詞者其骨必弱，徒矜
其綺麗而不能進求其本原，適以招木伐蘭楚之黌，此世所
以不足珍也。說盡徐陳應劉一班文士之病。見道之言，言
外輿有正意，無窮感喟。正聲微而騷人怨，世運為之，我
生垂衣復古之時，而遇合如此，只可以躍鱗屬之群才，而
以刪述自任，希聖垂輝，此首乃文之大轉捩處，要以下皆
太白自敘之詞。

先是延續上篇之旨意，闡述世之不足珍之發端，後引出世俗不
珍，致使芳蘭有自焚之哀歎。繼而又照應首篇，言太白希聖有立，志
在刪述，垂輝千春的志向，並認為此篇乃是全文之大轉關處，以下諸
篇，都是太白自敘之詞。

其三十八《孤蘭生幽園》：婉約深至。

其三十九《登高望四海》：跌蕩淋漓，皆承『燕臣』一首自寫身世之感，而要之以《騷》經作骨，蓋靈均之心即太白之心也。又與上文相繫。

其四十《鳳飢不啄粟》：喻太白立品之高。

其四十一《朝弄紫泥海》：喻用心之專。

其四十二《搖裔雙白鷗》：此言詩當出於自然，未可存一毫雕琢，方映返《大雅》而始騷人也。

前人皆以此篇為太白遁世之歎，笈甫翁卻以為是論詩，此一觀點為前人所未言者。

其四十三《周穆八荒意》：

眉批：「吾衰誰陳」乃託於詩以自見，所由比於刪述者，貴有合於興觀群怨之旨，以下皆自明其詩之旨趣。《詩》亡然後《春秋》作詠歌，寓筆削之權正，所以上繼《春秋》也，「希聖有立」，夫豈託之空言。自「周穆八荒意」以下十五首，皆感時傷事，直言之，婉言之，推廣言之，反覆言之，明是非而寓褒貶，所以自託於《春秋》也，今其事或不盡傳，雖於穿鑿，然以唐史證之，知人論世，亦可明得其二三。約略言之，則「周穆」一首，歎君志之荒也；「綠蘿」一首，惜賢臣之去也，天寶之封禪，九齡之罷相，是以「八荒」一首，慨讒夫之昌也；「一百」一首，痛權臣之侈也；「桃花」一首，責文臣之貢諛而無忠諫也；「秦皇」一首，感時君之好土木而竭民力也，人而貓如林甫，蝟而蚱如國忠，登封之頌，磨崖連昌之宮，蔽日是已；「美人」一首，謂賢才之隱遁；「宋國」一首，指僉壬之倖；「殷后」一首，悲忠諫而獲罪；「青春」一首，傷婞直而見尤，語意分明，皆可推驗；「戰國」一首，是以田成喻祿山諸人也；「倚劍」一首，傷賢士之無名，如當時杜甫諸人是也；「齊瑟」一首，喟才人之失足，如當時王維、鄭虔諸人是也，詞嚴義正，意迴思深，華袞以榮之，斧鉞以誅之，絕不肯

> 遊就一字所由棄絕，顧而追《大雅》者，由是向來評選家
> 都草草讀過，特為拈出，以見五十九首迴合成章，乃一篇
> 大文字，銜接不斷，滴滴歸源，太白有虞，亦嘗驚知於千
> 古矣。

　　在這一篇的評點中，笈甫翁對以下十五首每一首的旨意分別作
了概括總結，認為以下各篇，都是太白感時傷事之作，有直言者，有
婉言者，有從大處著眼者，有反覆陳說者，用《春秋》史筆，暗寓褒
貶於其中，雖然有些篇章的史料推演闡釋有穿鑿附會之嫌疑，但大抵
能從唐史中找到依據，從知人論世的角度，太白其為人，與詩歌之旨
意，可互相參考。在概括了各篇大旨之後，以「五十九首迴合成章，
乃一篇大文字，銜接不斷，滴滴歸源」作結，笈甫翁在《古風》的解
讀中所持有的「整體觀」已圓融地顯現出來。

　　其五十六《越客採明珠》：

> 　　眉批：<u>此首挽合前後</u>，所由「吾衰誰陳」而自信其「垂
> 輝於千春」者也，<u>步步收束</u>，甚為完密。太白所謂「希聖
> 有立」者，其自命如此。
>
> 　　夾批：「懷寶空長吁」：憲章不淪，無如《大雅》不作，
> 徒為世所哂何。

　　此篇開始，笈甫翁已經著眼在對《古風》整體觀的收束，認為
太白《古風》至此，步步為營，穩紮穩打，頗為縝密地開始收束全部
各篇。

　　其五十九《惻惻泣路歧》：

> 　　眉批：此人雖極言之，詞意淒動，所由「志在刪述」
> 而竊比於「獲麟」之絕筆也。<u>此為五十九首之總結</u>。至此
> 淒涼哽咽，往復低佪，看似頭聲尾聲，其實滴滴歸入「<u>《大
> 雅》不作</u>」「<u>吾衰誰陳</u>」八字，收筆拓開，煙波無際，<u>與第
> 一首起筆相稱，是為大結束。五十九首之脈絡真如蛛絲馬
> 蹟，草線灰蛇</u>，看似浩渺無涯，其實<u>滴滴歸源，一絲不亂</u>，
> 非吾笈甫冥心探索，廣陵散不幾真絕響耶！
>
> 　　夾批：「哀哀悲素絲」：結哀字。「斗酒強然諾」：古今

同慨。「嗟嗟失權客」：<u>大結論</u>，唯失權〔註151〕，故志在刪述也。

此首作為《古風》之末章，是之前各篇的總結，情感低徊，淒涼哀怨，笈甫翁認為，至此看似是《古風》之尾聲，但是絲絲扣入首篇「《大雅》不作」「吾衰誰陳」八字，如煙波蕩漾，浩渺無際之餘，關合開篇，成為一大結束。並慨歎五十九首的脈絡就像蛛絲一樣，草蛇灰線，伏延千里，又如水滴尋源，一絲不亂，就像廣陵散一樣，堪稱絕響！

由以上多篇之評價管窺，笈甫主人對《古風》的整體性是有一個完整的自我認識的，其邏輯自洽處大體上遵循如下三個原則：

一是篇與篇之間前後相繫，順承而來，大致順序不亂，自然流暢，這從上述所引評語中屢次提到後篇與前篇的關係乃是「承上首來」「此從上首」「此承上首」「承前章而彑衍之」「又銜上首來」等即可見出，前後各篇蜿蜒曲折，旨意脈絡皆承接有法，自然而然。

二是其後各篇大抵照應首篇的某句，相當於對首篇的箋注和深化，在對第二篇以後各篇的解讀中，尤其是句評，大抵從第一篇《大雅久不作》中找依據，認為各篇均有對第一篇「大雅不作」「王風委蔓草」「戰國」「荊榛」「騷人」「哀怨」等照應之處，時刻不忘點明與首章之關係，且多次出現「倒鉤逆挽法」「逆挽」「倒敘法」等字眼，都在標明認為李白在創作《古風》時，時刻不忘照應首章，其實真正顯示的是評點者時刻不忘照應首篇的意識。

三是《古風》首尾關合，成一篇大文字，在笈甫看來，《古風》不僅前後相連，如同用蛛絲串起來的一條線，且首尾相繫，在線性結構的基礎上又形成一個圓環結構，文氣首尾滲透，在各篇之間圓融流轉。笈甫主人對《古風》「整體觀」的解讀，大抵表現在以上這三個方面。

相較於前人視《古風》為鬆散整體的認識，笈甫主人《古風》解

〔註151〕笈甫本作「權」字，誤，當為「懽」字。

說中體現的「整體觀」既有其獨到之新見，又有強做解說之一面。在
笈甫翁的闡述中，《古風》的整體性顯得更加系統、緊湊和圓融，其
整體結構和前後順序大體上彷彿是經過李白深入思考和精心設計的，
由此不僅會引發傳統觀念裏對《古風》作年「非一時一地」的質疑，
更使笈甫翁評點中的很多解釋都顯得頗為牽強，如上述其四十二《搖
裔雙白鷗》篇，但從文本本身看，明顯不涉及李白的文學觀，而是李
白出世之念的表達。

　　另外，需要指出的是，笈甫翁的這種索解方法，雖頗有新見，但
問題同樣突出。其索引之法與清代對小說的解讀方法和以書法論詩
的大背景相關，以上所引解說文字中的一些表述，如「倒鉤逆挽法」
「倒敍」「草蛇灰線」「蛛絲馬蹟」等，都是清代《紅樓夢》等小說索
隱中的慣常用語，被笈甫主人照搬來論詩歌，卻忽視了小說和詩歌兩
種文本本身之間的區別和差異，這是需要我們特別注意的地方。清人
也習慣以書法論詩，上引評說中常見以草書運筆之法進行比喻者，如
其二《蟾蜍薄太清》篇評「螮蝀入紫微，大明夷朝暉」句：「轉韻法
草」，「蕭蕭長門宮」句：「神接用草」；其十四《胡關饒風沙》篇，評
「不見征戍兒，豈知關山苦」句：「知用反接草，便靈活」；其二十四
《秋露白如玉》篇，評「景公一何愚，牛山淚相續」句：「接法即拓
法，用草橫甚」，以及「戾筆」等等。把索解小說之法和書法變換之
術語引入到對《古風》五十九首的詩歌評論中，是前人所未曾涉及的
方向。但是，文體不同，解讀方法自然有差異，其合理性也是值得我
們商榷的。

　　無論如何，笈甫主人對《古風》五十九首解說的「整體觀」和獨
創的「圓環式」評點結構，都為我們對《古風》的索解打開了一扇新
的大門，提供了一個獨特的視角，尤其是第五章對《古風》文本的整
體考察，努力還原《古風》創作之初的情形，是有啟發意義的，這是
其最為值得肯定的一點。

本章小結

李白之前，詩歌無「古風」之名；李白之後，「古風」之名混淆難辨。以上伴隨著唐以後以李白《古風》為核心的傳播接受層面的歷時性考察，結合第一章對「古風」概念的辨析和界定，我們可以對其過程中所顯示的歷代「古風」詩學觀念之變遷作一基本的整理與總結：

（一）概念的混淆與正本清源的努力相同步，「古風」之名呈現出與「古詩」「古體詩」趨同的走勢，嚴格的「古風」定義越來越弱化。雖然李白《古風》是同題詩作中的典型代表和高潮，但「古風」之名是李白自己命名，還是後人取同題相類之作匯為一卷，以「古風」命名，至今成謎，無有確論。概念的產生本就撲朔迷離，後人對「古風」的理解也是千差萬別，宋人姚鉉編選《唐文粹》，秉持「以古為綱」的古風觀，把題目中凡包含「古」字者，如「古意」「古興」「感古」「擬古」全部納入「古風」範疇，就已經極大拓展了「古風」的概念，且在多個詩人的作品中出現了長篇七言古詩題目中包含「古風」者，更是與太白《古風》不類，其越往後發展，律詩勃興，古詩衰微，凡非律詩者皆稱古詩，「古風」因其概念模糊，包含又廣，逐漸呈現出與「古詩」「古體詩」趨同的態勢，雖然在這個過程中，以李白《古風》為核心，詩歌評論家正本清源的努力始終沒有間斷過，最具代表性的就是明代的朱諫，在《古風小序》中試圖批擘其源，直指《風》詩，為「古風」正名；清人還有對亂為「古風」之名的現象提出質疑者。但在實際創作和接受中，「古風」之名還是成為一個越來越泛化的概念，尤其是到了近現代，嚴格的「古風」定義越來越弱化，已經基本上成為可以與「古詩」「古體詩」相互替代的一個稱謂了。

（二）對李白《古風》的接受，經歷了一個由沈寂到溢美的過程，並伴隨著對李白其人、其詩的再發現和再解讀。這在李白詩歌接受史上是一個極為特殊的現象，《古風》產生之後，其價值在很長一段時間得不到應有的評價和認識，一方面源於人們對李白個人和詩歌

形象的慣性定位；另一方面與杜甫「詩史」之名的遮蔽有關，這種偏見性認識，與宋人「揚杜抑李」之風有很大關係。但同時以朱熹為代表的宋人，也從各個方面和角度，開啟了對《古風》的接受之路，尤其是朱熹的評點具有開創性和奠基意義。明人繼承宋人觀點，然並無新創。到了清代，隨著考據之風的盛行，詩歌評論家在前人的基礎上，結合小說索解之法考據詩歌產生的歷史背景，《古風》各篇凡有所隱喻，皆與唐史相關聯，由此李白憂國憂民之情，胸懷家國之志，成為新的解讀熱點，出現了反彈式的拔高和溢美現象，不僅重新理解了李白其詩，對李白個人形象也有了新的更加全面的認識。這裡所呈現的對李白《古風》接受過程由微而顯的階段性認識，在李白整個詩歌接受過程中是比較特殊的，它不僅糾正了李白詩歌接受之初以《蜀道難》《將進酒》等豪放飄逸篇章的狂熱推崇帶來的慣性偏見認識，且掀開了杜甫「詩史」之名對李白同類詩作長期遮蔽的面紗，從各個側面還原了一個完整的詩人李白。

（三）雖然我們在第二章中對《古風》歷代溯源觀點的論述遵循的是由遠及近，由根源到支流的詩歌歷史發展自然順序，按照歷時性的詩歌發展脈絡作了梳理。但有意思的是，從傳播接受角度來看，自宋代以後至明清的詩歌評論者對李白《古風》祖述源流的努力，整體上卻是大致由近及遠開始，層層往上，由支流往源頭追溯的，呈現出一種「倒追」的態勢，即大體上沿著「陳子昂、張九齡——阮籍、左思、郭璞——《詩》《騷》」一線由近及遠上溯。對李白《古風》與陳子昂《感遇》詩之間聯繫的發現由宋代朱熹肇端，明人在此基礎上又往上追溯到阮籍《詠懷》詩，而清人則在陳、阮二人的基礎上又繼續溯源，呈現出直追《風》《騷》的努力，這個過程中所伴隨的一方面是後人對李白《古風》由表層到深層逐步挖掘和解讀的加深，對其評價也得到了一步步的提升，到了清代甚至出現了整體上反彈式的溢美拔高現象；另一方面也彰顯了在後代詩歌評論者的潛意識裏，越是接近先秦《詩》《騷》傳統，越是近古的觀念。同時，也反向證明了李

白《古風》之後，隨著近體律詩的蓬勃發展，再無能與之媲美的古體詩出現，《古風》類古體詩的式微已經是中國古典詩歌發展史中不可扭轉的必然走勢了。

（四）李白《古風》既是起點，又是高潮，此後再無能達到同等高度，且能與其相媲美之作出現，這一結果是受諸多方面因素影響而造成的。李白《古風》的產生，並非憑空而來，可以說是在以復歸《大雅》為理想，祖述《風》詩為努力的前提下，吸收借鑒了阮籍《詠懷》詩、左思《詠史》詩、郭璞《遊仙》詩，及陳子昂和張九齡《感遇》詩的基礎上，糅和創新，集大成的結果，故其甫一產生，即為高潮，雖與前人同類詩作名目殊異，其本源則一，均為興發感慨之作。若循此而下，自當有更加優秀的同類詩人詩作綿延不絕，然事實卻並非如此。其原因有多方面，從作家方面來看，李白《古風》產生之後，同類詩作再沒出現如阮、左、陳、張、李等典型代表；從作品方面來看，以《古風》為題的仿作，或化用《古風》某篇某句的同類詩歌作品雖代不乏人，但詩文代變，古詩整體成就呈現出持續走低的態勢，很難再出現同類優秀的古風詩作；從影響力方面來看，李白《古風》的價值和影響，從沈寂到發現，經歷了約三百年的時光，受眾接受的遲緩，嚴重影響了這類詩歌作品的發展。從古典詩歌發展的歷史規律而言，這也是古近體之爭的必然結果，一方便源於古體詩的衰落和律詩的勃興，在古近體詩的長期拉鋸和勢力消長中，以李白《古風》為結點，古體詩的輝煌畫上了一個餘音裊裊的句號，以杜甫《秋興》八首為起點，律詩的大幕拉開了輝煌的篇章；另一方面，隨著時日久遠，世道代變，以《詩》《騷》為代表的古典詩歌源頭的道德文化向心力逐漸弱化，後世詩人更多關注於詩歌創作技巧等外在文學文本層面，而忽視了上古詩歌產生之初的社會道德文化因素，「世道日交喪，澆風散淳元」，世風澆薄日頹，上古遺風不在，詩歌反映現實，也再難出現「古風」佳作了。